慶次郎、北へ

新会津陣物語

序章　会津へ

会津へ

会津《あいづ》盆地は広大である。

四月、草いきれをのせた清涼な風が吹き抜ける青空のもと、爛漫《らんまん》と咲いた地上の生命たちが、その豊穣《ほうじょう》な大地を彩《いろど》っている。

初夏の青々とした野原の真ん中に、会津若松《わかまつ》の城下町へとつづく街道がとおっている。

行く手に巨城がそびえ立つ。

会津若松城、またの名を鶴《つる》ヶ城《じょう》ともいう。

会津の地は蘆名《あしな》氏四百年の治政から、この十年で、めまぐるしく領主がかわった。蘆名を滅ぼした伊達政宗《だてまさむね》がわずか一年で去ると、代わって配された蒲生氏郷《がもううじさと》は、新しい国造りの象徴として、この城を建てた。会津だけではない、奥羽《おうう》を制する者にふさわしい、優美で巨大な城郭《じょうかく》であった。

七重の天守の甍《いらか》が天空を突くかのごとく、高々とそびえたっている。夏の来訪を思わせる麗《うら》らかな日差しに浮かんだ鶴ヶ城は、まるで会津盆地の隅々までを見渡すかのように、ゆらゆらと黒光りして佇《たたず》んでいた。

その城と城下町、街道を見渡す小高い丘に、老爺《ろうや》と孫、いや、曾孫《ひまご》なのかもしれない幼子が散歩に来ている。

右手に磐梯山《ばんだいさん》が雄大な姿を見せている。会津の民の尊崇《そんすう》を集めるこの山は老爺と幼子を優しく見守るかのように、周囲の山塊《さんかい》を従えて鎮座《ちんざ》している。

二人は磐梯山に手を合わせ一礼すると、丘の麓《ふもと》を通る街道を見下ろした。

男の二人連れ、三人連れが歩いていく。

男達は、鎧櫃《よろいびつ》を背負い、あるいは具足に身を固め、太身《ふとみ》の槍《やり》を肩にかけている。あきらかに武家牢人《ろうにん》だ。薄汚い者もいれば、やたら派手に盛装した者もいる。その有り様は様々だ。だが、一様なのは、みな、敢然《かんぜん》と面《おもて》を上げ、胸を張り、堂々と大股《おおまた》で歩いていることだ。

「俠《おとこ》みたけりゃ、会津においで、会津若松、お発飯《たちめし》」

老爺が、節をつけ口ずさむ。

「爺《じい》、その唄《うた》はどんな意味なの？」

老爺が口ずさんだ小唄について、男の子が無邪気に聞いた。

「坊、これかい？」

老爺は穏やかに微笑《ほほえ》んで答える。

慶長《けいちょう》五年（一六〇〇年）、鶴ヶ城下では、こんな唄がはやっていた。

一昨年、蒲生氏郷急死ののち、会津へと入部した上杉《うえすぎ》家。越後《えちご》統治時代から剛強で知られたこの家は、日頃《ひごろ》から質素倹約を旨《むね》としていた。だが、いざ合戦となると、ありったけの米を炊《た》き、山海の美味を盛り込んで、兵にたらふく食わせた。合戦に臨む者にひもじい想《おも》いをさせぬためである。人は、この合戦飯を「かちどき飯」、「お発飯」などと呼んだ。

「上杉様はな、天下に恐れるもののない、侠《おとこ》のなかの侠よ。その会津の上杉様が受けて立ついくさに、いま国中が目を向けておるのさ」

「爺は、いくさにいかんの？」

子どもは本当に無垢《むく》だ。老爺は思わず、笑みをこぼす。

「爺はな、もう年じゃよ。いくさにでても足でまといになるだけじゃ」

「ふーん。そうだね。もう爺よりおいらのほうが早く走れるからね」

「おいおい、坊。爺はこれでも、昔は謙信《けんしん》公にお仕えして、川中島《かわなかじま》であの信玄《しんげん》らと勇ましく戦った。当代景勝《かげかつ》様のお供をして、都にのぼったこともあるのじゃぞ」

「でも、いくさにいったら死んじゃうかもしれん。なぜ、みな、いくさなぞするの」

老爺はしゃがんで目線を坊やに合わせると、愛《いと》おしそうにその頭を撫《な》でた。

「坊よ。侠はな。苦しくても、戦わねばならんときがある。いくら相手が強くてもな。誰《だれ》しもそういうときがきっとくる。今の上杉様はそうなんじゃ。だから立ち上がったんじゃよ。その心意気に応じるべく、今、国中から侠どもが馳《は》せ参じておる。それが、あの者どもじゃ」

老爺は街道を指さした。

と、その指がとまった。同時に視線も固まっている。

その先から、武者が一騎。馬の口取り一人、具足櫃《ぐそくびつ》を背負った従者一人を従え、皆朱《かいしゅ》の大槍《おおやり》を肩にかけ、悠々と馬を進ませてくる。

身の丈は中肉中背だが、赤の陣羽織が陽光に映え、目に眩《まぶ》しいほど鮮やかである。

「おお、坊、みよ」

老爺の声は語尾がかすかに震えている。それは恐怖ではない、感動の心の震えだろう。

「天下のかぶき者まで、馳せ参じおる。このいくさ、戦国最後のおおいくさとなるかもしれんぞ」

坊やは言葉の意味がわからないらしく、つぶらな瞳《ひとみ》を大きく見開き、頭をかしげた。

「おお、すまん、すまんの。難しいことをいったの。坊、よいかの」

老爺はやさしく声音を戻した。

「あれが俠じゃ。よく、見て覚えておくんじゃ。日《ひ》の本《もと》一の俠の姿よ」

第一章　再会

かぶき者参上

その日、上杉《うえすぎ》家家老、会津《あいづ》奉行職、安田《やすだ》上総介順易《かずさのすけのりゆき》は乗馬の脾腹《ひばら》を弾むように蹴《け》りながら、呟《つぶや》いている。

「来た、来た、来た」

つい先ほどまで、神指城《こうざしじょう》の普請場《ふしんば》にいた。神指原《こうざしはら》の新城は、筆頭家老直江山城守兼続《なおえやましろのかみかねつぐ》の縄張り。日本海へと流れ出《い》づる阿賀川《あがかわ》の畔《ほとり》に、今の本拠鶴《つる》ヶ城《じょう》を上回る巨城をつくる。それは新領主上杉家の会津統治の象徴となるもので、領国整備事業の中でも最重要といっていい大作事だった。順易はその普請奉行の一人であった。

そこに自邸から使いが来た。待ちわびたあの男がついに来た、という。

順易は持ち場を同僚にまかせ、急ぎ馬に飛び乗った。

(ついに、あの男が来た)

少年のように心が沸き立っている。

「義父上《ちちうえ》、いま少し、ゆっくりと」

後ろから、まだ大人になりきらぬ高い声で叫ぶ連れがいる。

「六十郎《ろくじゅうろう》、ゆっくり行けるかよ」

子がない順易が幼い頃《ころ》よりわが子同然に養育してきた六十郎は、まだ前髪を残した若者だ。戦場を駆け巡ってきた順易にくらべれば、馬術もまだまだである。

だが、順易が馬速をゆるめることはない。

「あの前田《まえだ》慶次郎《けいじろう》様が本当に来たのですか」

必死に馬を駆る義理の息子は、息を継ぎながら叫ぶ。

「来るわさ。どうだ、父を誇りに思え」

「しかし、どこにも仕えぬという、あの天下のかぶき者が」

ふふ、と順易の頰《ほお》に笑みが浮かぶ。

伏見《ふしみ》に隠棲《いんせい》している前田慶次郎に書状をだしたのは先月だった。

(そうだ、前田慶次郎はどの家にも仕えぬ)

単に加勢を請うような書状ではあの男は動かぬ。

順易は家中《かちゆう》に変わり者で通っている。それだけに、かぶき者前田慶次郎の心中を知っている。

後世、前田慶次郎と直江山城守兼続の交友は幅広く知られている。だが、それよりも、慶次郎との逸話が多いのが、この安田順易である。

こんなこともある。慶次郎が順易の屋敷で食事をしたとき、頰張った飯が熱かった。それをみた順易は「香の物を食えば和らぐ」といった。次に順易が慶次郎に招かれ、馳走《ちそう》された風呂《ふろ》の湯がいたいほどに熱かった。思わず、「水、水を」と順易は叫んだ。

慶次郎の応対は、原書「鶴城叢談《かくじょうそうだん》」ではこうである。

「総州《そうしゅう》（順易）、水こと申せしかば、香の物壱切《ひときれ》差し出由。総州大いに困る」

香の物を入れればぬるくなるぞ、というわけだ。いうだけでなく、差し出しているのが、抜群に面白い。前田慶次郎らしい稚気、悪戯心《いたずらごころ》である。

その他に残る話も、いかにも二人の忌憚《きたん》ない様を表している。その機知に富んだやりとりは、順易のかぶき者としての片鱗《へんりん》を充分にうかがわせる。

直江兼続との交流が文雅を通じた公《おおやけ》のものなら、安田順易とは悪ふざけするほどの友情で結ばれた悪友、というところである。

（工夫するわさ）

順易は馬を駆りながら、ついに笑み崩れている。

「そうだ、あの前田慶次郎を招けるなど、国中に、上杉家とこの安田順易の他おらぬぞ」

順易は高らかに叫びあげながら、馬足を緩めずゆく。

安田屋敷の門前で馬をおりる。

「おお」

玄関脇《わき》に立て掛けられた皆朱《かいしゅ》の大槍《おおやり》をみて、順易の心はさらに高鳴る。

片足を引きずり、杖《つえ》をつかって歩く。今日ばかりは、これがもどかしい。一歩でも早く進みたい。

順易は、まだ、四十を越えたばかりの壮漢だが、足が悪い。主君上杉景勝《かげかつ》が家を継いだ後に起こった新発田重家《しばたしげいえ》の反乱で足に重傷を負い、左足を引きずるようになった。

だが、その不自由な足も錦《にしき》なのだ。順易は上杉景勝旗下で、知行一万一千石を領し、後に上杉二十五将に数えられる重臣である。そして、その才はいくさ場だけのものではない。会津三奉行を務め、治政にも長《た》けている。その存在は、宰相《さいしょう》直江兼続すら一目置くものだった。

そんな知勇兼備の御家《おいえ》の重鎮、上総介順易が足を引きずって歩く姿は、一種の愛嬌《あいきょう》すら帯びている。人は、愛と畏敬《いけい》を込めて「跛上総《ちんばかずさ》」と呼んだ。主君景勝のためにその身を捧げた猛将の尊称であった。

「義父上、お待ちくだされ」

呼びかけてくる六十郎の声を無視して、突き進んだ。

奥の間の襖《ふすま》を勢いよく開けると、その男はいた。

「前田殿」

順易は、屋敷中に響き渡るほどの大声をかける。

「安田殿、久しいな」

振り向いて目尻《めじり》に寄せた小皺《こじわ》が優しい。懐かしい顔である。

「よく来てくださった」

「この、書状」

その前田慶次郎は、微笑を浮かべて、懐から二片の書状を摑《つか》み出す。

「一つは返さねばならぬな」

一片を丁寧に差し出し、もう一片は懐に戻す。

順易は満足そうに何度も頷《うなず》きながら、慶次郎の前に胡坐《あぐら》をかく。

「なんじゃ、その頭は。かぶき者も年をとるか」

白髪が増えた、それはそうだ。順易が伏見在番だった頃以来、もう五年ぶりにもなるか。

「安田殿」

「なんだ」

「埃《ほこり》だらけだな」

順易は、慌てて、己の体をあらためた。

城普請の場から駆けつけたままの形《なり》である。

埃まみれ、汗まみれ、だ。


六十郎は、座敷で対面する安田順易と前田慶次郎利益《とします》を正面に見据えた。

(これが、あの前田慶次郎か)

鼓動が高鳴り続けている。

小袖《こそで》を着替えた順易は、さっそく、慶次郎と語り始めた。

前田慶次郎利益といえば、天下の奇士として、会津までもその名は轟《とどろ》いていた。

皆朱の槍を持たせては古今無双。そして、文学や連歌にも通じ、風雅の才も一流。また、その権力に媚《こ》びない無頼な振る舞いの数々。だが、天下人豊臣秀吉《とよとみひでよし》もその人柄を愛し、「天下御免のかぶき状」を授けた。日《ひ》の本《もと》一有名な牢人《ろうにん》、天下のかぶき者、それが前田慶次郎だった。

かつて、戦国の頃は「武士は七たび牢人せねば一人前の武士ならず」などといわれた。

だが、もはや、天下が治まってから十年の日が経《た》つ。いくら気骨を持つ者も、武士といえば、皆、主《あるじ》を持ち、禄《ろく》をいただき、家を守って暮らすのである。主にそむく、権勢に逆らうなど、したくてもできない。そんなことをしたら禄を失い、家をなくし、さ迷うこととなるのである。

そんな変わりゆく侍の生き方の中で、前田慶次郎は諸国の武士の「憧《あこが》れの人」といっていい武人であった。戦国武士の理想像、すでに伝説、といってもいい存在であった。

（その前田慶次郎が、今、目の前にいる）

目の前の慶次郎は中肉中背、毛量豊かな頭髪には白髪が混じり、髭《ひげ》も半ば白い。目尻の小皺は人生の年輪を感じさせるが、目元の切れ具合、鼻筋は通り、秀麗な容貌《ようぼう》といっていい。その表情は穏やかである。

「白河《しらかわ》の関《せき》からこちら、まるで祭りのような騒ぎだ」

慶次郎は出された煎茶《せんちゃ》を飲みながら、柔和な笑みを浮かべる。

表向きは領国整備といっているが、その実、上杉は百二十万石の領土をあげて、いくさ準備の最中である。

上方での徳川家康《とくがわいえやす》の野望は公然となっている。すでに、加賀《かが》前田家に反逆の濡《ぬ》れ衣《ぎぬ》を着せ、屈服させた。この横暴に敢然と立ち向かうべく、上杉領では、城、砦《とりで》の普請、橋、道路の整備などがひっきりなしに行われている。本拠である鶴ヶ城下も、騎馬、徒士《かち》の武者が絶え間なく行き交い、大小の作事、武芸の鍛錬の声が止《や》むことはない。

武器を作る鍛冶屋《かじや》や大工、兵糧《ひょうろう》、材木の仕入れなど、職人も商人も賑《にぎ》わいつづけている。

そして、城下へは、仕官又は陣借りを求める牢人侍たちが、日々なだれ込むように入ってくる。会津は、いままさに喧騒《けんそう》のさなかにある。

太閤《たいこう》の天下統一以来、国内でいくさは絶えていた。人々は久しぶりのいくさの匂《にお》いを嗅《か》ぎつけて、この会津の地へ群がり来ているのである。

「そうとも、あの徳川に逆らうなど、当節できるは、わが上杉家だけだ」

順易も嬉《うれ》しそうに茶を飲む。六十郎もこんなに少年のように目を輝かせる順易を見るのは、初めてだ。

「大した、反骨だ」

「好きだろうが」

笑い語らう二人を前に、六十郎の心中は、興奮と困惑が入り混じっている。

義父順易が前田慶次郎と親交があることは知っていた。順易が上杉家の上方在番だった頃からの知己のはずだった。

だが、幼少の頃、実の父を失い、安田家に引き取られた六十郎は、都どころか、越後、会津といった北越《ほくえつ》の地しか知らない。当然、順易と慶次郎の交友の場は初めてみるのである。

父から聞くその話で、六十郎の頭の中の前田慶次郎は巨大な存在となっていた。その姿は精悍《せいかん》で、華やかで、派手で、粋《いき》。男の中の男のはずだった。

そもそも、もっと威風堂々とした巨軀《きょく》の持主と思いこんでしまっていた。

(だが、これは)

六十郎は、思いつく前田慶次郎の奇談を並べていた。

加賀大納言《だいなごん》を冷水の風呂にいれて、前田家を出奔《しゅっぽん》した。太閤の前に茶筅髷《ちゃせんまげ》で出て仰天させたかと思うと、あっという間に涼しげな身形《みなり》に着替えて驚かせた。都で横柄な商人が道に投げ出した足を、百貫で買って切り取るといって、懲《こ》らしめた……。

数々の奇談は、思い浮かべるだけでも痛快である。

侍にとって、武功話はもっとも興味ある話柄《わへい》である。そして、国内の合戦が遠くなった昨今は、武勇伝に加え、名士たちが成した言行についても、多く取沙汰《とりざた》されるようになった。その手の話でよく口に上がるのは、徳川家の本多平八郎《ほんだへいはちろう》、石田《いしだ》家の島左近《しまさこん》、黒田《くろだ》家の後藤又兵衛《ごとうまたべえ》など。そんな中でも、飛び抜けて逸話の多いのが、前田慶次郎であった。

（ずいぶんと穏やかだ）

華々しい逸話を思い起こすたび、その姿に戸惑ってしまう六十郎である。

年齢のわりには、十分に若い。目の前の慶次郎は背が曲がったりしておらず、衣服を着ていてもしっかりとした骨格なのがうかがい知れる。

だが、天文《てんぶん》年間の生まれで、元亀天正《げんきてんしょう》の乱世をくぐりぬけてきたのなら、相応の年である。そして、その顔つき。あまりに柔和であった。若い頃はさぞ精悍な面構えだったであろう。だが、穏やかな笑みを絶やさぬその様は、尖《とが》りに尖った「伝説のかぶき者」とは、あまりにかけ離れていた。

（もう戦場を離れてだいぶ経つ。もののふというより、風雅の人となられたのか）

憧れの人だけに、いろいろと詮索《せんさく》してしまう。

「直江殿は達者であろうな」

「おう、それはむろん」

慶次郎の問いに順易は頷くが、少し瞳《ひとみ》に影を宿した。

「今はなにせ、日の本一お忙しい身の上。天下の注目を一身に受けておる方よ。近頃は、家臣連中ともろくに話す暇もなく」

付け足すようにいった順易の言葉に、慶次郎は視線を外すと、

「そうか」

とだけいった。

「だが、前田慶次郎が来たとあれば、会うに決まっておるわ。もう使いもだした。これからすぐにでも、直江殿の屋敷へ行こう」

順易は、なにやら、己を奮い立たせるかのようにいった。

そして、酒はそれまで我慢だ、と、慶次郎にさらに茶をすすめた。

慶次郎は無言で見返している。

「それでな、前田殿」

順易は居ずまいを正して向き直った。話題を変えようとしているようにもみえた。

「倅《せがれ》の六十郎、従者としてお傍《そば》においてくれんか」

目を丸くして固まる六十郎を一瞥《いちべつ》して、深く頭をさげる。

「まだ、元服前の小倌。粗相もあろうが、よろしくお頼み申す」

「いや、この年で男やものふべん者、迷惑はそちらに」

「戯れてはなりませんぞ」

順易は声音をさげた。

「前田殿に、ぜひ、真《まこと》の侠《おとこ》を教えてもらいたいのだ」

面をあげ、力強く慶次郎を見据えた。

まるで抜き身をつきつけたような迫真の眼《め》つきだった。

「侠、ね」

慶次郎は深い群青色の瞳で順易を見返した。そして、その目をちらりと六十郎へと流した。

六十郎の心の臓がドクリと動いた。

（く、くるのか）

痛烈なかぶき文句が。

背筋を伸ばした姿勢はそのまま、六十郎の体が強張《こわば》る。

鼓動がさらに高鳴っている。みられるのか、前田慶次郎のかぶき姿が。

沈黙。

そのまま、慶次郎は茶碗《ちゃわん》を眼前にあげる。静かに口へ寄せクイと飲んだ。

ふうと、六十郎は、深く息を吐き出した。これは、安堵《あんど》なのか、拍子抜けなのか。

（侠。侠とはなんなのか）

若い六十郎にはわからない。

直江屋敷にむかう順易と慶次郎に従い、六十郎は屋敷をでた。

静かに馬を歩ませる慶次郎の背中をみながら、六十郎の胸中は、浮ついていた。

出掛けに、順易に問うた。

「義父上、前田様を直江様にお引き合わせるとは、上杉へのご仕官ということですか」

順易は、うぬ、と首をかしげた。

「前田様は武家を離れて久しいです。いきなり、上杉家のご家臣、勤まりましょうか」

前田慶次郎は太閤の天下統一が成ってすぐ牢人となっている。もう十年も前のことだ。

統制が自慢の上杉家で浮いてしまわないか。

順易は、片眉《かたまゆ》をしかめ、じろりと六十郎の顔を見つめている。

「お前にはまだわからんな」

口元に微《かす》かな笑みが浮かんでいる。

「前田慶次郎という男はな、わしごときが千言万句《せんげんばんく》で述べる必要もない。その目でとっくり見るが良い」

話にならない。六十郎はもう尋ねるのをやめた。

とにかく自分は前田慶次郎に従者として仕える、これに間違いはない。

(あの天下のかぶき者に、わたしが)

気合を入れ直す。

この年頃に、なにをするにも全力。それでいいのだ。

天下の名宰相

上座に座った直江山城守兼続は、安田順易と前田慶次郎を正面に見据えていた。

「前田殿、よくぞ、会津に」

兼続は明るい声で切り出した。

上杉家家老筆頭、直江山城守兼続。会津百二十万石の軍政を一手に取り仕切っている男である。大柄で勇壮な体格、眉目秀麗《びもくしゅうれい》、そして明快な立ち振る舞い。名宰相、上杉の切れ者、一世の快男児、直江山城といえば、日の本六十余州にその名が轟く当代の英雄であった。

伏見時代の慶次郎との交友も知られている。南化和尚《なんかおしょう》の仲立ちで知り合った二人は、特に風雅の友として、源氏《げんじ》物語の読み会や連歌の会などで、親交を結んだ。

（上機嫌だ）

六十郎は、鶴ヶ城下本丸脇の直江屋敷の広間で、後方に控えている。

そこからみても、直江兼続が満面に爽《さわ》やかな笑みを浮かべ、慶次郎を歓迎していることがわかる。

直江山城ほどの男となれば、六十郎などまともに話すことはできない。

そして、急速に領国整備を進める上杉家で、直江山城ほど多忙な男はいない。

絶えず、誰かしらとの打ち合わせ、築城、作事現場、領内視察で動き回っている。

このように時をとって、新参牢人と会うことなどない。この辺りはさすが、前田慶次郎なのだろう。

「前田殿をいつか上杉家に迎えようと、実はこんなことをしていた」

兼続が声をかけると、小姓《こしょう》が紐《ひも》で束ねた冊子を持ってくる。

「会津に国替えされたばかりのときの、当家の知行書だ」

兼続は、「羽州米沢《うしゅうよねざわ》城主、三万石　直江山城守」すなわち、自分から始まるその冊子を、パラパラとめくると、開いたある項を指し示す。

「組外《くみほか》之衆　千石　前田慶次」とある。

安田順易が、ほう、と声にならぬ声を上げると、兼続は、ハハ、と笑う。

「まだ加賀大納言がご存命中でな。だが、わしは前田殿を名簿に入れておきたかった」

慶次郎を家中に迎えるべく先に入れておいた、というわけだ。

上杉家絶対無二の執政直江兼続だからこそできる、遊びと本気がない混じった仕業だった。慶長三年（一五九八年）、前田利家《としいえ》死去前年のものである。この知行書は写しが「会津御在城分限帳」として、後世、市立米沢図書館に収められることとなる。

「さっそく、旗本の衆が、訴えてきたぞ」

その兼続に、片頬に笑みを絶やさず、いう。

「上杉家で誰も許されていない皆朱の槍を堂々と掲げた牢人がいる、と。前田殿と知っての偏屈よ」

「何奴《なにやつ》じゃ、それは」

順易が、苦笑交じりに問うた。

「水野藤兵衛《みずのとうべえ》、藤田森右衛門《ふじたもりえもん》、韮塚理右衛門《にらづかりえもん》、宇佐美弥五左衛門《うさみやござえもん》」

六十郎ら若衆にすらその名が知れ渡る、いずれも家中屈指の猛者《もさ》たちだった。

「朱槍を使わせないでくれ、と、な」

兼続はまるで悪戯をした少年のように目を光らせた。困った、といわんばかりに首を傾《かし》げる。その実、大して気にしていないようでもある。

「その四人ともに朱槍を持たせればよい」

さも当然とばかりに慶次郎がいうと、兼続は膝を叩《たた》いて笑った。

「変わらんな。さて、前田殿」

兼続は、居ずまいを正した。

「軍師として、お迎えしたい」

声音をおとし、慶次郎を静かに見据えている。

（おお）

六十郎は伏せていた目を見張った。

あの直江山城守が、軍師として仰ごうとしている。

軍師、という概念は、当時の日本の武家にはない。だが、直江兼続の方針で、書を読み学問を奨励されている上杉家若衆の六十郎は、軍師という役目を知っている。

大陸の史書の中には、前漢《ぜんかん》の高祖《こうそ》を支えた張子房《ちょうしぼう》、蜀漢《しょくかん》の軍政を担った諸葛亮《しょかつりょう》など、錚々《そうそう》たる軍師が存在している。抜群の智謀《ちぼう》で戦略戦術を練り、主の立国を支える、それが軍師である。

直江山城といえば、上杉一の、いや、日の本一の智恵者《ちえしゃ》ではないか。この会津上杉家の誰もがそう思っている。それを、いきなり「軍師」とは。前田慶次郎とはそれほどの人物なのか。

(すごい)

六十郎は、順易と慶次郎、二人の背中をみた。

二人は無言だった。

(え?)

なぜ、無言なのか。この厚遇が気に食わないのか。

対する兼続もにわかに口を閉ざし、鋭い視線を向けていた。

室内に不穏な空気が流れていた。

息が詰まるごときみえない緊張が広間を支配している。まるで剣を抜いて対峙《たいじ》する場に立ち会っているような、そんな気分になってきた。

「直江殿」

やっと聞こえた慶次郎の一言に六十郎は救われ、ほっと一息ついた。

「庭でも案内してくれないか」

慶次郎の言葉に、兼続は黙然と頷いていた。

安田順易と六十郎は広間に残された。

順易は険しい面で前を見据えている。

いつも気さくで磊落《らいらく》な義父だ。六十郎はこんな険しい順易の顔を初めてみた。恐々として、声をかけることすら憚《はばか》られていた。

「軍師だと……」

後ろに控えていると、なにか低く呟いている。

「あの天下の前田慶次郎を……」

ブツブツと、ところどころ聞きとれる。

「直江殿、やはり……」

最後はもう聞き取れない。


一方、兼続と慶次郎は、直江屋敷の庭をゆっくり歩いている。

さすがに筆頭家老の屋敷らしく、相応に広い。百二十万石の家老屋敷ともなると、接待にも使わねばならぬ庭である。だが、無駄な作りはない。あくまで、簡素に整った庭園である。

「いい庭だな。気に入った」

慶次郎は刈り揃《そろ》えられた緑の向こうに見える青空を見上げていった。

「それは結構。蒲生氏郷殿が作った城だ。城下の隅々にもあのお方の質実剛健さが宿っている」

織田《おだ》信長《のぶなが》が惚《ほ》れ込み、太閤秀吉も一目置いた麒麟児《きりんじ》、蒲生氏郷。関東の徳川家康と、東北の伊達政宗の間に楔《くさび》を打ち込むべく、会津に配された。この鶴ヶ城も氏郷の縄張りであった。その早世のあと、会津を任されたのが上杉景勝である。

兼続は笑みを浮かべたが、視線を落とした。

「前田殿、せっかくだが、あまり時がない」

「直江殿」

慶次郎は閉じかけていた目を開けた。

「天下の直江山城が、なにをそんなに急いでいる」

兼続は少し眉間《みけん》を寄せ、面を強張らせた。

言葉を溜《た》める。直言実行をもってなす直江兼続にしてはありえない様子だった。

意を決したように、切り出す。

「やはり、止めに来たのか、前田殿」

慶次郎は静かに見返していた。兼続は、背筋を伸ばし、慶次郎へと向き直った。

「止めるな。戦わせてくれ」

慶次郎の穏やかな顔は変わらず、ゆっくりと口を開く。

「上杉は四方に敵を抱えている」

「ああ、岩出山《いわでやま》の伊達、山形《やまがた》の最上《もがみ》、水戸《みと》の佐竹《さたけ》」

兼続は晴れ渡った空を見上げた。まるでそこに東北の大名の配置図があるかのようだった。上杉と国境を隔てるうちでも主要の三大名であった。

「家康が上杉征伐を企て、東北へ至れば、上杉はこの三者を従えて、徳川と決戦する」

慶次郎は無言で見返している。兼続は小さく笑って、

「信じられぬ、というのであろう。だが、伊達、最上はとにかく、佐竹は謙信公以来、当家と深い間柄。上杉と佐竹が組むだけでも、近隣諸国には脅威、さすれば、自ずとこちらになびく」

と、いい切る。

「真の敵は、伊達や最上ではない。家康だ」

慶次郎はいうが、兼続は、それこそ、と身を乗り出す。

「前田殿だからこそ、話そう。これは、殿とわししか知らぬこと。良いか。上方で、石田治部《じぶ》が秀頼《ひでより》公を擁《よう》して立ち上がる。この会津と大坂から、家康を挟撃する。負けるはずがない」

直江兼続らしい壮大な戦略だった。日の本の国全土を舞台とする大合戦である。

「太閤身罷《みまか》りしのち、世は乱れた。これを鎮めるのがわが上杉家の義である。謙信公の御世より、上杉家は世の秩序を乱すものは許さぬ。上杉しかできぬ、正義なのだ」

兼続は歯切れよくいい、どうだ、というように胸を張った。

「義父上《ちちうえ》」

六十郎は、庭を睨み続ける順易の横顔に呼びかけた。

順易は眉をしかめたまま、空を睨み続けている。

「義父上！」

六十郎は、ついに袴《はかま》の裾《すそ》を引っ張った。

順易は思い出したかのように、振り返った。

「なんだ、六十郎」

義息の顔をみて、少し、眉をしかめた。

「義父上、拙者、血は繋《つな》がらずとも、安田上総介の息子でございます」

その真剣な眼差《まなざ》しに、順易は少し圧《お》された。

「これより、前田慶次郎様のお近くに仕えさせていただけるのなら、今、義父上がお考えのこと、それがしにもお聞かせください。いつまでも童《わらべ》扱いでは、お役に立てませぬ」

順易は、黒目を光らせて、義理の息子の顔をみた。

六十郎は、死んだ朋輩《ほうばい》、那波顕宗《なわあきむね》の遺児であった。顕宗は、上杉が担った秀吉の東北鎮定戦である仙北一揆《せんぼくいっき》の戦いで討死した。もう十年も前のことだった。

那波顕宗は上杉の本領である越後の侍ではない。もともと上州地生《じば》えの豪族で稲荷山《いなりやま》城十二万石の領主であった。先代謙信に愛されその地を任されたのだが、その謙信死後の家督争いでは反景勝派に与《くみ》し、北条傘下《ほうじようさんか》に走った。そんな反骨の猛将は、順易と馬が合った。

北条滅亡後、上杉に戻ってきた顕宗に、明らかに死に場所を探していた。

（見事な最後だった）

仙北一揆は上杉勢の討死も二百に及ぶ乱戦であった。そして、那波顕宗は群がり来る一揆勢に向けて突貫して、散った。

戦後、父の死を告げた順易にむけて、まだ幼童の息子六十郎は気丈に叫んだ。

「父のような侍になります」と。

その日から、順易は六十郎を引き取り、育て上げた。侍として、すべてを叩き込むつもりで、鍛えてきた。まだ正式に養子縁組はしていないが、幼き頃より安田の苗字《みょうじ》を名乗らせ、息子同然としている。

（いつのまにか、一端《いっぱし》の面構えになりおって）

嬉しいような、むず痒《がゆ》いような気分である。

この義息が元服したがっているのは知っている。そうであろう。同年代の仲間で、もう元服している者もいるのだ。したがらない方がおかしい。

だが、順易はそのことはいわない。

（まだ、青いところが多い。だが）

今回のこの戦乱、そして現れた前田慶次郎。この経験が六十郎を一回りも二回りも、大きくしてくれるに違いない。時が来ているのだ。

「では、聞くが」

順易が低く口を開くと、六十郎は喉元《のどもと》を引き締めた。

「まず、お前はいまの上杉家の置かれている情勢をどうみる」

「都で徳川内大臣が権勢を極めて、大老職の方々を排除しようとしております。加賀の前田様は圧に負けて、屈しました。次の狙《ねら》いはこの会津の上杉家。そのために直江様は軍備を怠らず、合戦も辞さぬお考えであります」

上杉家では、学問を奨励されるだけでなく、元服前の若衆も集められて、国政を教えられる。なので、六十郎のような若者も、お家の現状、国の情勢を諳《そら》んじている。

「そうだな。間違ってはおらぬ。では、徳川はなぜそのようなことをする」

「それは、豊家《ほうけ》の上様は幼君、その天下を横取りせんとする野望ではありませぬか。上杉家は不識庵《ふしきあん》様（謙信）より、義を掲げ、不義を討つのが家訓」

「だが、徳川内府は真の大老筆頭、すべての大名に号令できるお方よ。いかな上杉とはいえ、一人逆らっては、四方から攻め立てられて敗れはせんか」

六十郎は幼さが残る面を思い切り力ませた。敗れる、などという言葉は思いもよらない。

「直江様のもと、不義の野望と断固戦うのみです。それが上杉」

いかに学があるといっても、会津若衆の知識はあくまで会津領内での解釈である。いや、若者に限らず、国元での侍、民衆の考えは、地方のそれでしかない。

主君上杉景勝、名宰相直江山城を仰いで揺るがぬ。それが上杉家だった。

上方での複雑な政治駆け引きなど、都を知らぬ人々にわかるはずもない。

「なるほど、勇ましい。確かに直江殿はすぐれたお方、だがな、六十郎」

伏見在番で上方に詰めたこともある順易の視野は一回り大きい。

「単に二年後に名前を残すために戦う、というのでは、真《しん》に強《したた》かな男とはいえまい」

六十郎は口元を歪《ゆが》めた。上杉家の若衆にとって直江山城に異を唱えることなど、天の意に背くに等しい。主君の上杉景勝が謙信以来の「軍神」と崇《あが》めるべき存在ならば、直江兼続は「男の鑑《かがみ》」ともいうべき存在である。

だが、「跛上総」の順易はそんなことに物怖《ものお》じしない。

「六十郎よ。もしお前が成長し、智勇をそなえた名将と称《たた》えられるようになったなら、いかがするか」

「それは、お家のために懸命につくし、殿を盛り立てまする」

「では、それにて、今の直江殿のようにお家にて宿老《おとな》筆頭にのぼりつめ、国の仕置きをする立場となれば、いかがする」

「それは、よりいっそう励み、お家の身代《しんだい》を増やすようにつとめまする」

「では、それにて、天下の名将と称えられ、太閤のような天下人からも望まれ、日の本のすべての士民からも崇められるようになったら、何をするか」

再度、諭《さと》すように問いかける。その声音は、まるで禅問答の師匠のように低く重い。

六十郎は押し黙ると、大きく喉を動かし、生唾《なまつば》を飲み込んだ。

順易の顔をじっと見返す。危険な想いが胸中にせりあがっている。それは、口にするのが憚られるようなことだった。

順易は、やや目を細めて息子の顔を見つめている。

じっとりと六十郎の額に汗が浮かんできている。

「一家臣にとどまることなく、己の力を思うまま試してみたくならんか」

順易から口を開いた。まるで助け舟をだすようだった。

「いや、六十郎、それが男だ。直江殿は、大した男だ。戦国に生まれれば、早雲《そううん》、道三《どうさん》をも越えるような智謀と野望を持つ英雄であったろう。ひょっとすれば、信長公にさえ並ぶかもしれぬ。だがな、直江殿は遅れて生まれた。もし、こたびの戦乱がその機会となるのなら」

「しかし、直江様のお家への忠義は、間違いないものでしょう」

「直江殿は、不識庵公、景勝様の忠臣として育ったのだ。むろん、その義に、偽りはない。だが、治世の能臣《のうしん》でも、乱世となれば奸雄《かんゆう》となるもの」

順易は言葉を継いだ。

「謀叛《むほん》する、というわけではない。だが、やり方はいくらでもある。直江殿ほどの力量ならばな。世が乱れるのもこれが最後かもしれぬ、大丈夫たるもの、その機会に己を試してみたいと思うものだ」

六十郎は目を剝《む》いて、息を呑《の》む。そうならば、この合戦、上杉の正義を貫いた聖戦ではなくなる。直江山城の天下取りの大いくさなのか。

「よいか、六十郎。その目を大きく開いて、みよ。会津の国の中だけをみていてはいかぬ。男なら、時勢と日の本の国中をみて、ものを考えるのだ」

順易は厳然といいきった。その前で六十郎は口を閉ざし、俯《うつむ》いていた。

慶次郎は、炯々《けいけい》と眼を煇かせる気魄を静かに見据えていた。

「直江殿、その件、貴殿が一介のかぶき者なら、誠に痛快なこと。だが、一国の宰相としては、どうか。その話、民はどう思うか」

慶次郎の言葉に、兼続は、む、と、声にならぬ声をあげ、飲み込んだ。

そして、苦虫を噛《か》み潰《つぶ》したような顔をした。

会津の民は何も知らず、ただいくさに駆り出されている。

民は政権に翻弄《ほんろう》されていた。蘆名氏以降、伊達、蒲生、上杉と変わる領主の方針に振り回されている。まして上杉家は一昨年、入部したばかりの新参国主であった。

家康が都で専横を極め、上杉が反発して、いくさが起こる。民に聞こえてくるのはその程度の上辺のことである。そんな中で、城砦《じょうさい》を造らされ、道をならし、陣地を組み上げ、兵として駆りだされている。

「直江殿」

慶次郎の声はさらに低く響く。

「家中の誰にもいえぬことはわかる。だが、わしにならいえるのでは」

兼続は少し視線をおとした。しばし、言葉がでてこない。

そして眼を閉じ、眉間を強く寄せた。

やがて、その眼を強く見開いた。

「ああ、そうだ。わしは天下を取ってみたいのだ。上杉の精鋭を存分に使い、治部の口車に乗ったふりをしてな。天下の地図に合戦の絵を描《か》く、唐土《もろこし》の諸葛孔明《しょかつこうめい》のように己のみの智恵でな。だから、一人で策を練った。わしは、我が力を、この直江山城の力を試したいのだ。正義もなにもない。むしろ上杉の正義を利用するのだ」

「だから、今なのだな」

「これ以上時を待って、大きな絵が描けるか、前田殿」

今、強大な家康に屈服するなら身代を保てるかもしれない。だが、それでは、軍略家としての才を発揮する機会は逃す。豊臣の天下が揺らぎ、徳川が奪わんとするこのとき、国中が注目するところにこそ、最高の舞台がある。兼続は、声に力を込める。

「だが、前田殿、お主も来てくれた。勝てると思わぬか、もし思わぬなら勝つために力を貸してくれ。上杉を、いや、直江山城を。お主を軍師に、と言ったのに他意はない。だが、陣頭でわが野心を傍観するだけではなく、我と共に天下を取ろうではないか」

説き伏せるがごとくいう。

慶次郎は相変わらず、静かな面持ちをくずさない。

「直江殿、その決意は変わらぬな」

慶次郎の問いに、兼続は無言で頷く。

「奸臣《かんしん》のそしりを受けようと。お家をつぶすことになろうと」

さらなる問いに、やはり、固く頷く。

「太守のご意志に沿わずとも」

そのときだけ、兼続は怒りの炎を目に宿したようにみえた、が、やがて、すべてを振り切るように口を開いた。

「なにがあろうと、わしはやり遂げる」

「そうか」

慶次郎も頷き、しばらく無言で兼続を見つめていた。

「直江殿、もう、よろしい」

慶次郎は、微笑を口元に浮かべた。

「よく語ってくれた。よかろう、己が何をなせるか、ためす。それも俠の道。直江山城ほどの俠がやるというなら、とくとみさせていただく。俠直江兼続の一世一代のかぶき勝負。派手に、かぶけ」

「では」

兼続は明るく目を輝かせ、言葉を続けようとした。

「待て、なにか、勘違いがあるな」

慶次郎は懐をまさぐって、一片の書状をとりだした。

「これが、わしが会津へ来た訳よ」

先ほどの安田順易からの手紙である。差し出した紙片を兼続は拡げた。

そこには、

「俠をみに、会津にこんか」

とだけ記されている。

慶次郎は、呵々《かか》と、高らかに笑い、もう屋敷の方へ歩き出している。

軍神への謁見

翌朝、安田六十郎は眠い目をこすって起きた。

夕べはなかなか眠れなかった。昨日の、突然の前田慶次郎の来訪、義父の言葉、直江山城の横顔。一晩中、様々なことが胸を去来し、目が冴《さ》えわたる。やっと明け方になって、薄い睡魔が訪れ、浅い眠りに落ちては、また目覚めた。

(だめだ、こんなことでは)

今日は、前田慶次郎に従って鶴ヶ城に登城する。主君、上杉景勝に謁見《えっけん》するのだ。必死に体を起こし、全身を目覚めさせようと伸びをする。

庭に面した障子をあけると、陽《ひ》がいつもより高い。どうやら寝過ごしたようだ。

(いけない)

六十郎は寝所をでて、庭の井戸で口をすすぎ、台所へ向かった。

障子を開けて、朝餉《あさげ》の香りのする広間へ入ると、ぎょっと目を剝いた。

「な、なんですか」

眠気が一気にさめた。

「若いのに遅いな」

前田慶次郎はすでに朝餉の汁をすすっていた。

義父の安田順易も、すでにその前に胡坐をかいている。

六十郎を振り返ったが、その顔に、悪戯者のようなほくそ笑みがある。その横で給仕をしている義母は手を口に当て、面を伏せ、笑いを抑えている。

「ま、前田様、あ、頭は」

視線が慶次郎の頭頂部に釘付け《くぎづ》けになる。

そこには、昨日まであったふっさりとした毛髪も髷もない。テラテラと輝くほどの、丸《まる》禿《はげ》である。

「みればわかるであろう。剃《そ》った」

慶次郎はそろりとその禿頭《とくとう》を撫でた。頭だけではない。鬚《ひげ》まで綺麗《きれい》に剃っている。

その前で、義父はついに噴きだしている。

六十郎はあんぐりと口を開けたまま立ち尽くしていた。


「いったい、前田様はなにをお考えなのです」

六十郎は、土間で出かけ支度をしている男に問いかけた。

慶次郎についてきた従者が二人いる。

その一人は、法斎《ほうさい》、と呼ばれている白髪の老人である。いたって温厚そうな面持ちの小男で馬の口を取ってやってきた。手際よく支度をしている。

「私のような凡人にはわかりません」

法斎は耳あたりの良いしわがれ声で言う。準備の手を止めもしない。

高価そうな布で包まれた何かを、木箱にいれた。慶次郎に命じられた土産《みやげ》の品だという。

「旦那《だんな》様のお考えを探るなんて意味がない。最近はその数寄心《すきごころ》もすっかり影を潜《ひそ》めて、寂しく思っていましたが、この会津にきて、若返ったのかもしれません」

法斎はいうや、木箱のふたを閉じた。

（若返った、だと）

六十郎は眉をしかめた。昨日は白髪交じりの穏やかな男だった。

「ほいよ」

もう一人がその木箱を担いだ。宗之丞《そうのじょう》と名乗る寡黙な男である。法斎より年若だが、これももう初老といっていい年配である。大柄で頑丈そうな男で、鎧櫃《よろいびつ》をかついでやってきた。牢人だったのか、その肩の盛り上がり、胸板の厚さ、体つきが、明らかに農夫、町人とは違う。

仏頂面で、ほとんど口も動かさず呟く。

「参ります」

六十郎も宗之丞を手伝おうと手を添える。まだ慶次郎は上杉家の人間ではない。そして従者とはいえ、士分ですらない法斎と宗之丞は本丸外で待つこととなる。これを殿中へ運ぶのは、六十郎の役目だった。

（だいたい、これだって）

中身はなんなのか。六十郎は、胡散臭《うさんくさ》そうな目で箱を眺めている。

「おい、支度はできたのか」

「はい」

順易の呼ぶ声に六十郎は振り返る。

(もう、なるようになれ)

だが、六十郎の驚愕《きょうがく》はこれで終わらない。


(ああ)

六十郎は胸中でうめいていた。

頭の中にいろいろ詰め込まれ過ぎて、錯乱《さくらん》しそうである。

順易の後ろでゆっくりと馬を歩ませる、前田慶次郎、その姿、形。

二幅袖《ふたのそで》の帷子《かたびら》の上に、偏衫《へんさん》。先述のそり上げた丸坊主に、黒衣。もはや、異形の僧といった風体《ふうてい》である。

(胡散臭い)

表情は極めて穏やか、粛々《しゅくしゅく》と進む。顔つきだけは、どこかの大僧正《だいそうじょう》のようである。

しかし、やはり、僧ではない。背中に白四半の旗指物を指している。

それがまた奇妙である。白地に、大筆で、「大ふへん者」と書かれている。

「ふへん者」とはなにか。武者の指物なら、武辺者、と読むのが正しいのだろう。ただ、このなりは、武辺というものからかけ離れている。

道行く者たちが、奇妙なものをみる目を向ける中、慶次郎は顔色も変えずに馬を歩ませる。

六十郎はまったく理解できない。が、見つめていて不思議な気分にもなっていた。

まず、頭髪、髭がなくなると、人の年齢はさだかでなくなるらしい。

つるつるに頭を剃りあげた前田慶次郎は、確かに若返ったようにみえる。

そして、この僧衣である。今の慶次郎は、おそろしく老熟したようにもみえ、見方によっては、まるで少年のようにもみえた。

だが、このふざけた姿で、これから上杉景勝に会うのか。

あの寡黙と、厳粛で知られた、会津百二十万石の太守に。

六十郎たち若衆にとって、神にも等しいあの人に。

(こ、このお方、いったい何がしたいのだ)

六十郎は、心で叫び続けていた。


安田順易の口添えで、前田慶次郎は、上杉景勝に謁見した。

鶴ヶ城本丸主殿大広間の上座に、上杉中納言景勝が端座している。一段下がってこちらに向かうのは、筆頭家老直江山城守兼続である。

慶次郎は、最前列で面を伏せている。群臣が、その後ろに居並ぶ。

室内には異様な空気が流れている。

なにせ、慶次郎は生臭坊主のような恰好《かっこう》である。

(いくら、かぶき御免の男とはいえ、なんじゃ、あの恰好、殿が許すのか)

（これから仕官するというのに、このふざけ様）

（上方では面白がられたかもしれぬが、上杉の家風を知らぬのか）

この部屋で、平然としているのは、仲介人の安田順易ぐらいである。

慶次郎と同じ気質を持ち、この男を知り尽くした順易の心が波立つことはない。

伏見時代から、慶次郎が高貴な人に会うのに、正装で平身低頭するはずがないのだ。

（さあ、なにをみせてくれるか）

むしろ、これからどんなことが飛び出すのかと、心が浮き立っている。

「前田慶次郎利益殿」

声がけは兼続からである。上杉家ではいつもこうである。殿様である上杉景勝はまったくといっていいほど口をきかない。言葉は全て、全権委任された執政直江兼続からだ。

慶次郎は、丁重に手をつき、さらに面を伏せる。ここは礼にかなっている。

坊主頭がテラテラと輝いている。

「前田殿には、五千石を給す。わが手に与《くみ》し、組外御扶持方《くみほかおんふちがた》をお勤めいただく」

順易は慶次郎の斜め後ろで、頭を下げながら、その言葉に満悦した。

組外御扶持方とは、いま会津に群がりきている、新参牢人衆の大将格である。

新参牢人ながらいきなり五千石取り、そして直江山城直轄の下で、海千山千のいくさ人たちを束ねるのだ。

（よしよし）

どうやら、直江兼続は、慶次郎を「軍師」などとして己の帷幄《いあく》に閉じ込めることはやめたようだ。

　まずは良い出だしだった。

「あいや、またれよ」

　言いだしたのは、当の慶次郎である。

「拙者、名は前田慶次郎利益ではございませぬ」

　淡々という。

　一同、む、と眉をしかめる。

「拙者の名は、穀蔵院飄戸斎《こくぞういんひょっとさい》」

　今度は、群臣一同、はあ、と口を開けかける。

（きたなぁ）

　順易は微《かす》かに口元に笑みを浮かべる。

　前田慶次郎はどこにも仕えぬ。それを貫く。ここにいるのは、「こくぞういんひょっとさい」だった。そのためのこの衣装、この頭なのか。

　しかし、そこは直江兼続もさる者であった。

「あいわかった。では、あらためて、穀蔵院飄戸斎殿に五千石、組外御扶持方を申しつかわす」

　平然といった。一同、うむ、と声ならぬ声をあげる。

　さすがに天下のかぶき者と、天下の名宰相の掛け合いだった。

「ありがたき幸せ。しからば、われより、殿に献上の品が」

慶次郎は一礼して振り返ると、一旦《いったん》引き下がる。

またもきな臭い香りに、順易は少し眉をしかめた。

襖をあけ、声をかけると、回廊に控えた六十郎から、衣をかけた飾台《かざりだい》を受け取った。

（六十郎もずいぶん気張った顔をしておるの）

さすがに、六十郎程度の小者《こもの》は、群臣の列に連なることはできない。元服し、きちんとした役目を得て、さらに功績をつまねばならない。室内の雰囲気がわからない六十郎は、やりとりを気にして、ひたすらに緊張しているのだろう。

慶次郎は、それを厳《おごそ》かに持ってきて、再度、平伏した。

順易の胸でさらに予感が膨張する。家を出るときから、従者が抱えていた挟箱《はさみばこ》が気になっていたのだ。

布で覆われた台を前に押しだす。

（刀か）

いや、刀にしては形が歪《いびつ》だ。

慶次郎は、丁寧にその布を剝いでいく。

「な」

声ならぬ声が広間を支配した。

「常山紀談《じょうざんきだん》」では、この場面、極めて簡潔にこう書かれている。

「上杉景勝に仕へけり。初めて目見《めみえ》する時、土大根三本、台に居《すえ》て出しけり」

台に載った大根が三本。しかも、ご丁寧に土までついている。

順易は啞然《あぜん》としながら、この謎《なぞ》かけはなんなのか、頭をめぐらせていた。なにせ、あの慶次郎なのである。大いなる意味をこめた大根なのだ。

「これなる土大根」

慶次郎の口上がはじまる。

「見るからに、むさい。しかし、殿、この大根、煮てもよし、漬けてもよし。嚙めば嚙むほど味がでる」

そういって、己の禿《は》げ頭をくるりと撫でた。

(ふふっ)

順易は心中吹き出した。いや、大笑いしていた。ここが殿中でなければ、腹を抱えて笑い転げているであろう。

そうか、そういうことか。長年の牢人暮らしの末に坊主と成り果てた己を、この土大根に例えての諧謔《かいぎゃく》か。

(さすが、前田殿よ)

だが、感嘆しているのは、順易ぐらいだった。

一同、静かに慄《おのの》いていた。みな、主君上杉景勝の顔色を窺《うかが》っている。

ここまでのあまりに突飛な振る舞い。いや、知っていれば、これぞ、前田慶次郎なのだろう。

だが、上座の上杉景勝は、眉間を寄せ、こめかみを強張らせている。その神経質そうな青白い顔。上座からは、威厳を通り越した、異常な緊張が張りつめている。

群臣は景勝の気性を知っている。決して、人前で笑顔をみせない寡黙な男であった。家臣すら笑顔をみたのは、飼っていた猿が景勝の頭巾《ずきん》をかぶって木の枝に登りお辞儀したときだけ、そんな逸話すら残るほどだった。

家臣が震えあがるほどに、厳粛。それだけ、その気性を恐れられた上杉景勝である。

（さすがにこれは、直江殿でもとりなせない）

順易は、生唾を飲み、喉をならした。

慶次郎のこのかぶきぶりは順易には痛快である。

だが、上杉への仕官がかなう瀬戸際なのだ。すべては景勝の機嫌にかかっている。

皆、肩を強ばらせ、固唾を呑んで見守っている。

（わしが、やるか）

あとは自分しかいない。順易が身を乗り出そうとしたとき。

「ふっ」

上座で、息を抜く音が響く。一同、あっと目を見張る。

景勝の片頬が、ほんの一瞬、かすかに歪《ゆが》んだ。それは、笑みのようにみえた。

「好物だ」

少し首を傾げ、口元を緩め、低く呟いた。

（おお）

順易はじめ一同の感嘆の溜息《ためいき》が室内を満たす。

「殿もご満足だ。ひょっとさい殿、励みなされ」

直江兼続はその機会を逃さず、場をまとめた。

俠たちの誓い

その晩、安田屋敷の縁側に、酒盛りをする安田順易と前田慶次郎の姿があった。

肴《さかな》は月明かりである。月が中天にある夜空を見上げながら、二人は黙々と杯《さかずき》を重ねている。

言葉はない。ただ、差し、差されていた。夜更けまで、粛とした酒盛りは続いた。

安田六十郎は近寄りがたい雰囲気の二人の背中をみていた。

順易も慶次郎も中背である。だが、なぜか、その背中は大きくみえた。

謁見の広間には入れなかった六十郎だが、お目見えの首尾は上々だったことはわかる。

上機嫌で飲んでいるのか、と思いきや、二人は沈鬱《ちんうつ》そうな顔を崩さなかった。

「あ」

慶次郎が、順易の杯に酒を差そうと横を向く。

その横顔の頰がぬれていた。

（泣いているのか）

六十郎はそっと、慶次郎の横顔がみえる場所へ座り直した。

泣いていた。

月を見上げる瞳はしっかり開かれているが、そこから一筋の涙が伝っていた。

その涙を拭《ぬぐ》おうともせずに、前田慶次郎は泣いていた。

また、グイと干す。

その酒がまるで瞳から溢《あふ》れるかのように、慶次郎は泣いていた。

「景勝様は」

ポツリと慶次郎が呟く。

順易が酒を差し出すと、慶次郎は受ける。

「哀《かな》しい目をしていたな」

順易も滲《にじ》んだ瞳を伏せ、二度三度と頷く。

「ああ、そうだ。運命《さだめ》を背負っている。俠の運命をな。そんな目だ」

「哀しい。哀しいが、俠の中の俠だ」

杯を干しながら、夜空を見上げる。その頬をまた涙がつたう。

六十郎は、不思議と、その横顔を美しい、と思った。

なぜか。なぜなのか、それはわからない。

まるで、入ることができない。二人の俠が、俠同士の対話をしている。

六十郎は、その武骨な対話から、そっと遠ざかった。

己のような若輩者《じゃくはいもの》がここにいることをひどく無粋《ぶすい》に感じていた。

「法斎どの」

台所場に入ると、酒を支度している法斎に問いかけた。

この温厚な老人は、優しげな目を向けた。

(みましたか)

その瞳が語っている。

「あんな旦那様をみるのは、あのとき以来です」

「あのとき?」

「聞いたことありませんか、伏見の酒宴ですよ」

「ああ」

知っている。前田慶次郎の話、といえば、順易がさも楽しげに語っていた、あのことを。

当時、前田慶次郎は、前田家を出て伏見に屋敷を構え、悠々自適に暮らしていた。

慶次郎は隠居の身であるが、まだ壮年。まして、織田時代からの勇名が響き渡っていた慶次郎は、諸侯垂涎《すいぜん》の武人であった。

だが、どこにも仕えることはできない。出奔をした前田家の手前、どの大名も、慶次郎を迎え入れることはできなかった。いわゆる「奉公構い」であった。なにせ、前田利家は時の権力者豊臣秀吉の右腕といわれた、重鎮なのだ。

慶次郎の都での奇行の数々は、そんな中から生まれた。太閤はその行状をみて、「天下御免のかぶき状」なるものを授けた。「いつ、どこでも自由にかぶいて良い」という許可状を与えたのだ。

これも、前田利家への配慮があった。慶次郎は、利家と仲たがいするような形で、前田家を去った。兄から家を継いだ利家にとって、その兄の養子であった慶次郎は、煙たい存在であった。慶次郎は前田家にいてはならない人間だったのだ。

だが、隠居するには慶次郎の武名は高まりすぎていた。慶次郎ほどの武人を使いこなせなかったとなると、武家頭領としての利家の体面は泥にまみれる。まして、他家で、慶次郎が大身となるなど、許されない。

太閤秀吉はそれを見越して、世にも奇妙な「天下御免のかぶき状」をだした。

「天下のかぶき者」とは、もはや、侍に戻れない男に与えられた哀しい称号だった。

伏見での慶次郎は隠居の身でありながら、一級の有名人であった。連歌の会や、源氏物語の講釈の集いなど、武道一点張りの牢人では参加できない会にも顔を出していた。

その日も、伏見在住の諸大名が集まる酒席に、前田慶次郎は連なって参加していた。

杯をかさね、臨席した面々も酔いが進んだ頃である。

「たれぞある。面白い余興はないか」

誰からともなく、叫びがあがる。今でこそ、きらびやかな衣装をまとって、大人びた振る舞いをしているが、つい先年まで、戦陣で鳴らした荒大名たちである。酒が入れば、自然、乱れてくる。酔った末での掴み合いすら、日常であった。

「しからば、わが舞など、ご披露」

末席で立ち上がった男がいる。

慶次郎である。いつのまにか、熊《くま》だか鹿《しか》だかの毛皮を身にまとっている。まるで狒々《ひひ》の化け物のようである。

小刻みに舞い始めた。猿回しの猿のようである。

上杉景勝の付き添いで酒席にでていた順易は心中、仰天するとともに、噴きだしていた。

(これが本当の猿まね、か)

猿まね。順易は笑顔を伏せたが、列席の大名たちは笑えない。

笑えない事情がある。当世、猿、といえば、太閤秀吉のことである。といって表立って秀吉のことを猿とよべる者などいない。

諸侯は曖昧《あいまい》な笑みを浮かべ、その場に固まっていた。

さて、慶次郎は、そんな中いっさい遠慮することがない。

胡坐をかく大名たちのひざ上に腰掛け、子ザルのような振る舞いをする。

「これは、羽柴岐阜侍従《はしばぎふじじゅう》殿、立派なお髭」

などと、呼びかけ、その髭を撫でたりする。

(これは、きついなあ)

池田輝政《いけだてるまさ》は、織田信長の乳兄弟《ちきょうだい》であった池田恒興《つねおき》の息子である。父は小牧長久手《こまきながくて》の戦いで秀吉について、討死した。家を継いだ輝政は、今や秀吉の家臣となり、羽柴の姓と官位をあたえられ、元は信長の本拠地であった岐阜城の城主である。羽柴岐阜侍従とは輝政その人である。

だが、猿の慶次郎から浴びせられた痛烈な皮肉にも、輝政は愛想笑いで頷くだけであった。

あまりの突拍子無さに、みな度胆を抜かれている。憤っていいのか、愉《たの》しんでいいのか、もうわからない。

そんな、困惑渦を巻く室内を舞い歩く慶次郎の足が、ある男の前で、ふと、止まった。

それは、順易のすぐ傍である。

最初は怪訝《けげん》そうな顔で端然と座るその男を見つめた。まるで、警戒する猿の顔だ。

だが、すぐにその目は道化の色を消した。

目の前の男、上杉景勝は、微塵《みじん》も動揺することなく、寡黙に杯を空けていた。

(さすが、わが殿よ)

順易は、胸の内で主君を誇っていた。やはり、成り上がりの大名たちとは格が違う。凜《りん》と背筋を伸ばしたその座り姿からは、神々しい威風すら感じられた。この酒席が混沌《こんとん》としているなら、なおさらのことであった。

顔は沈鬱《ちんうつ》そうに眉間にしわを寄せている。

だが、けっして冷酷な顔ではない。その猿舞をみて、あくまでそれを自然のものとして受け止め許す。そんな大きな度量すら感じられた。

その目は深い色を湛え、まっすぐ眼前の猿を見つめていた。しぜん、慶次郎と目が合うこととなる。

そして、景勝は己の持つ杯を前に差し出した。飲むか、とでもいわんばかりである。

一瞬、二人の瞳の色が、混ざり合ったように感じた。

次の瞬間、慶次郎は会釈すると向きを変え、次の席へと猿舞で移った。

その一部始終を、順易はみていた。

結局、この酒席の猿舞で、慶次郎が悪戯をしなかったのは、上杉景勝だけであった。

「義父から、その話は何度も」

慶次郎のかぶき姿を初めてみたのだ、と順易は我が事を自慢するように語った。

六十郎からしても、空恐ろしいほどの振る舞いである。順易からだけでなく、国中の侍たちの間でも語り草となる、慶次郎のかぶき伝説の一つだった。

「では、その後のこともご存知か」

法斎は穏やかに顔を綻《ほころ》ばせる。

知らなかった。いや、それは、誰も知らないだろう。

「その晩、旦那様はお帰りになると、屋敷の縁側で、やはり、今晩のように月を肴に飲み明かされた」

慶次郎は杯を空けては、涙を流していた。

「今宵、俠をみた」

慶次郎はしきりとそういって、月を見上げては酒を飲み、杯を空けては、涙を流した。

「上杉景勝様に魅せられましたか」

法斎は酒を注《つ》ぎながら思わず聞いた。

「あのお方の目は」

慶次郎は、またゆっくりと月を見上げた。

「俠の中の俠の目だ。俠たるもの、かのような方こそ、全身全霊で支えたい」

慶次郎はそういって泣いた。

涙が杯に落ちた。涙ごと、慶次郎は飲み干した。

「わしもまだ旦那様に仕えたばかりで、無粋なことを聞いてしまいました」

法斎は思い出すだけで胸が熱くなるのか、鼻をすすり上げた。

（俠、か）

また俠か、六十郎は腕を組んで考え込んだ。

よくわからないが、なぜか胸が昂揚《こうよう》していた。


同じ頃、同じ月を見上げている者がいた。

直江山城守兼続は、屋敷の寝所の縁側で、一人端然と月をみていた。

「まだ、お休みになられぬのですか」

寝床から、妻のお船《せん》が、呼びかけてくる。

先ほど、久方ぶりに二人は交《さ》わった。

お船はまだ睦言《むつごと》の火照りが醒めぬ寝床からでて、兼続の後ろへ正座すると、その広く逞《たくま》しい背中に額を当てた。

お船はつい先日まで伏見にいた。秀吉生存中、上杉は当主景勝だけでなく、兼続も妻を人質として伏見屋敷に置いていた。独裁者の死により、やっとお船は夫の元へ戻ってきた。

久しぶりに傍でみて、お船は兼続の微妙な変化に気づいた。

夫は、何かに苛立《いらだ》っているようにみえた。口数が減り、それとなく、お船を避けていた。

だが、今夜は、力強く優しくお船を愛した。いつもの雄々《おお》しい直江兼続が戻ってきた。

その気が遠くなるほどの愛撫《あいぶ》の余韻が、お船の体に残っている。

お船は、安堵していた。

(辛《つら》かったのだわ)

直江兼続という名はいつしか、夫をきつく縛っていた。

すべての者が、兼続に方針と判断を求め、いつも名将であることを求めていた。

そして、このいくさ騒ぎ。

この難しい状況の中、兼続はすべてを一心に背負い、一人で家を動かしていた。

百二十万石の家臣と民を抱え、みなが、同じ想いで動くはずなどない。いくさに反対する者も当然いる。反対者たちの意見を封じるべく、夫は神経を尖らせ続けていた。

お船が知る兼続は、書物を好み、詩歌を愛する、風雅の人だった。世にいわれる智勇兼備の剛将というより、文人肌の繊細な男だった。

時に一人懊悩《おうのう》し、それでも弱さを見せず、力強く振る舞い続けていた。

今夜、その呪縛《じゅばく》からやっと解き放たれたようにみえた。

(あなたの思うまま、やりなさい)

お船は夫の背中に語りかけている。

兼続は、背中に当たるお船の額から熱を感じながら、月を見上げている。

激しく、胸が荒ぶっていた。それをぶつけるがごとく、妻の体を攻めた。

「お船」

兼続が横目で視線を投げると、なにもいわずとも、お船にはわかる。

無言で楚々《そそ》と立ち上がり、兼続の横で座り直す。兼続はごろりと寝転がる。

そして、お船の太やかな腿《もも》に、頭を預けた。

お船が伸ばしてきた左手の指に、己の右の指を絡める。

そして、もう一方の手は、小袖の裾を割り、お船の豊かな太腿を撫でる。

妻のしなやかでやわらかい指先、滑らかで張りのある太腿。

(この指が、この太腿が、そして、この)

太腿を這《は》う兼続の左手の指が、その付け根の局所へと近づいた。

あ、と、妻が微かに息を吐く音が、月明かりの中、響く。

(お船が、直江兼続をつくった)

兼続は妻を愛し抜いた。兼続ほどの男が、生涯、側室すら置かなかった。

もし、謙信が死ななかったら、景勝が家を継がなかったら、そして、お船の前夫が殺されなかったら。

直江山城守兼続は、今この場にはいなかったであろう。

兼続は己の数奇な半生を思い起こしている。

（そして、上杉百二十万石をつくったのは、この直江兼続だ）

これは、誰にもいえない、主君景勝にさえいえない、兼続の本音だ。

上杉家は謙信の代で実質終わっていたのだ。

軍神と崇められた上杉謙信は、武家大名としては、失格者だった。

生涯妻帯しないどころか、女犯《にょぼん》もせず、大切な世継ぎを残そうとしなかった。

しかも、中途半端な養子を複数とり、平等に愛した。

挙句に、突然に死んだ。後継者争いが起こるのは当たり前だった。

現当主景勝と、もう一人の養子景虎《かげとら》を担いで、上杉家は真っ二つに割れ、荒れに荒れた。

「御館《おたて》の乱」と呼ばれた後継者争いの合戦である。

まだお船と結ばれず、樋口《ひぐち》という下士の息子であった兼続は、父に従い景勝を担いだ。

景勝はなんとか家を継いだものの、戦国最強といわれた上杉家の戦力は激減していた。

内乱は続き、都を制した織田信長に圧迫され、滅亡が近づいていた。

（いや、真に滅びたのだ）

もう、軍神毘沙門天《びしゃもんてん》の加護をうけた日の本一の軍団、などと、いえなかった。

お船の前夫がやはりお家騒動の中で刺殺され、兼続が婿養子として直江家の当主となったのはそんな頃だった。

景勝に引き上げられた兼続は、いきなり家老として国政に参加した。

内乱で有能な家臣を多数失い、近隣から攻め込まれ、領土も縮小。はたちそこそこの兼続に頼らねばならぬほどに、上杉は逼迫《ひっぱく》していたのである。

兼続がまず成さねばならぬこと、それは強い上杉軍団の再生だった。

（これしかなかった）

それは、軍神上杉謙信の再生、であった。

もとより、国人《こくじん》領主の集合体だった上杉家。あくの強い越後の城主たちがまとまることができたのは、神にも等しい軍略者、謙信への信仰があったからだった。

跡継ぎの景勝が、その能力、個性で、謙信を越えるのは不可能なことだった。

（それなら）

兼続は、景勝にひたすらその個を殺すことを求めた。

寡黙、無表情、そのうえで、ただひたすらに威厳を保つこと。毘沙門天を信仰し、謙信のごとく、堂に籠《こも》って祈ること。

すなわち、ご神体として、家臣団に対して、ただ君臨する。対して、実務はすべて、兼続がやる。家臣との談合、評定の仕切り、対外折衝など軍務政治すべてを。

謙信の容姿、威厳、上杉家の家格は景勝が担い、その下で兼続が家を束ねる。

だが、兼続は悟っていた。

この行為は、すなわち、上杉景勝という男を殺す、ということを。

己の感情をすべて押し殺し、先君を模す、それは、己が先君に決して及ばないことを認める、ということである。国主なのに、己の思うまま振る舞えない。それは、男として、屈辱ではないか。

だが、景勝はそれを呑んだ。そして、見事なほどにそれを遂行した。

まるで謙信が宿ったかのような景勝の威光のもと、兼続は家の再建に着手した。

そして、最大の転機も訪れた。本能寺《ほんのうじ》の変で織田信長が横死すると、上杉を追い詰めていた危機は一気に去った。

兼続はこの好機に、羽柴秀吉の天下取りに肩入れし、その家臣石田三成《みつなり》に近づいた。大胆な読みと、果断な実践は見事にあたった。

天下人秀吉の後ろ盾もえた上杉は立ち直り、それを成した直江兼続の名は名宰相として響き渡った。

(景勝様)

不意に、お船の太腿を撫でていた兼続が、その柔い肌をわしづかみにした。

お船は痛みと驚きに耐え、夫をやさしく見つめている。

兼続は目をきつく閉じていた。

(景勝様だからこそ、成せたのだ)

兼続は、開花した上杉家の栄華を拡げることに全霊を捧げながら、絶えず、一つのことを考えていた。

この栄光は、すべて、上杉景勝の死の上に成り立っていた。

死とは命が絶えることではない。おの《おの》が男としての誇りを殺し続けることだった。

家が立ち直り、安定した後も、景勝は己が身で謙信の遺風を保つことを、やめなかった。

家臣団の前はもちろん、諸大名との社交の場ですら、寡黙で厳粛な姿で押し通した。

補佐役としての兼続の名声が高まる中、上杉景勝の評判は、「笑みをみせぬ」「気難しい」「神秘的」ということに留《とど》まった。

兼続は、秀吉が天下人の戯言《ざれごと》で、景勝に諧謔を求める場などに出くわすと、全身が焼き尽くされるほどの憤りを覚えた。それは殺意にすら似ていた。そして、直言で抗した。

皮肉にも、それはさらに兼続の評価をあげ、秀吉は「兼続を直臣としたい」とまで言い出した。兼続は、言下に拒絶した。天下人の誘いすら断った直江兼続の名は、もはや天下一となった。

(すべては景勝様のおかげなのだ)

昨日、慶次郎に語ったことは、本音だ。

天下を取る。この戦乱に乗じて、上杉家の軍勢を思うまま動かし、その武で政権を奪い取る。

だが、それは、己のためではない。

(景勝様を天下人に)

謙信の、そして上杉家の呪縛から、上杉景勝を解放する。おもうまま、生きてもらう。そのためには、天下様とするしかない。

石田三成から密謀《みつぼう》を持ちかけられたとき、兼続の頭に、壮大な合戦絵巻ができあがった。

天下狙いの徳川家康に会津へ攻め込ませ、それに立ち向かう。家を守るための義戦にみせかけ軍を起こし、やがて、上方で起こる三成の挙兵に応じる。家康を上方と東北から挟撃する。いい筋書きだった。

だが、兼続の深意は三成とは違っていた。

三成の天下構想は、あくまで豊臣体制の維持だった。

その脅威である徳川を倒す。だから、上杉、毛利《もうり》、宇喜多《うきた》らの軍事力を利用するのだった。太閤の遺児秀頼のために尽くす。それを、至極当たり前のごとく、反家康の大名たちに課していた。

勝つ。だが、それでは、上杉家は豊臣政権下の一勢力として変わることはない。三成の構想の中で、上杉はどうしても脇役だった。義、という言葉を与えればたちあがってくれる、そんな程度にしかみていないのだった。

(舐《な》められているのだ)

確かに上杉は、豊臣秀吉に救われた。だが、それは大名としてとるべき道をとっての結果だった。

そして太閤には充分つくした。遺児にまで義理立てする必要など微塵《みじん》もない。

むしろ、三成のいうとおりにすると、次は毛利輝元《てるもと》などという凡庸《ぼんよう》な者の下座につくかもしれない。

馬鹿げていた。だから、

(この機に乗じて、天下を取る)

直江山城守兼続が上杉家でやらねばならない仕上げの事業である。

三成に怨《うら》みはない。だが、これは最後の機会かもしれない。

織田信長の死に上杉再興の機会。そして秀吉の死は上杉天下取りの機会なのだ。

天下を望む。それは上杉家の家風には合わない。上杉の戦いはすべて義戦。領土欲、権勢欲のために戦ったことはない。それが家中に染みとおった掟《おきて》だった。

書を好み、学問を尊ぶ兼続は、この天下思想を考えに考えた。何度となく、自問した。己だけでなく、人にも聞いた。

都に住まう、当代随一の朱子学者、藤原惺窩《ふじわらせいか》に尋ねるべく、その庵《いおり》を三度も訪問した。侍嫌いの惺窩は居留守を使って二度まで会わず、三度目に兼続が訪ねたときは本当に留守だった。さすがに熱意に負けた惺窩が、会津に帰国しようとする兼続を大津《おおつ》まで追いかけてきて、ようやく面談は成った。

兼続は単刀直入に尋ねた。「夫《そ》レ絶ヲ継ギ、傾クヲ扶《たす》ク」（まさに絶えるを継ぎ、傾いたのを支える）という言葉がある。今尚《なお》、これを為《な》すべきか、と。

惺窩は時節柄、豊臣の幼君を援《たす》けると思ったのか、顔色を変え、「ことを急いでは破るでしょう」といった。

（違う）

兼続は心で叫んだ。

謙信の後が絶えるのを繫ぎ、傾いた上杉を支えた自分、それは間違いではなかったのか、そして、それを天下に押し上げる、ということを聞いたのだ。

落胆して、兼続の心は決まった。所詮《しょせん》学者は学者だった。自分はやはり侍なのだ。

学者が理解できない、ということで、むしろその決意は固まった。

そこから、この戦略を深く胸に蔵《ぞう》した。家中誰にも漏らさず、一人で練り、独断で遂行してきた。

だが、家中でも敏感な者はいる。上方情勢にも通じている何人かは兼続の強行に懐疑的なようだった。そんな視線を感じながら、兼続は策を推し進めた。それが己の使命と念じ、没頭することで雑念を払おうとしていた。

前田慶次郎は、そんなところを見事にいい当てた。

(わかっているのだ)

この上杉家の事情を、兼続の本音を、あの男は。

武家から身を引き、都に暮らしながらも、この世を斜めからみているあの男は。

(だが、前田殿は)

兼続に、思い切りかぶけ、といい放った。

(あの天下のかぶき者が、わしに、かぶけ、と)

おそらくあの男なりに思うところはあるのに違いない。

だが、それはすべて封印して、やりきれと、いってくれた。

ククッと、兼続の笑みが、お船の腿をゆらす。

(ひょっとさい、だと)

そして、本日のあの振る舞い。

くどくど考えていた自分が小さくみえた。

やるのだ。もう決めたことではないか。やるなら、あれこれ思い詰めず、これから成すことに全力を注げ、と。度肝を抜くほどの豹変《ひょうへん》振《ぶ》りと、天下に響いた名を捨てた前田慶次郎の振る舞いは、そういっているようにみえた。

（やってやる）

前に進むのだ。慶次郎があっというほどにやってやろうではないか。

「ああ、やってやるさ」

兼続は思わず声に出していた。

お船は少女のように瞳を真ん丸く開いて、見下ろしていた。

兼続の胸に昂揚がふつふつとせりあがっている。

「お船、筆と硯《すずり》を」

おもむろに体を起こすと、小袖の襟を正した。

お船が寝巻きを整え寝所をでていくと、兼続は文机《ふづくえ》に向かい、その上にあった一片の書状を拡げた。

上方からの書状は、西笑承兌《さいしょうじょうたい》の署名で、家康の上洛《じょうらく》勧告を無視し続ける上杉景勝に謀叛の疑いありと、糾弾《きゅうだん》していた。

兼続は一度ゆっくり読み返す。

（かぶけ、か）

全身の血が逆流するかのような闘志が燃え盛ってくる。

お船が持ってきた筆を握り締めた。硯に、ざんぶと、筆先を浸す。

言葉が、脳内に噴流のように湧《わ》き出《つぶさ》ている。

「今朔《こんさく》の尊書、昨十三日下着具に拝見　多幸多幸……」

書く。

荒々しい筆致を抑えることもなく、兼続は書く。
直江兼続は、その熱い鼓動を筆にのせて、書き続けた。

第二章　戦雲動く

直江状

今月一日のお手紙、昨十三日に着き、拝読しました。多幸、多幸。

一、当国についてお近くでいろいろと噂話《うわさばなし》があるようで、内府様がご不審に思うのも仕方のない事でしょう。

しかし、京・伏見《ふしみ》の間ですら、いろいろと事が止《や》むときもないのです。ましてや遠国にいる上杉景勝《うえすぎかげかつ》は弱輩です。それに見合った噂と思います。大したことはないのです。ご心配もいりません。どうぞ聞き流してくださいませ。

一、そもそも、景勝が上洛《じょうらく》を引き延ばしていると何かといわれることが、おかしいのです。

一昨年、会津《あいづ》に国替えしてすぐに上洛し、去年九月に帰国したばかり。また正月に上洛しろと申されては、いつ領国の仕置きを申しつけることができるでしょう。

当国は雪国にて十月より三月までは何事もできません。当国に詳しい者に聞いてみてください。

では、何者が景勝に逆心ありといって、そのような推量をするのでしょうか。

一、景勝が別心ないのなら、そのこと誓詞《せいし》をもってしめせと申されますが、去年以来、数通の起請文が反故《ほご》にされているので、重ねての必要などないでしょう。

一、太閤《たいこう》のときより、景勝は律儀の人として通っています。それは今でも変わることはありません。世の朝変暮化とは違います。

一、景勝の心中には、毛頭別心などございませんが、讒言者《ざんげんしゃ》の言うことを糾明することなく、逆心と考えられるのでは話になりません。

そのままにせず、讒言者とお引き合わせのうえ、その是非を尋ねることこそするべきなのに、これもしないのなら、内府様こそ、表裏があると存じます。

一、北陸の前田肥前《まえだひぜん》殿にも思召《おぼしめ》しのまま仰せつけられて、その御威光大そうなことです。

一、増田右衛門尉《ましたうえもんのじょう》、大谷刑部少輔《おおたにぎょうぶしょうゆう》が内府様の元へ出頭したということは承りました。珍重なことです。自然と用があれば、彼らに申しましょう。

榊原式部大輔《さかきばらしきぶたいふ》は景勝の公式の取り次ぎ役です。ならば、景勝の逆心が歴然というなら、これについて一応は忠告の意見をすることこそ侍の筋目、内府様の御為《おんため》になることです。

そのような分別こそ差し上げるべきところに、讒言者である堀監物《ほりけんもつ》（直政《なおまさ》）の奏者をつとめ、才覚をもってこれを妨げるべきなのにしていない。彼が忠臣なのか佞臣《ねいしん》なのか。きちんとした分別をしてこそです。重ねてお願いしたいことです。

一、第一にこのような噂話があるからこそ、上洛せずにいるのです。右に申したとおりです。

一、第二に武具を集めていることですが、上方の武士は昨今、今焼《いまや》き茶碗《ちゃわん》や、炭取、瓢《ふくべ》など人たらしの道具を持つようですが、田舎武士は鉄砲弓矢の道具を支度するものです。その国々の風俗と思召し、ご不審などなきようにしてください。
またもし、不似合いの道具を用意しているというのなら、景勝が不届けであることも何ほどのことでもないでしょう。

そんなことを論ずることこそ、天下に似合わぬお沙汰《さた》でございませんか。

一、第三、道を作り、舟や橋を作って往還の滞《とどこお》りをないようにするのは、国を持つ者の役目であります。
越後《えちご》に於《お》いても舟、橋、道を作ってきました、だから端々《はしばし》に残っております。堀監物とてこれはよく知っているはずのことです。上杉が当国へ移ってから仕置きはしていないようですが、越後は上杉の本国、堀久太郎《きゅうたろう》（秀治《ひではる》）を踏み潰《つぶ》すのに何の手間がいるのでしょう。道を作ることもありません。

景勝の領地の会津は申すまでもなく、上野《こうずけ》・下野《しもつけ》・岩城《いわき》・相馬《そうま》・（伊達《だて》）政宗《まさむね》領・最上《もがみ》・由利《ゆり》・仙北《せんぼく》の境へといずれも道を作ったのに、近辺の衆にはなにも言われておりません。

なのに、堀監物ばかりは道を作るのを恐れていろいろと申し立てるとは、よくよく弓矢の事を知らざる無分別者と思った方がよいでしょう。

もし景勝に逆心があるのなら、国境に堀を切って、道を塞《ふさ》ぎ、防戦の準備をするでしょう。十方へ道を作って、反逆し、人数をだせば、一方の防ぎさえもならず、まして十方防ぐなどなるべくもありません。たとえ他国へ出るといっても、景勝は一方向にこそ兵をだせるはず。なかなか、言葉にも及ばぬうつけ者とみえます。

景勝が領地に道をつくるところを、江戸から白河口に使者を送ってよくご検分ください。そのほか、もっと奥へも使者は行き来しておりますので、お尋ねいただければ、よくわかるでしょう。

それでもまだご不審が有れば、改めて使者をお送りください。

各国境をご覧いただき、合点するべくしましょう。

一、親しくお付き合いさせていただいた間は、虚言となるようなことはお互いのため無き様にしてきました。しかし高麗《こうらい》が降参しないので来々年に軍勢を遣わすと仰せられるのは明らかな虚言というべきでしょう。一笑、一笑。

一、景勝は当年三月、謙信《けんしん》の追善供養をするため、しばらく間をあけ、夏にお見舞いに上洛する予定でした。武具のことや国の仕置は、在国中に調えるよう用意していたのです。

ところが、増田右衛門尉、大谷刑部少輔より使者があり申されるのは、景勝が逆心を持ち不穏だ、別心ないなら上洛して当然、とのこと。また、この申し出は内府様のご親切であるとのこと。

親しき間なら讒言者の申し分をきちんと糾明してこそ、懇切が験《ため》されるところです。恨みも逆心もなしと申すのを、別心ないなら上洛せよ、などとは、まるで乳飲み子の解釈です。話にもなりません。

昨日まで逆心を企てたる者もその行いが成されないなら、素知らぬ顔で上洛をしたり、縁者を頼ったり、あるいは新しい知行を受けたりと、己の不足を顧みざる人と交わるような当世風の行いは、景勝の身には似合いません。

心中に別心なくとも、逆心天下に隠れないといわれて、みだりに上洛しては累代の弓矢の覚えまで失うことになります。讒言者の糾明がなければ上洛などなりません。

この旨《むね》、景勝が理に適《かな》うのか、間違っているのか、わからないはずがありません。

とくに、景勝の家中《かちゅう》で藤田能登守《ふじたのとのかみ》と申す者が、先月半ばに当国を引き取り、江戸へ移り、それから上洛しました。万事は知れております。

景勝が間違っているのか、内府様に表裏があるのか、世が判断してくれるでしょう。
一、もはや、千言万句《せんげんばんく》の必要もありません。景勝は毛頭別心はないのに、上洛はならないように仕掛けているのでは、もう何を言っても仕方がないのです。内府様の分別がつき次第、上洛するようお申し付けください。
たとえ、内府様がこのまま景勝に在国するよう申されても、太閤様の御遺志に背き、数通の起請文《きしょうもん》を反故にしたことになり、御幼少の秀頼《ひでより》様への首尾がたちません。

また、こちらより手出しをして、天下の主となったとしても悪人の名も逃れられず、末代までの恥辱と為《な》すでしょう。このようなことはこちらでも考えていないわけではありませんので、どうぞ、ご安心ください。

ただし、讒言者のことを信じ、不義の扱いをされるのでは、言うに及びません。誓いの言葉も固い約束もありません。
一、あなたの元で景勝逆心と唱えながら、隣国でも会津が動いていると触れまわったり、兵を準備し、兵糧《ひょうろう》を支度している者がいるようですが、無分別者の仕事です。そのようなこと、聞く必要もありません。
一、内府様へ使者でも送り、申し開こうかと思いましたが、隣国から讒言者が詰めかけ色々申し上げ、家中からも藤田能登守が出向いたりと、ゆとりもありません。

まず、これらに表裏をお沙汰するべきです。右の条々についてご糾明がなければ何も申し上げられません。意を隔てることなく、その場にて取り成していただけると我々としてはありがたいのですが。

一、何事も遠い国なので推測する有り様も噓《うそ》のようになります。もはや申すまでもありません。お目にかかったうえで申し入れましょう。天下は白黒を知っているのに、このように仰《おお》せいただくのは、内府様の誠意ということなのでしょう。

気ままに思うままに書きました。思い違いも少なくないと存じますが、わが想《おも》いを申し述べたのです。内府様のお考えを得るため、遠慮を顧《かえり》みず書きました。

侍者奏達。恐惶謹言《きょうこうきんげん》

慶長《けいちょう》五年四月十四日
豊光寺《ほうこうじ》
直江山城守兼続《なおえやましろのかみかねつぐ》

世にいう「直江状」の意訳である。

「直江状」は直江兼続直筆の原書はみつかっておらず、代りに複数の写本が江戸時代になってから広く流布《るふ》された。現代に我々がみるのはその類《たぐ》いである。

原書がないのに写本が流布されるとは不思議な話だ。このため、「直江状」は後世に偽造された、あるいは、改竄《かいざん》され、尾鰭《おひれ》をつけられたものである、という説もある。

しかし、この後、家康の上杉討伐を諫《いさ》める大坂奉行、中老連署の書状に「今度、直江所行相届かざる儀、御立腹もっともに存じ候」とあるように、直江兼続が家康《いえやす》へ立ち向かう書状を書いたことは確かな事実である。

この「直江状」にて、会津上杉家は、時の大実力者徳川《とくがわ》家康と戦うことを高らかに唱えあげたのである。

奇妙人

慶長五年（一六〇〇年）六月二日、直江兼続の書状に激怒した徳川家康は、会津上杉征伐を決定、全国の大名に陣触れをした。

続いて、大坂城西の丸に諸将を集め、いくさ評定を行った。

征伐軍は、会津への入口である五道から攻め入る。その攻め口は、白河《しらかわ》口からは徳川家康、秀忠《ひでただ》の本軍が豊臣傘下《とよとみさんか》の諸将を率いて進み、仙道《せんどう》口は常陸水戸《ひたちみと》の佐竹義宣《さたけよしのぶ》、信夫《しのぶ》口から陸奥《むつ》岩出山《いわでやま》の伊達政宗《だてまさむね》、米沢《よねざわ》口を出羽《でわ》山形《やまがた》の最上義光《もがみよしあき》、津川《つがわ》口を金沢前田利長《かなざわまえだとしなが》。

これで、会津は四面楚歌《しめんそか》、完全に包囲網を敷かれた形となった。

上杉家伏見《ふしみ》在番の千坂対馬守《ちさかつしまのかみ》からの急報を受け取った上杉景勝《かげかつ》は、鶴《つる》ヶ城《じょう》へ家臣を招集。大評定を催した。

この評定は上杉家の全家臣を集めた大軍議である。

一同は最前列に、上杉一の猛将福島《ふくしま》城主本庄繁長《ほんじょうしげなが》、槍《やり》と長刀をとっては無双の名手、北の要白石《しろいし》城代二万石の甘糟景継《あまかすかげつぐ》、会津三奉行安田順易《やすだのりゆき》、岩井信能《いわいのぶよし》、大石綱元《おおいしつなもと》、謙信《けんしん》の寵臣《ちょうしん》で早世した色部長実《いろべながざね》の遺児の色部光長《みつなが》は十四歳の若武者で直江兼続の妹婿として後見を受け出羽金山《でわかねやま》一万石、そして兼続の実弟 南山《みなみやま》城主二万一千石大国実頼《おおくにさねより》、と宿老《おとな》重鎮が並ぶ。

そして、今日は酒田《さかた》の志駄義秀《しだよしひで》、大山《おおやま》の下吉忠《しもよしただ》ら、飛び地の出羽 庄内《しょうない》郡の家臣たちも来ていた。上杉領は、会津、米沢、福島に出羽庄内郡、佐渡《さど》と広範に渡っているのである。

その後ろは、侍大将の面々が、今日はいつもよりも下位の組頭までいる。広間には実に数十もの家臣が列していた。

上杉家の大評定はこうだ。他の大名家は、家老のみで開かれるのだが、上杉家は違う。物頭以上の者は全《すべ》て呼び寄せ、意志統一をする。

しかも今日の評定は、徳川に宣戦布告した後の戦略を決める重大な軍議である。

新規召し抱えの牢人《ろうにん》、組外《くみほか》衆でも大身《たいしん》の者は広間最後尾に控えている。

前田慶次郎《まえだけいじろう》もここにいる。

（いや、いない）

安田順易は、広間をぐるりと見渡す。

いない。前田慶次郎はどこにもいない。

（前田殿、なにをしておるのか）

やがて、直江山城守兼続が入ってくる。

上座の手前、最前列の家臣団と対峙《たいじ》する向きで端然と座り、一同に向けて、深く頭をさげる。

「ご一同、本日の参集、ご苦労でござる」

その声とともに、奥の襖《ふすま》があき、上杉景勝が現れ、上段を静かに進んだ。

中央に胡坐《あぐら》をかくと、昂然《こうぜん》と胸を張った。

その主君の仕草だけで一本筋が通ったかのように、広間の空気が引き締まった。

いつもどおり、青白い厳粛《げんしゅく》な顔、眉根《まゆね》を寄せ、真正面を見据える。

一同、一斉に頭をさげる。まったく乱れのない、整然とした平伏は壮観であった。

「大儀」

景勝の発声はこれだけである。

「本日の評定」

始まりはいつもどおり、直江兼続からである。

上杉百二十万石の行方《ゆくえ》を決める評定が始まった。

安田順易の顔は苦虫を嚙《か》み潰《つぶ》したように渋い。

（しかし、前田どのよ）


その頃《ころ》、会津の城下町は大いに賑《にぎ》わっていた。

上方での北伐《ほくばつ》準備の報を受けても、会津の領内は、別段慌てた様子もない。むしろ、その賑わいに拍車がかかった。

もとより、いくさ支度に余念のなかった上杉家である。もはやそれが堂々と口に出してできるようになった。それだけであった。より大っぴらに、築城築陣、牢人徴募、兵の鍛錬、兵糧《ひょうろう》準備などが行われ、城下だけでなく、主要街道、領内すべてが蜂《はち》の巣をついたような賑わいをみせていた。

特にその賑わいが盛んなのは、鶴ヶ城から築城途中の新城神指原《こうざしはら》へと続く新道である。鶴ヶ城から阿賀川《あがかわ》沿いの神指原へは、北西へ一里弱（約四キロ）。この築城に動員した人夫は実に十二万人ともいう。上杉の旧領越後《えちご》からも人を呼び込んだ、大作事であった。

荷駄、人馬の往来、そして路上の脇《わき》には急造の店が並び、さながら祭りのようである。今日も闊達《かったつ》な声が飛び交い、土煙が巻き起こるその大通りを、一人の托鉢僧《たくはつそう》がゆく。黒衣の法体に、網代笠《あじろがさ》を目深にかぶっている。足には脚絆《きゃはん》をつけ、頭鉢《ずはつ》と鈴《れい》を持ち、ときにその鈴をチリンと鳴らして歩く。

悠然とゆく。往来の町人たちは、いそがしく、その僧に気を止める者もいない。

「やめて」

突然、店の軒先から、甲高い女の悲鳴があがり、往来に飛び出してくる。

「なんだよ、銭は払うって言ってんだよ、ちょっとつきあえや」

その娘を追いかけて、人夫らしき男が三人、赤ら顔で店からでてくる。明らかに泥酔している。

「なんだよ、飯盛《めしも》りの女だろうが」

娘は店の下働きをしているようだ。質素な小袖《こそで》を着た、あどけなさを残す少女である。

銭をとって男とも寝る宿場の飯盛り女にしては、まだうら若い。

逃げる娘が、躓《つまず》いて転ぶ。小袖の裾《すそ》からはみ出た白い足がまぶしい。

「ほらほら、逃げられねえぞ」

そんな姿により欲情したのか、酔漢たちは、ニヤニヤといやらしい笑いを浮かべて近寄る。

「待て」

娘に手を伸ばそうとしたところを、低い声がとめる。

振り返ると、さっきの托鉢僧である。

「なんだ、坊さん」

酔漢たちは、舌打ちをする。

逃げる小娘、追う酔っ払い、止める坊主。このありがちな状況に、むしろ引くにひけなくなったのか、酔漢たちは、毒づく。

娘はこの隙《すき》に托鉢僧の背後へと逃げ込んだ。

「説教なんて、聞きたくねえぞ」

この時代、人夫といえども、気性が荒い者もいる。それに酔っている。

「おれたちゃ、毎日殿様のために、汗水たらして働いてんだ、女ぐらい抱かせろや」

「この、たわけ者が」

地響きするような太い叫び声が僧の口から飛びだした。

酔漢たちはビクッと体をすくめる。

「おなごを抱くことに文句などない」

僧の声が往来に響き渡る。周囲の人々が一斉に振り返る。

群衆が群がってくる。

「いいか、お前ら男なら、よく覚えておけ。おなごは抱け。それが男だ」

その坊主らしくない言葉に酔漢だけでなく、群集も目を剝《む》く。

托鉢僧が網代笠をとると禿頭《とくとう》が陽光に輝いた。この僧、もちろん、前田慶次郎である。

「ただし、おなごに乱暴するな。おなごは、な」

禿頭の僧形で年嵩《としかさ》は不詳である。手の鈴を前に突き出し、白い歯をみせ、高らかに叫ぶ。

「愛《め》でる、のだ」

チリン、と鈴が鳴った。

周りの一同、呆《ほう》けたようにあんぐりと口を開けている。

その中で慶次郎は、娘へと振り返り、ニコッと笑った。

娘の頬《ほお》が、ぽっ、と赤らんだ。

「なにが、おなごは愛でる、だ」

六十郎《ろくじゅうろう》は、前を歩く僧の背中を凝視して、一人呟《つぶや》いた。

いや、僧ではない。慶次郎である。

（お目見えのかぶき芝居だけではなかったのか）

そう、ない。より拍車がかかっている。

慶次郎は、毎朝、この托鉢僧の姿で出掛けるのである。

法師武者なら、牢人の中にもいたりする。だが、慶次郎は僧形どころか、こうして町に出て、本当に托鉢をしているのである。

たまに、熱を逃したいのか、頭の笠をとると、テラテラと坊主頭が輝く。そして、顔は仏のように穏やかである。時に本物の托鉢僧ではないかと、六十郎は錯覚しそうになる。

そして、それについて歩いている自分は、何者だ。

「どうみても、お供の寺小姓ですな」と、真顔とも笑顔ともとれる顔でいう法斎《ほうさい》に見送られ、毎朝、屋敷をでる。こうして、慶次郎と共に、毎日歩く。

その他、屋敷では、炊事、洗濯、掃除、いわゆる雑用をする。

上杉に仕官した慶次郎は直江兼続から空き屋敷を与えられた。だが、慶次郎は身の回りの世話をする女房、小者を雇わない。やるのは法斎、宗之丞《そうのじょう》、そして六十郎だった。

（いくら元服前とはいえ、恥ずかしい）

いる。

六十郎は三間（約五メートル）ほど後をついて歩く。

六十郎の若衆仲間でも、もう元服して、お城へ奉公へあがっている者もいる。

そんな朋輩《ほうばい》たちは、役につき、いくさ支度に駆り出され、多忙ながら生き生きと働いている。

（いいなあ）

あの前田慶次郎が来た、という噂《うわさ》を聞いた若衆仲間は、しばらくは、屋敷へと殺到してきた。そんな者どもを慶次郎に紹介するのが、最初は誇らしかった六十郎である。

だが、慶次郎のこの侍離れした容姿、所業に、拍子抜けした仲間たちの足はすぐに遠のいた。いくさ騒ぎで、それどころではなくなった、ということもある。

（それにしても）

あの夜みせた、あの熱い涙はなんだったのか。

「宗之丞殿、前田様はいつも、かようなことをするのですか」

傍《かたわ》らで黙々と歩く、宗之丞に尋ねる。

いつも留守番は法斎、同行するのは宗之丞だった。

人一倍寡黙なこの男は、慶次郎につく、というより、六十郎の後ろについて歩く。まるで監視役のようである。大柄な宗之丞に背後につかれると、妙な圧迫感がある。逃げられない。もとより、逃げる気もないが。

「知りませんん」

そっけない。六十郎が小首をかしげても、

「それがしは、まだ旦那様にお仕えして三ヶ月《みつき》。法斎殿に聞いてくだされ」

取り付く島もない。

托鉢僧姿の慶次郎は、城下町の軒先《のきさき》を巡っては、町人と雑談をする。子どもと戯れる。通りという通りは、人が行き交い、店先では威勢の良い声が響いている。

町人、商人、職人、侍、みな忙しそうに働いている。合戦準備は町には、特需である。

「この騒ぎ、えらいことじゃのう」

目尻《めじり》に笑みをたたえて、ふわりと近寄る。そんな慶次郎は、どうみても気さくな托鉢僧にしかみえない。

軒先の井戸で水を汲《く》んでいた女房が応《こた》える。

「お坊様、この会津が戦場になるなんてねえ」

「上杉様は軍神のご加護のある武門のお家じゃ。会津は安泰じゃろう」

「あん？　お坊様、なにを寝ぼけとるの」

どうやら話好きらしい女は、声音を落として身を寄せてくる。

「日《ひ》の本《もと》一の武門じゃゆうても、蒲生《がもう》様がご領主だったころより、年貢もあがって、挙句にいくさじゃねえ。しかも、天下を敵にしてのいくさなんて、わたしたちにゃ迷惑よ。今は兵糧だの、普請《ふしん》だのと賑わってるけど、頃合いをみて逃げにゃあ。割を食うのはごめんよ」

「なるほどの。わしもそうするか」

「そうよ、逃げられるなら、まだいいわ。息子を足軽にとられた家など、泣いているわ」

こんな具合である。

話だけではなく、喜捨をしようとする民もいるが、

「いらんいらん、これからなにかと入り用じゃろう。その話だけで、拙僧、腹が膨れた」

といって、去ってしまう。

(じゃ、なんで托鉢僧、なんだ)

だから托鉢僧ではない。いや、前田慶次郎はいまや歴《れっき》とした上杉家臣だった。現実に屋敷も与えられ、扶持米《ふちまい》も給金もでている。

だが、慶次郎は、いっさいいくさ支度をしない。武芸の稽古《けいこ》もしない。そして、評定にもでない。

(この人の従者をしている場合なのか)

六十郎は、心で繰り返している。


「待て」

托鉢僧の慶次郎が歩いていくと、街角から大柄の侍がバラバラとでて、立ちふさがった。

いかめしい髭面《ひげづら》は四人。いずれも小具足姿に朱色の太槍《ふとやり》を携えている。

「前田慶次郎殿、それはなんの所業か」

中央の男が、顔を歪めて、唾《つば》を飛ばしながらいう。

「我らに朱槍を持たせておいて、自分は槍ではなく、鈴をお持ちか」

水野藤兵衛、藤田森右衛門、韮塚理右衛門、宇佐美弥五左衛門。例の慶次郎の朱槍に文句をつけた四人だった。

「そもそも、戦場を離れてもう幾年、朱槍は無用の長物ではござらんか」

「こうして朱槍を持たせていただいた以上、ぜひ、前田殿と槍技で競ってみたいものだ」

彼らが有名なのは、その槍技の凄《すさ》まじさのためだけではない。この四人は家中でも有数の偏屈者たちだった。いずれも出世を望めば万石取りの侍大将となれるほどの武功者だが、あくまで一騎駆けの槍士にこだわり、加増を受けない者たちだった。朱槍が許されなかったのも、その偏屈が祟《たた》ったのである。

慶次郎は禿《は》げ頭《あたま》をつるりと撫《な》でる。

「前田、前田、というが、拙者、今の名は、前田慶次郎ではないよ」

「屁理屈《へりくつ》を抜かすな」

四人が、むっと眉をしかめる。

「そもそも、お前ら、誰《だれ》だ」

慶次郎が恍《とぼ》けたようにいうと、一同、怒りに目をつりあげる。

「なぶるか、しらぬとはいわせん、我は、水野……」

「ああ、やめ、やめ」

慶次郎が右手で制した。

「朱槍の士なら、名乗るな、名乗るな。武功でその名を轟《とどろ》かせよ。今のところ、我が耳に上杉の朱槍の士の武功は聞こえてこぬ、名乗るなど愚の骨頂、武功で示せ、その朱槍でな」

チリーンと、鈴を鳴らす。

四人は、ぐっと、喉元《のどもと》をならすと、押し黙った。

そのまま、肩を怒らせて、立ち去っていく。

さらに、慶次郎はゆく。

「御念いったることですなあ」

路地を歩いていると、今度は、背後から声をかけられ、振り向く。

鶴ヶ城の七層の天守閣を背に、一人の侍が立っている。ねっとりとした笑みだった。眼《め》つきの鋭さが常人離れしている。

小ざっぱりした小袖姿だが、口さみしいのか、右手に持った笹の葉の端をねちねちと噛み続けている。

「天下の前田慶次郎が、托鉢とは」

僧形の慶次郎が振り向いて、慇懃《いんぎん》に会釈する。

六十郎も深々と礼をするが、顔面は歪《ゆが》めていた。

知っている顔だった。いや、知っているどころではない。

(こんな男まで寄ってくるのか)

なぜか。前田慶次郎という人間は、奇人を寄せつけてしまうのか。

慶次郎が飄々《ひょうひょう》とした面《おもて》を上げると、

「ああ、失礼、失礼、拙者は、岡左内《おかさない》でござる」

意外や、素直に名乗って頭を下げる。これも上杉家中《かちゆう》の有名人だった。

「これはご高名な岡様か。しかし、岡様」

慶次郎は淡々と答える。

「拙者、前田慶次郎ではござらん」

「ああ、こくぞういんひょっとさい、ね」

左内は、はいはい、とでもいわんばかりに即答した。

「いや、違うな」

慶次郎がそういうと、さすがに左内は怪訝《けげん》そうに眉をひそめる。

「托鉢僧のときの名は、龍砕軒不便斎《りゅうさいけんふべんさい》」

左内は、ちょっと唖然《あぜん》としたように、口を半開きにして、

「ああ、そう」

どうでもいいように頷《うなず》き、また、にやけた。

「今日はお城で大事な評定をやっておる。それにも出ずその所業、さすが、かぶき御免のお方ですなあ」

「評定にでておらんのは、岡様もだな」

慶次郎の切り返しにも、左内はさらに笑みを増す。

「五千石取りにも拘《かか》わらず、托鉢までするとは、金が余って仕方なかろう。どうじゃ、ひとつわしに預けてみんか。すぐ倍にでもしてやろう」

六十郎はまたも顔を歪めた。

左内の奇談はほとんどが金であった。

蒲生氏郷《うじさと》の配下で一万石、蒲生家が国替えで縮小すると牢人となり、上杉家で仕え直して四二〇〇石。それほどの侍なのに金にがめつく、恩賞俸禄《ほうろく》を貯めこんではさらに貸し付けて利殖でかせぎ、屋敷内に銭をしきつめては寝転がっているという噂まででる奇人であった。

新参牢人なのに、いきなり己を越える五千石を取ることになった慶次郎に嫌味をぶつけに来たのだろう。

だが、慶次郎は、

「ああ、これは、ご丁寧に」

これまた淡々とうけ、

「そうじゃな、預けようか。さぞかし有効に使ってくれるであろうな」

おごそかにチロリンと鈴をならした。

「返さずとも、いいがね」

慶次郎が呟くと、じろり、と睨《にら》んだ左内の目が輝いた。

そのまま、黙礼だけして去ってしまう。

残った六十郎は、慶次郎に話しかける。

「前田様、あの……」

「ふべんさい」

面倒ください。

「はい、ふべんさい様」

六十郎は軽く口元を歪めて、言い直す。

「あの岡様は、家内でも有名な奇人。お気になさりませんよう」

「気に？」

「はい」

「なにを気に？」

「いえ、あのような、失礼な戯言は……」

「戯言？」

慶次郎は目尻に皺《しわ》を寄せた。

「六十郎殿よ、あの手の者はな、元亀天正《げんきてんしょう》の乱世にはそこら中にいたよ」

乾いた笑みを放って、フイと向きを変え、托鉢歩きへと戻ってしまう。

「そんなことより、六十郎殿」

慶次郎は前を向いたまま、いう。

「民の声をよく聞け」

六十郎は、小首をかしげて、追いかける。


鶴ヶ城での大評定にて、上杉家の大方針が決まった。

敵の攻め口にある城主たちの備えを厳重にし、各街道、峠《とうげ》の難所に伏兵、石弓の配置を指示。特に重要拠点である、徳川本軍に対する白河口の白河小峰《こみね》城（福島県白河市）には芋川越前《いもかわえちぜん》、平林蔵人《ひらばやしくろうど》、その背後の長沼《ながぬま》城（須賀川《すかがわ》市）には島津淡路《しまづあわじ》、会津へ至る搦《から》め手《て》口ともいえる会津西街道は大国実頼が街道の難所に兵を配す。伊達に対する白石城（宮城《みやぎ》県白石市）には甘糟景継、梁川《やながわ》城（福島県伊達《だて》市）には須田大炊介《すだおおいのすけ》、さらにその背後の福島城（福島市）には本庄繁長を置き有事の後詰とする。最上に対する米沢口には直江兼続の米沢城があり、出羽酒田より志駄修理義秀が側面から牽制《けんせい》する。飛び地の出羽庄内郡は、さながら出城という役割である。そして、上杉の旧領越後では一揆《いっき》を扇動し、津川口で接する堀《ほり》家を攪乱《かくらん》する。

総大将、上杉景勝は会津にて旗本を率いて動かず、各攻め口で苦戦するところ、或《ある》いは勝機があれば、即座に遊撃隊を繰り出す。

まさに、全将兵を総動員し、全領土を大城郭、各城を出丸と見立てた、壮大な防御体勢であった。

「直江殿」

評定終了後、順易は直江兼続に近寄った。

「前田殿は」

声音を落としてたずねると、兼続は口元に笑みを浮かべた。

「もちろん、出ていただくように声をかけた。組外衆とて、大切な上杉の力だ」

「そうか」

順易は、また兼続が何かを持ちかけて、慶次郎が臍《へそ》を曲げたのかと思っていた。が、そうでないのなら、あの風変わり者のこと、案じても仕方がない。

「安田殿、あのお方はあのお方のお考えで、上杉の力となろうとしている」

兼続の落ち着いた声に、順易は頷いた。

（うむ、そうだな）

慶次郎の事とともに、兼続の表情にも、順易は安堵《あんど》した。

直江兼続は大きくなりすぎた。上杉家ではもう誰も兼続を止めることはできなかった。

平時ならそれでも良い。事実、兼続は文句のつけどころのない優れた宰相《さいしょう》であった。

だが、乱世となるとまた違う。兼続の己の極みに挑むかのようなその言行は、時に危うささえ感じさせた。

（だから、前田殿をよんだ）

前田慶次郎は、今の上杉家になにかをもたらしてくれるだろう、そんな想《おも》いを込めていた。それを直江兼続は排除するのではないか。そんな、危惧《きぐ》があった。

だが、今の兼続の顔に、そんな頑《かたく》なさはなかった。

それを知れて、順易の心は落ちついた。腹が据わった、とも、いうのだろう。

（みな、死力を尽くすだけか）

もうとやかく考えるのをやめた。

これだけの俠《おとこ》たちがいる。あとは戦う、それだけなのだ。

出陣

前田慶次郎との日々は、なにかある。

こんなこともあった。

ある夜半、慶次郎の屋敷に、組外衆の一人が血相変えて飛び込んできた。

取り次いだ六十郎が、聞き耳をたてていると、「林泉寺《りんせんじ》で組外衆の一人が、僧侶《そうりょ》をなぐってしまった」らしい。

ぞっとする話だった。

慶次郎が属する組外衆は述べたとおり、新参牢人の部隊である。いずれもいくさを望んでやってきた、血気盛んな者どもであった。各所で日々大小のいざこざを起こしている。

(それにしても林泉寺で、とは)

林泉寺はもと越後にあり、上杉家の会津移封に伴って移転してきた。

上杉家の前身長尾《ながお》家の菩提所《ぼだいしょ》があり、謙信がその七世天室光育《てんしつこういく》禅師に師事したという由緒ある寺である。当然、当主景勝の帰依《きえ》も篤《あつ》い。それだけに寺としての気位も高く、上杉家臣に対しての直言も遠慮がなかった。とくに、気性の荒い牢人たちの所業への指摘は鋭かった。

（坊主と侍など、元から仲が悪いのだ）

上杉に来て日の浅い牢人家臣が、つい手をだしてしまったのだろう。

牢人部隊とはいえ、大将格である慶次郎に当然、一報は来る。

（この、大事なときに）

こんなことが起こって、組外衆を罰するようなことになれば、新参牢人たちの戦意がおちる。だが、罰しなければ、家中にしめしもつかない。

報《しら》せを聴いて、林泉寺へと向かう慶次郎に従いながら、六十郎の鼓動は早鐘を打つようだった。

（どうするのだ）

着くや、林泉寺の僧たちの強張《こわば》った顔に迎えられる。生きた心地もしない。

（でるのか、ついに、かぶき節が）

六十郎は恐々としながら、期待もする。

だが、この殿様すら尊ぶ林泉寺の面々にどう対峙するのか。常人の手並みでは到底切り抜けられないだろう。

「和尚《おしょう》は」

それらに面しても、慶次郎は淡々としている。

住職と慶次郎は堂内の一室に籠《こも》った。

なかなかにでてこない。よほどの談判かと思えば、室内からはときに笑い声すら聞こえてくる。

一刻（約二時間）ほどもたって、でてきた。すると、もう帰る、という。

「あ、あの」

六十郎は恐る恐る問いかける。

「ん？」

慶次郎は振り向く。その顔は極めて穏やかである。

「ああ、今晩聞いたことは全て忘れよ。もう終わった」

思いだしたようにいう。狐《きつね》につままれたようである。何事もないはずがない。

眠れぬ夜を明かした六十郎は、翌日、若衆仲間が前田屋敷に殺到してきて、また驚愕《きょうがく》させねばならなかった。

「聞いたぞ、六十郎」

仲間達は興奮して、目を輝かせていた。

六十郎が、応じる間もなく畳み掛けてくる。

「前田様が、林泉寺の和尚にしっぺいを喰《く》らわせたそうだな」

「ええ⁉」

城下の噂はこうらしい。

前田慶次郎は林泉寺の和尚と碁《ご》の勝負をして勝った方が負けた方に「しっぺい」をくらわす、と賭《か》けをした。最初は負けた慶次郎が和尚のしっぺを受け、二回目は勝った慶次郎が和尚に鼠るほど痛烈なしっぺをお見舞いした、というのだ。

「さすが、あの高慢な林泉寺の和尚に一撃くらわすとは」

「なんと、粋《いき》な頓智《とんち》よ。これなら、和尚に手を挙げても誰も文句はいえまい」

咳《せ》き込むようにいってくる仲間達を前に、六十郎はまたも啞然《あぜん》としていた。

文句をいえないこともないだろう。あの林泉寺の和尚が相手なのだ。

だが、和尚と談合の上なら、どこからも文句はでまい。いわれてみれば、慶次郎は会津に来てからよく和尚のところに碁打ちに行っていた。当然、直江山城への根回しもしているのだろう。

そして、天下のかぶき者前田慶次郎なら、さもあらん、といえる行為だった。

(すべて自分のせいにして、この件、丸く収めた)

見事ではないか。

「やはり天下のかぶき者だ。なぜそのかぶき姿、我らにみせてくれぬのか」

「お主はみたのであろう、ええ、六十郎?」

「あ、ああ」

みたも、なにもない。

(かぶいてなんかない)

ふと、疑問が湧《わ》いてくる。なぜ、慶次郎は華々しくかぶかないのか。もう若くないからか。

だが、かぶき者の評判を巧みに使って、難事を裁いていく。水際だった仕業には違いない。

(かぶき者、というよりも、老獪《ろうかい》者、というのか)

この林泉寺でのしっぺい話は、後に、「可観《かかん》小説」「武辺咄 聞書《ぶへんばなしききがき》」といった古記の前田慶次郎の項に記された。上杉時代の慶次郎の痛快な逸話として、そのかぶき者伝説を彩《いろど》ることとなる。

「先ほど林泉寺に行ったら、和尚は額に白布を巻いていたぞ」

腹を抱えて笑う仲間たちを横目に、六十郎は呆然としていた。縁側で禿げ頭を撫でる慶次郎の背中を、物の怪《もののけ》でもみるように見つめていた。

さらに、数日後、六十郎は仰天するような話を聞いた。

例の朱槍の四人、水野、藤田、韮塚、宇佐美は、自ら志願して、景勝旗本組から組外衆へと移った、というのだ。

明らかに、慶次郎に触発されたのだろう。慶次郎のみている前でこそ武功をあげてやると、いわんばかりだ。

だが、それ以上に驚いたことがある。

岡左内は、己が貯えていた永楽銭《えいらくせん》一万貫を、直江兼続を通じて、上杉家へ寄進した。

六十郎は、縁側で茶を飲んでいる慶次郎に詰め寄り、

「まえ……いえ、ひょっとさい様、なにかご存じでしたか」

と、聞いた。その慌て声に、慶次郎はまったく動じず、

「なにを？」

と、聞きかえす。

「岡様のこと」

ああ、という感じで、頷く。

「六十郎殿、ああいう男が、なんのために金を貯めるかわかるか」

思いがけぬ問いに、六十郎は戸惑う。

「え……？」

「岡左内が華美な暮らしをしていると聞いたことがあるか」

「いいえ」

「己の俠をあげるために、貯めて、使うのだ。そしてこのたび最高の場をえた」

慶次郎はまるで悪戯小僧のような瞳《ひとみ》で、しかし、眉をしかめていった。

スイと、心が引き込まれたような気がした。

「では、ひょっとさい様への声がけはなんのために」

「あいさつ、だよ」

またも六十郎は口を歪める。

「俺の顔と名を覚えておけ、ということだ。金などどうでもいいのだ。名を売るのが、侍よ。ああいう戦国生き残りの者がおるからこそ、上杉の家は面白い」

「あれだけで、それがわかったのですか？」

「一期一会という言葉を知っているか」

六十郎は首を振った。

「利休《りきゅう》が残した言葉だ。乱世を経てきた男にはな、相通じるものがある。別に長く語るようなものではない。戦場では言葉を交わすこともないだろう。真剣勝負の中で、瞬時に相手を感じ取るのよ」

飄々とした声音は変わらない。だが、六十郎は戸惑っていた。その言葉の意味の深さに頭が混乱していた。

岡左内には、さらなる奇談もある。

関《せき》ヶ原《はら》が終わり、上杉家が大減封されると、多くの家臣が家禄《かろく》を減らされた。岡が金を貸し付けていた家臣たちは、岡が取り立てに来ることを恐れた。しかし、岡は、周囲が見ている前で、その証文をすべて焼き捨て、上杉家を去った。

だが、そんな後日談を、そのときの六十郎が知る由もない。

（謎《なぞ》かけのようなことばかりいって）

六十郎は、翻弄《ほんろう》されるばかりの自分が悔しい。

合戦は確実に近づいている。しかも、徳川家康相手の大合戦なのだ。そろそろ天下のかぶき者、皆朱《かいしゅ》の槍士、前田慶次郎の姿をみせてくれと期待するが、一向にその気配がない。

どうすればこの男は目覚めるのか。

（えい、くそ）

逆に一歩踏み出した。

「前田様。この六十郎に、合戦について、もののふについて、教えてくだされ」

ついに地べたに膝《ひざ》をついて、面を下げた。

「このまま、合戦となっては、この六十郎。せっかく天下の前田慶次郎について学んだ意味がございませぬ。家康はこの会津目指して上方を出るとのこと、拙者も合戦に出ることがあるかもしれませぬ。このような大合戦に相まみえるなど、武士と生まれてかほどの幸せはございませぬ。その心構え、合戦の駆け引き、武略について、どうか教えてくださ い」

慶次郎は、小首をかしげながら、

「ひょっとさい、だがね」

小さくいって少し黙り、また口を開く。

「六十郎殿、いくさにでたいか」

「侍ならば、いくさでの武功を求めるのは当然のこと」

六十郎は眉間《みけん》を寄せて、嚙み千切るように言い切った。

「侍ならば、な」

慶次郎は少し目を細めた。瞬間、その目の色が変わっていくようにみえた。

「六十郎殿、わしについて歩いてなにか感じているか」

「いえ……」

六十郎の心の臓が、どくり、と動いた。

実は、感じていることはあった。

慶次郎の托鉢にしたがって街中を歩くことで、民の生の声に接することが増えた。

そして、合戦にのぞむ民の本音を受け、戸惑《うと》っていた。

意外だった、会津の民がここまで、合戦を疎んじていることに。

侍の家に生まれ、幼少の頃に安田家に引き取られた六十郎が接するのは、武家の者達ばかりだった。これだけ素の庶民たちと接したのは初めてだった。

合戦は、武家がその名をかけて戦う。家を、領国を守る為《ため》に命を張る。侍は逃げることはできない、と教えられてきた。そして、民は守られるのである。支持してついてきてくれる、と思っていた。

(それは、違う)

違うのだ。

上杉が越後から会津に移ってきたばかりで、いきなりのこのおおいくさ。民は怒濤《どとう》のようなその流れに巻き込まれている。

会津の民には、上杉家への恩顧などない。むしろ、迷惑なのだ。血気盛んに意気込んでいるのは、実は、越後から引き連れてきた家臣たちだけだった。

六十郎はそのことに気付いたとき、会津の街について興味を持ち、尋ね、調べた。

会津の地は、鎌倉時代から四〇〇年に渡って支配した蘆名《あしな》氏が伊達政宗に滅ぼされると、秀吉《ひでよし》に配された蒲生氏郷によって再建された。横死した天下人織田信長《おだのぶなが》の薫陶《くんとう》をうけた氏郷は、会津の地に革命をもたらした。城下を楽市楽座とし、旧領の松坂《まつさか》(松阪)から商人を招き、商工業を奨励した。会津の街はやっと近世都市へと生まれ変わったところだったのだ。信長秀吉の下で天下経営を身につけた蒲生氏郷の町として、会津の民はこれからの繁栄を信じていた。

そこに、突然の氏郷の死、そして上杉の国替え。さらには、この戦乱。

（蒲生様の頃より、年貢はあがって、か）

六十郎の耳に、あの女房の声がこびりついている。それは確かだった。上杉領の年貢の平均免《めん》は、蒲生氏郷時代の三つ八分（三割八分）から五つ（五割）へと上がっていた。

いくさ支度をする領主は年貢をきつくせざるを得ない。これは戦国時代から繰り返されてきたことだった。

（会津の領民からすれば、上杉は厄介事をもってきた疫病神《やくびょうがみ》なのだ）

農民が苦しむ分、いくさで一時的に潤っている民もいる。軍備のために、職人商人は多忙を極め、人が集まれば町に銭は落ちる。城下は活気があることに間違いはない。

だが、その後は悲惨なのだ。勝てるという確約はどこにもない。負ければ、家は焼かれ、金品は奪われ、田畑も荒らされる。

そして、実態はどうでも、今の民が知るのは、上杉は天下に弓引く逆賊、ということだった。

上方の政治情勢など、地方の領民には関係ないのだ。知る由もない。

戦雲が近づくにつれ、家財をまとめ、逃げようとしている町人もいた。

（だが、仕方がない）

時勢なのだ。秀吉が生きていればこの乱は起きず、氏郷が生きていてもこの戦乱は起こったかもしれない。

それが、いくさ、ではないか。

「前田様は、いくさに反対なのですか」

慶次郎は無言で小首をかしげた。肯定にも否定にもみえた。

「民からすれば、いくさなどやって欲しくない。それは当然です。ですが、それでも侍は立たねばならない。そして、戦うなら全力で戦うだけです」

六十郎は言い切った。細かい理屈をいえるほど、頭がまとまらない。半分自棄《やけ》だった。

慶次郎は無言だった。

（いけないことを言ったか）

六十郎は息をひそめ、その静かな顔をうかがう。

すると、慶次郎は眉をあげ、口を開く。

「わかっているではないか」

六十郎は、え、と目を見開く。

「すべての者が納得するいくさなどない。いくさを嫌い、逃げたい者もいる。勝者の陰で死ぬ者、泣く者もいる。理不尽なことも抱えながら、それでも戦わねばならない、それがいくさだ」

六十郎を見据えている慶次郎の目が深い色を湛《たた》えていた。

「お前は武功を求めている。お前があげた武功の裏で、相手の親兄弟は泣く。その者はお前と戦った敵であっても、一族にとってどうであったか、領民にとってどうであったか」

丹田の底に響くような慶次郎の声に、六十郎は呼吸を止めた。

「だが、それでも戦う、いくさとはそういうものだ。武功とはそういうものだ。それを知れ、肝に銘じるのだ。そして、討った相手の分まで、全力で生きるのだ。耐えている民の分まで、懸命に戦い、民を守れ。それが真の侍だ」

声音は穏やかだ。だが、言葉の一つ一つが、六十郎の心を震わしていた。

そんな宿命を背負って、いくさ人は生きているのか。なら、この眼前の前田慶次郎はどれだけの命を荷《にな》っているのか。

義父安田順易も、直江兼続も、なのか。

「はい」

ただ一言こたえて、面を伏せた。

言葉が出なかった。返事以外のことがいえるほど、まだ熟していない。

だが、少しだけ、本当の侍の世界を垣間見《かいまみ》たような、そんな気がした。

（これが俠なのか）

いや、まだまだ、わからない。


その日の深刻、六十郎は眠りの中で、異様な音を聞いた。

ふぉぉん、ふぉっ、しゅっしゅっ。

季節は六月も半ば。梅雨《つゆ》も明け、会津に盛夏が来ている、寝苦しいむし暑さに六十郎の眠りは浅い。

ふぉん、ふぉん。

（なんだ、この音は）

六十郎は徐々に覚醒《かくせい》している。

ふおおん、しゅっしゅっ。

闇《やみ》の中、眼を見開く。異音は微《かす》かに響き続けている。

ふおーん、ふぉーおおん。

風が吹くようだ。だが、自然の風とも違う。風が、いや、空気が吹き抜けるような音だ。

音は庭からしているようだ。

六十郎は身を起こした。寝床から抜け出て、庭に面した障子戸に耳を寄せる。

ふおおん、ふぉおおおん。

音が大きくなる。

誘われるように、六十郎は障子戸を小さく開けた。

（あっ）

細く明けた戸の隙間からみると、男が一人、庭で槍を振っている。

小袖の両肩を外し、上半身を晒《さら》した前田慶次郎が、皆朱の大槍を、振り、引き、突きだしている。

ぶおおん。ぶおぉおん、しゅうっしゅっ。

隙間から漏れる音は、槍の素振りの音とは思えぬほどである。

（す、すごい）

あの大身の槍を軽々と振るい、しならせ、そして、鋭く突く。その慶次郎の槍術《そうじゅつ》。

そして、なにより、その体。

胸板は厚く張り、二の腕は隆々としている。鋼《はがね》のような肉体である。月明かりに浮き上がる筋肉の陰《かげ》りが美しい。背筋すら彫師が刻み込んだような影に浮かび上がる。寺院で見かける金剛力士像を思い出す。素晴らしい武人の体である。その見事な肉体を玉のような汗が伝う様が、また美しい。

ゾクゾクしている。鳥肌が立つほどである。しばし、見とれてしまう。

（やはり、やはり、この人は違う）

微塵《みじん》も老いていない。

かぶき話ばかり気にかけてしまうが、前田慶次郎と言えば、やはり槍だ。合戦が近づいている。槍士の本能が騒いでいるに違いない。

いくさとなれば、ここまでの恍《とぼ》けた姿を解いて、颯爽《さっそう》とした武者振りをみせてくれるのだろう。

（いくさだ。いくさこそがこの人を目覚めさせるのだ）

ぶおおおん。

その六十郎の想いに応えるように、槍の音が響き渡った。

その勢い、肝が震え上がるほどである。

そんな六十郎の右往左往の日々は、足早に過ぎ去っていく。

慶長五年六月十八日、徳川家康が合戦準備のため上方を発し江戸へ向かった、という報がとびこむと、いよいよ上杉家は臨戦態勢へと突入する。

新城の作事は、一旦《いったん》中止となり、人の流れは変わった。鶴ヶ城と各口を結ぶ街道を騎馬武者が行き交う姿が増え、時に、城門から荷駄と軍勢が出立していく。

あきらかに、庶民に代わって、軍兵の動きが目立つようになっていた。

（いよいよ、いくさだ）

出陣となれば、皆朱の槍士前田慶次郎にお目にかかれる。

（やっとみられるのだ）

六十郎の期待は膨らむばかりである。

七月に入ると、上杉景勝、直江兼続は軽騎を率いて、鶴ヶ城を出立。白河街道を、背炙《せあぶ》り峠、勢至堂《せいしどう》峠と経て、白河小峰城へと到着。徳川本軍との主戦場となる白河口の大物見を行った。

後から、軍勢が出立する。

六十郎の義父安田順易は、先陣を切って馬を駆る。今回の白河口での上杉軍は、第一軍安田順易、二軍は島津淡路。長沼城主島津淡路はもとから居城にあり、本軍を待つ。それに合流するため、会津を発《た》つ上杉勢は総勢一万六千。

六十郎は法斎、宗之丞とともに、城下の外れまでで、出陣を見送った。

その様は壮観であった。

朝鮮《ちょうせん》への出兵はあったとはいえ、国内の合戦は実に久しぶりである。

将兵の士気は天を衝《つ》くばかりに高い。

兵は皆、鋭い目つきで前を向き、意気軒昂《けんこう》と胸を張り進む。徒歩《かち》武者は二本の足で大地を踏みしめ、歩んでいく。ザクザクと土を踏む音が小気味よく響き渡る。

ついに、日の本最強といわれた上杉軍団が戦場へと向かう。

そして、その先鋒《せんぽう》は六十郎の義父安田上総介順易その人なのである。

颯爽と大軍勢の先頭にたつ順易を、六十郎は誇らしく見送る。

やがてその馬が、間近に迫ってきた。

前方を鋭く見つめていた順易が、道脇に控える六十郎に気付いたのか、視線を流した。

瞬間、陽光が兜《かぶと》の前立てに反射して、キラリと輝いた。その光の向こうで、片頬を歪めた義父の顔が覗《のぞ》く。

笑顔ともまた違う。厳しく雄々《おお》しい、心に焼きつくような武人の顔だった。そして、六十郎にむけ、小さく頷く。

「あ……」

おもわず声が漏れた。心が湧き立たないはずがない。

侍ならそう思って当然だろう。六十郎は陶然として、進みゆく義父の背中を見送る。

（私も）

「御武運を」

両の拳《こぶし》を握りしめ、思わず叫んでいる。

勝つだろう、間違いない。そう思わせてくれる、逞《たくま》しい出陣の雄姿だった。

先鋒隊に続いては、兼続傘下の組外衆である。

組外衆は鎧兜《よろいかぶと》や旗指物《はたさしもの》がまちまちで、いまひとつ統一感はない。統率整い鋭気に満ちた上杉兵とはあきらかに色が異なる。

だが、迫力は十分だった。どの者も、普通の武者と一瞥《いちべつ》して違う。身体《からだ》つきが大きく、頑強そうだ。そして、顔がいかめしい。目つきが、上杉の譜代家臣と違う。ぎらぎらと光った瞳が、まるで猛獣のような荒くれ男たちだった。そして、連れている郎党たちまで、みるからに屈強であった。

みな昂然《こうぜん》と胸を張り、大股《おおまた》で歩いていく。武勇をみせつけに会津へ駆けつけた者達である。

これはこれで頼もしい出陣風景だった。

その中で一騎だけ、異様な雰囲気の者がいる。誰あろう、前田慶次郎である。

その日の慶次郎の姿は、上杉家仕官のあの格好、すなわち黒衣の僧形に黒い胴丸《どうまる》をつけている。槍は皆朱の槍ではなく、黒塗りの十文字槍を肩に掲げている。乗馬は逞しい黒馬だが金の山伏頭巾《やまぶしずきん》をかぶせて、静々とゆく。眠たそうなその表情はまるで物見遊山にでも行くような穏やかさである。そして、背中の指物は例の「大ふへん者」である。

(なんだかなあ)

明らかな異形。僧と僧兵の合間の不思議な恰好《かっこう》だった。武骨な組外衆の中で、その姿はあきらかに浮いている。慶次郎の周りだけ駘蕩《たいとう》として、別の空気を醸《かも》している。

あの六十郎の心を震わした姿はなんだったのか。奇抜とはいえ、もう少し飾りようがあるだろう。

「あれが、有名な前田慶次郎らしいぞ」

「僧兵のようだなあ、さすがに、もう年かねえ」

「指物の、ふへん者、ってなんだ」

「大武辺《ぶへん》者、なのかね」

見物の者が囁《ささや》き合う。

「違います。あれは、ふべん、なのです」

六十郎は思わず口走っていた。驚いた周りの者が眼をしばたいて見返す。

上杉勢の出陣で沸き立っていた六十郎の心は一気に萎《しぼ》んでいた。完全に拍子抜けしている。

（期待してたのに）

やはり、もう「かぶく」ことはないのか。呆《あき》れ混じりに横にいる法斎に聞く。

「これが前田慶次郎なのでしょうか」

「ええ、そうですな」

法斎は平然と頷く。

「また、前田様がわからなくなってしまいました」

「わかりませんか」

法斎が聞き返すと、六十郎は肩を落として、

「もっと、勇ましい姿をみせてくれるかと」

法斎は静かな目でしばらく六十郎を見つめる。

「まあ、旦那様の出《い》で立《た》ちはいつも奇抜ですわ。我らの考えも及びませぬよ」

言った後、ちょっと眉をしかめて、

「でも、槍がなあ……」

と呟き、さらに、

「六十郎殿も、いくさに行きたいのですか」

と聞いてくる。

「それは、むろん」

六十郎の言葉尻が淀《よど》む。元服していない自分が合戦に出陣できるはずがない。

「法斎殿、宗之丞殿こそ、前田様とともに行かないのですか」

なぜ、この二人は行かないのか。従者なら、慶次郎に従いいくさに出るはずだ。

「ああ」

法斎は、小さく顎《あご》を引き、

「拙者は年です、満足な槍働きもできません」

当然のごとくいう。

六十郎は後ろにいる宗之丞を振り向く。この男も若いとはいえないが、こちらは十分いくさ働きできそうにみえる。

法斎はその視線を察したようで、言葉を繋《つな》ぐ。

「直江様が、足腰達者な武者をつけてくださっています。わしらが行っても足手まとい。旦那《だんな》様が帰るのを待ちますわい」

朗らかにいう法斎の傍《かたわ》らで、宗之丞も不愛想に頷いた。

そんなものなのか。この合戦は徳川との雌雄《しゆう》をかけたおおいくさではないか。この者たちは前田慶次郎が討死するとは思わないのか。

（そうなると、これは永久《とわ》の別れとなるではないか）

いいのだろうか。これが、侍の常なのか。

六十郎はじっと法斎の顔を覗きみる。

法斎は穏やかに見返す。その顔には、なんの翳《かげ》りもない。

心が決まっている、というのか。肝が据わっている、というのか。

六十郎は、遠ざかる慶次郎の背中を見つめていた。


上杉軍は白河小峰城の南約一里の革籠原《かわごはら》一帯に防塁を築き、ここに徳川本隊をおびき寄せ、伏兵をもって、包囲殲滅《せんめつ》する方針とした。白河口方面の上杉主力部隊は長沼城に駐屯《ちゆうとん》し、前線の白河小峰城の芋川越前らとともに奥州街道を北上するであろう徳川本隊に当たることとなる。

先鋒大将の安田順易は、島津淡路の守る長沼城に入ると、慶次郎を物見へと誘《いざな》った。

順易と慶次郎は、城の修繕と増築に余念のない白河小峰城を横目に、馬を進めた。

「ここが、革籠原か」

そして、二人は、予定戦場とされる革籠原に立った。

暑い。馬上の二人に、烈火のごとき七月残暑の太陽が照りつけている。周囲を山塊《さんかい》がめぐり、その中の平原が熱気で湯立つようである。なにもせずとも額を大粒の汗がつたう。

黒鍬《くろくわ》の者達、その他駆り出された人夫たちが汗を拭《ふ》き拭き、土をかきあげ、柵《さく》を組み、長大な防塁を作っている。

奥州街道を扼《やく》するこの場所に、防御の仕掛けをしておく。街道の周囲は湿地帯であり、大軍勢でも自由に動けない。

少数の精鋭でここを守り、徳川先鋒を十分にひきつける。そして、伏兵を左右に回り込ませて挟撃《きょうげき》する。徳川の先鋒は間違いなく息子の秀忠。この初陣の息子が勇んで出て苦戦に陥るなら、家康も助けざるをえない。そこを、棚倉《たなぐら》方面へ出陣して上杉攻めの構えをしていた佐竹勢が、鋒《ほこさき》を返して横撃する。

その戦略は上杉家物頭以上に伝えられた、必勝の策だった。

順易と慶次郎は、できあがりつつある防塁の前を抜け、馬を止めると、白河の関方面を眺めた。街道は狭く、盆地の入口は山塊が左右を阻《はば》み、袋小路のようである。

「ここは、確かに大軍を封じ込めるには最適」

順易はいうが、声音は低い。慶次郎は無言で南を見つめている。

「だが」

順易はあまりいいたくないような口ぶりで続ける。

「家康は、果たしてここに来るのか」

わかりやすい。わかりやす過ぎる。

この理想的な地形。横腹に上杉に親しい佐竹勢が控えている。

そして、この大掛かりな作事の様子は、間諜《かんちょう》達から家康に漏れぬはずがない。

だとしたら、みすみす、この危険地帯に家康は入ってくるのか。

「のう、前田殿」

順易は慶次郎の顔をみると、口元を歪めて微笑する。

「お主、来ないと思っているのだろう」

慶次郎は小首を傾けた。

「槍が違うぞ」

順易の笑みは苦笑いに変わり、指さす。

当の慶次郎は、それには答えず、ハハッと天に向け乾いた笑いを放った。

「安田殿、それは直江殿とて同じ考えだろう」

からりという。

順易は、深く頷く。誰よりも兵書を好み、戦略戦術に長《た》ける直江兼続が、このような単純な戦術一本でいるはずがない。

「かといって、この場になにも置かぬわけにもいくまい。家康と直江山城の化《ば》かしあいは始まっている。お互い、本音は別のところ」

慶次郎は静かな視線を夏空に泳がせた。

こちらの一手に、向こうの一手。みえない合戦は確実に動き、進みだしている。

「安田様、前田様」

甲高い声で叫びながら、馬蹄《ばてい》が近づいてくる。

顔見知りの兼続の近習《きんじゅ》は、二人の馬前で馬を飛び降り、片膝をついた。

「白河城の直江山城様より、安田様は長沼城へ戻り、出陣準備を。前田様は白河城の直江様の元へお立ち寄りくださるように、とのこと」

順易と慶次郎は、横目でお互いをみた。

「このいくさ、長くなりそうだ」

頷く。一陣の熱風が、平野を吹き抜けていく。

「しかし、暑い」

慶次郎は坊主頭を手ぬぐいでぬぐった。

江戸の狸、陸奥の竜

上方を発した徳川家康が、江戸城へ着いたのは七月二日であった。

家康が大坂城を出たのは六月十六日。実に悠々とした、東海道の城めぐりをするかのごとき東下の旅であった。

家康は、北伐諸将の参集を待つ。

その間、城の奥深い一室に籠りつづけ、腹心の譜代家臣との謀議《ぼうぎ》、そして、なによりも、各地の諸大名へ書状を発することに明け暮れた。

家康に代わって参陣諸将の応対、もてなしは主に息子の秀忠が行った。謹直と誠実が取柄の息子はこういう仕事にはうってつけだった。

「佐渡よ」

家康は、眼前の白髪細身の老人に話しかけた。

「どうすれば、上杉を会津にくぎ付けにできる」

家康は上杉と戦う気などさらさらない。

この男は待っている。上方にいくさの火の手があがることを、である。

上杉のような武と義に狂信的な軍団とまともにぶつかっては、いくら大軍勢でも苦戦する。しかも上杉は、各攻め口の城砦《じょうさい》、地の利を固めて待つという。これでは短期で勝敗が決するはずもなく、泥沼にはまったような難戦となる。その隙に上方で石田《いしだ》、宇喜多《うきた》らに兵をあげられてはたまらない。

「そうですな。なんとしても、上杉は東北に留《とど》めたまま、治部少輔《じぶしょうゆう》が起《た》つのを待ちましょう。そのためには、徳川と上杉は直接、相まみえてはなりませぬ」

本多佐渡守正信《ほんださどのかみまさのぶ》は鼻下の白い髭を撫でた。家康唯一の謀臣《ぼうしん》である。若いころは一向一揆《いっこういっき》で家康に反抗し、鷹匠《たかじょう》として配下に復帰した異色の男である。それだけに、家康との親密度合が他の家臣とは違っていた。鷹狩りは家康が終生愛好し続けた趣味であった。

家康と本田佐渡の方針は一致している。

上杉征伐で駆り出した豊臣大名の軍勢は、すべて、上方の石田三成《みつなり》らとの戦いに引き連れていく。そうでなければ、天下取りの絵は描けない。

「上杉などと戦えるか、そんなことは、伊達やら最上やらにやらせればいい」

「やはり、伊達を動かさねばなりませんな」

「政宗、あ奴《やつ》もなかなか扱いにくい」

家康は小指の爪《つめ》を嚙《か》む。後世に轟くほど有名な、苛立《いらだ》ったときの家康の癖である。なにせ、せっかちである。諸大名の前での莞爾《かんじ》とした長者の風貌《ふうぼう》は、奥に入り正信と対峙すると、一変する。せかせかと物事を考え、謀《はかりごと》をめぐらす。その思考は絶えず、悲観的である。

(気が小さいからな)

だが、正信は知っている、こんなときの主《あるじ》からは、湯水のごとく智恵《ちえ》が湧きでている。そうなればあとの己は、導くだけなのだ。

「上杉百二十万石に敵することができるのは、東北では伊達しかおりません。伊達を主として、出羽の最上らを使って牽制させましょう。ですが、あの腹黒片目、おそらく上杉とも談合しますぞ。寝返りなぞ、屁とも思わぬ輩です」

正信は口汚い。元はこれ三河《みかわ》の田舎侍である。だが、これも家康の智恵を導き出す正信の技である。家康ももちろん三河の出だが、生まれながらの殿さまで、行儀はいい。この正信の悪口に、家康の脳は刺激を受け、さらに円滑に企みは巡り始める。

徳川本軍が上杉と合戦を開始する。上方で挙兵がなされる。そして様子をみていた伊達、最上らが寝返り上杉と合流する。これでは、会津を包囲殲滅しようとしていた家康は、逆に四方から袋叩《ふくろだた》きとなってしまう。

家康は、ギリッと小指の爪を嚙み千切った。

「ああいう強欲な奴にはな、餌《えさ》をきちんと与え続けることと、決して信じぬことだ」

「先に伊達に上杉を攻めさせ、嚙み合わせませんとな。しかし、あまり盛大にやられても、よくありません。加減が難しゅうございます」

「では、奴にはこう書く。上杉領への各口からの総攻めは七月二十一日をもってなす」

横で文机《ふづくえ》に向かう祐筆《ゆうひつ》が、筆を進め始めた。

「二十一日までに、当方も白河口に行かねばなりませんぞ」

「行くかい」

家康は、その大きな目をぎょろりと剝いて吐き捨てた。

「その書状に追いかけて、かまえて上杉とは交戦することはならず、国境の守備を怠らず、防戦につとめること。という使者をだす。これを何度となく繰り返す」

祐筆は有能な男のようだ。この指示に、怪訝な顔一つせず、紙をかえて書き始めた。

「これは、判断に迷いますな」

「迷うか、あの欲深が。政宗は必ず、上杉領を侵《おか》す。城の一つでも取ってから、書状が間に合いませんでした、とでもいうであろう」

「侵してから、我々は踵《きびす》を返しましょう。ですが、大丈夫ですか、上杉が本気をだせば、伊達は攻め潰されませんか」

「むざと滅ぼされるか、あの男が。それこそ談合でもして、しぶとく粘るであろう。それで上杉を充分牽制できる」

「意外と信じておられますな。あの政宗を」

正信は乾いた笑いを浮かべる。

「信じるか。滅びてもかまわんだけだ」

家康は不機嫌そうに舌をならす。正信は、苦笑して、続ける。

「最上はどうしておきますか」

「最上の身上《しんしょう》はいかほどだ」

(知っておるだろうに)

誰よりも全国の大名の石高を頭に叩き込んでいる家康だ。

「二十四万石ですな、兵は一万ほど」

だが、正信は即座に応じる。自分がこのように即妙の間合いで答えることにより、家康はその智恵をひねり出し続けるのである。

「それだけでは、心もとない。上杉にすぐ屈してしまう。近隣の小大名を寄騎《よりき》として、山《やま》形《がた》城へいれておけ。南部《なんぶ》、秋田《あきた》、戸沢《とざわ》……」

祐筆はまたも、筆を走らせる。

「そして、伊達が上杉へ攻め込む頃、その寄騎は国へ帰すよう下知をだす」

「ほう」

「お前にわかるか。突然兵が増える喜びと、いきなり兵が失《う》せる心細さを」

「某《それがし》などには、とても、とても」

正信は白髪頭を左右に振った。

上杉と伊達が交戦すれば、最上は漁夫の利を得ようとするであろう。

最上も出羽庄内郡を上杉家と奪い合った仲である。乱が起これぱこの旧領を回復せんと動くはずだった。だから、最上には兵を与えて勇気づける。そして、その絶頂で取り上げる。兵があれば戦意を燃やすが、兵がなければ途端に弱気となるだろう。伊達と連携を模索するに違いない。

（よくもここまで、人心を見透かすものだ）

いまでこそ、関東二百五十万石を領する家康だが、元は三河で十万石ほどの小大名。信長と結んで領土を拡大する中で、たびたび、外敵の脅威に苛《さいな》まれた。特に甲斐《かい》武田《たけだ》との争いでは、強大な武田勢に領土を侵され、来たり来なかったりする織田の援助に悩まされた。小大名の心の揺れを知り尽くしている。

（いや、苦労の多い生きざまだからのう）

正信は感心するとともに、背筋が薄ら寒くなる。

幼年時代から、織田家、今川《いまがわ》家と人質生活で成長し、成人独立した後も、信長、秀吉に隷属《れいぞく》するように耐え忍んできた家康である。三河一向一揆で、家中半数の家臣にも叛《そむ》かれた。正妻と嫡男すら謀叛の疑いで殺した。侍として大名として、辛酸を舐《な》め続けてきた。心で、決して人を信じない。おそらく家臣も家族も信じていないのだろう。

（だが、それでこそ）

だから、正信と馬が合うのである。それでこそ、正信のような異能者に心を開くのだ。

「すべては書状の内容と、それが着く間合いですな。書状は五月雨《さみだれ》のように間断なく発しましょう。あとは伊賀者《いがもの》を使って、奥羽《おうう》の様子を見張らせましょう」

家康は、うむ、と頷く。憮然《ぶぜん》とした顔だが、不機嫌なわけではない。

「あとは、治部少め、早く兵をあげんか」

「焦《じ》らしますな。まあ、そろそろでしょう」

「佐渡が治部少なら、いつ兵をあげる」

「間違いなく、上様と上杉がいくさを始めてからでしょう」

「それを待てない男だ、治部少は」

家康はまた手を口元にやって、小指の爪を噛もうとした。

が、噛めない。もう爪が深く削れている。家康はチッと舌を鳴らした。

「上方勢にこちらが敗れぬ限り、東北は問題ない」

「では、こちらが敗れたら」

「縁起でもないことをいうな。それは、もう話にならん」

「は」

正信は満足そうに、白髪頭をさげた。

さすがに、家康は心得ている。

これは、家康の天下取り最後の機会だ。

敗れれば、終わり。文句なく、腹を切る。徳川家は滅ぶ。それだけだ。

その覚悟が充分にできている。このせっかちも、この策謀も、そのためなのだ。

（これぞ、わが殿）

正信が頼もしそうに見つめる先で、家康の頬の垂れた仏頂面が揺れている。

家康は江戸を動かない。

「あの狸《たぬき》、わしのことをまったく信じておらんな」

伊達政宗は、読んでいた書状を投げつけるように、傍らの家老片倉小十郎景綱《かたくらこじゅうろうかげつな》へと渡した。

まるで、鼻をかんだ紙でもまるめて捨てるかのような、ひどくぞんざいな仕草だった。

陸奥岩出山五十八万石の城主政宗は、今、領内南部の北目城《きたのめ》にいる。

立ち上がると、城内最高層の櫓《やぐら》の一間から、眼下を見渡した。

「先には切り取ればそこはくれてやる、今度は動くな、とよ」

「なんの殿、これによれば、われらはただ、会津上杉と睨み合うだけで、百万石に加増されるではありませんか」

その背後で座って書状を読んだ片倉小十郎は、面をあげ、笑い交じりの声でいった。政宗の片腕、伊達の智嚢《ちのう》と呼ばれる、家中の名物男である。

徳川家康は、開戦前、会津の上杉を牽制するべく、伊達政宗に、今は上杉領となっている旧領四十九万石を与える旨《むね》を申し送った。世にいう、「百万石のお墨付き」である。だが、その前、いや、その後ですら、伊達への指示はめまぐるしく変わった。

「狸がわしを信じておらんように、わしもあの狸を信じるものか」

政宗は吐き捨てるようにいい、胡坐《あぐら》をかいた。まだ齢《よわい》三十四の壮年というのに、なんとも横着な態度であった。そんなとき、この小柄な男は、五十路《いそじ》の古豪のようにふてぶてしくみえた。

上方での上杉征伐の評定では、伊達軍は上杉領の北東、信夫口から攻め入る、と決まっていた。その下知通り、政宗が上方を離れると、書状が次々と追いかけてきた。

合戦は、家康・秀忠連合軍が白河口から攻め入る七月二十一日に合わせて、という飛報が来たかと思えば、動くな、ひたすら動かず国境を固めよ、と、指示は変わった。

ただ、一貫して、このいくさが終われば、伊達には大封を与える、ということが、末尾に付け加えられていた。

「そもそも小十郎、あの地は、伊達が血のにじむような苦労で勝ち取ったのではないか。あの摺上原《すりあげはら》のいくさ、わしのこのみえぬ目の裏に、今でも焼きついておるわ」

灰色に濁った右目を指さす。独眼竜《どくがんりゅう》、と呼ばれている。政宗は幼いころ天然痘《てんねんとう》で右目の視力を失った。

摺上原の合戦は、伊達が家運をかけた激戦だった。このいくさで、蘆名氏を滅ぼし、宿願の会津の地を奪い取った。米沢の小大名だった伊達が東北の雄として飛躍した、大合戦だった。

それをわずか一年後、豊臣秀吉の奥州仕置で失った。秀吉は当たり前のように、伊達から会津の地を取り上げ、蒲生、そして上杉へと与えた。それだけではない。父祖伝来の伊達の本拠地・米沢まで今や上杉領となっていた。しかも、上杉景勝に、ではなく、家老直江兼続に与える、とのことだった。大いなる嫌がらせだった。

「あの迷惑猿めが」

舌打ちしながら、いった。小十郎は、主の不機嫌そうな面を眺めて、小さく笑う。

「しかし、上杉は、厄介ですな」

政宗は左の目だけを細めた。

「このご時世に、義だのと、阿呆《あほ》くさすぎる。豊臣への忠義など、誰も持っておらぬわ。だがな、小十郎、あのような馬鹿共はわかりやすい。そこにつけこむ隙がある」

「秀吉もあの世で気をもんでおりましょう」

「秀吉など、知らん名だ」

政宗は面倒くさそうに顔を歪める。

「上杉が狸に喰らいついている間に、我らは会津をとりもどす。この東北の地でのいくさよ、なんとでもなるわ」

「これは、家康も安心できますまい」

「家康？」

政宗は左の目尻だけをさげる。

「そんな名も、知らんぞ」

小十郎は噴きだしそうな顔で政宗をみた。

政宗はまたひどく横着そうに立ち上がり、外を眺めた。

「しかし、岩出山は田舎だ。まだこの北目城のほうがましだ」

岩出山は奥州仕置の中で一揆の扇動を疑われた政宗が、秀吉に配された城である。山腹に築かれた典型的な戦国の山城で、城下も平地は少なく、周りは山嶺《さんれい》に囲まれ、街道から外れた場所にあった。それに比べると、広瀬川《ひろせがわ》流域の北目城のほうが、周囲は広々と開けている。

岩出山では、五十八万石の城主とはいえ、山間《やまあい》に押し込められたようなものだった。政宗は入城以来、一切この城を拡張していない。なので、岩出山城には当世流行の天守もない。

(わざわざ岩出山まで戻ってられるか)

政宗は帰国しても岩出山に帰らず、この北目城に領内の軍勢を集結させている。信夫口の攻め口主将として当たり前だ、と思っている。とにかく、攻め込む気が満々なのである。

「はやく、もどりたいものですな。米沢でも、会津でも」

小十郎がいうと、政宗は南を向いて左目を細め、

「江戸でも良いがな」

呟く。

主従目が合うと、ニンマリと笑う。

食えない。この二人、煮ても焼いても食えないほどであった。

直江兼続は、白河小峰城、外堀の拡張普請《ふしん》現場にいた。

脇に白河城代芋川越前と結城朝勝《ゆうきともかつ》が立ち、城の外郭の見取り図に目を落としている。

芋川越前守《えちぜんのかみ》親正《ちかまさ》は謙信時代に武田から上杉に身を寄せた信濃《しなの》出自の武人である。元亀天正と、上杉武田の争いで激動した北信濃で生き抜いた歴戦の勇将であった。信玄死後の武田を見切って上杉につき、今はこの上杉領南の最前線を守る六千石の将である。

結城朝勝は下野宇都宮《うつのみや》氏の出で、結城城主結城晴朝《はるとも》の養子となった男である。だが、家康次男の秀康《ひでやす》が結城氏に入ったため相続権を失った。徳川を恨み、上杉に身を寄せ、一旗上げようとしている。

北を阿武隈川に守られた白河小峰城は、南側の城下町までを要塞化《ようさいか》して、一回り規模が大きくなった。上杉領最南端のこの城は、いまや、本格的ないくさの城と生まれ変わろうとしていた。

作事奉行に声をかけながら、直江兼続は、普請の打ち合わせに余念がない。

そこに前田慶次郎が現れた。

「前田殿、ご苦労だ」

兼続は、慶次郎を迎えると、まずは笑みを浮かべた。

芋川越前と結城朝勝に後を委《ゆだ》ねると、慶次郎を本丸主殿へと誘った。

二人は、城内を歩く。二の丸も城壁の補修、鉄砲狭間《てっぽうざま》の切出しと、補修が続いている。城内は鎚《つち》打つ音、兵や人夫たちの声が闊達《かったつ》に飛び交う。

「ご苦労は直江殿だな。ここでも、休みなしか」

「なんのことはない」

兼続は、口元だけで笑った。

「太守は」

「会津へお帰りいただいた」

慶次郎は少し眉間を寄せると、ふむ、と頷いた。

「鶴ヶ城にて、全攻め口へ軍を繰り出せるように待機していただくのだ」

兼続は、付け足すようにいった。

兼続は、主殿奥の間に入ると、慶次郎にも座るように勧めた。

「組外衆は当面、長沼城にて待機していただく」

「では、なぜ、わしをここに呼んだ」

「頼み事があってな」

といって、兼続はしばし押し黙った。沈黙が流れる。

「こちらから、いおう」

慶次郎がいうと、ふっと兼続の口から息が漏れる音が響く。

「直江殿は白河口で徳川と戦う気はないのだな」

兼続は口を真一文字に結ぶと、慶次郎の顔を直視した。

「革籠原で大合戦に及ぶのなら、この小峰城はたんなる囮《おとり》、ここまで直さずともよかろう。そして、太守も会津に戻すとは、持久戦の構えであろう。徳川とは白河の閧を挟んで対峙する、ということだ」

兼続は答えず、静かに見返す。

「芋川殿にこの城を守らせ、結城殿をつかって、那須《なす》あたりで一揆を引き起こす。大いくさにはならず、睨み合いになる」

　最前線の指揮に慣れた芋川越前と、地元の名族であった結城朝勝を組ませて、宇都宮に本営を置くであろう徳川軍と睨み合いをさせる。白河と宇都宮の間の那須地方は、日和見《ひよりみ》の小勢力が散在する。これを結城の名で手なずけて散らしておけば、たとえ、敵が動いたとしても、すぐに攻め込まれることはない。また、こちらの損害も皆無に等しい。

「さすがは前田殿、だな」

　兼続は、あっさりと認めた。

「だが、それは、石田治部が兵を挙げることが前提だ」

「挙げる。それは、もう決した」

　兼続は歯切れよく言い放った。

「昨日、上方から火急の密使がきた。これが書状だ」

　兼続は懐から書状をだした。

「佐和山《さわやま》で石田治部が大谷刑部《おおたにぎょうぶ》と兵を挙げた。治部なら必ず大坂城を抑える。そして、家康は必ず、それを討つため反転する」

　みれば、三成と大谷刑部、安国寺恵瓊《あんこくじえけい》の密議の日は七月十二日となっている。今日はもう十八日である。

「だが、石田治部が上方を抑え、兵を募るのに日がかかろう。もう家康は江戸を出る。数日のうちに白河口まで来よう。決戦とならずとも、退《の》き陣《じん》するなら、追い討ちせねばなるまい。石田治部もそれを期待している。なにより、上杉家臣たちがそれを望むはず」

「それは、治部の描く絵だ」

慶次郎がいうのを遮《さえぎ》ると、兼続は、一度、深く息を吸った。

「だから、前田殿、わしと共に信夫口へ行って欲しい」

「信夫口」

慶次郎は眉根を寄せた。

陸奥伊達領と接する信夫口は、上杉領北東の最前線である。

「ああ。信夫口だ」

兼続は頷く。

「直江殿」

慶次郎は声音を下げた。

「今、お主がなそうとしていること、かなり危うい。お家が転覆しかねぬことだ」

「いうてくれるな、前田殿」

慶次郎が鋭く見つめると、兼続は瞳に影を宿した。だが、視線を外すことはなかった。

「先ほど、白石城の甘糟備後に使いを出した。鶴ヶ城にて、殿に白石の守備について指示を仰ぐように、と」

慶次郎は寄せていた眉を片方だけあげた。

甘糟備後守景継は、謙信以来の重臣甘糟家の当主である。甘糟家は代々猛将ぞろいの家柄で、景継は他家の出ながらその武勇を愛され、謙信の肝いりで甘糟家を継いだ。上杉家では、この甘糟景継、本庄繁長、安田順易の三名をもって武の筆頭としていた。景勝からその名に一字をもらっている景継は、まさに大敵伊達に対するのに最適の将であった。

だが、その甘糟景継をこの大事なときに、会津に帰す。これは重大な意味をなす。

「前田殿」

兼続は膝を進めた。

「もはや賽《さい》は振られた。これを明かせるのは前田殿しかおらぬ。この兼続が思うさま戦うため、前田殿の命をくれ。伏して、願う」

そして、頭を下げた。

「頼み入る」

天下の名宰相、直江山城が頼み込んでいた。秀吉にすら頭をさげなかった男が、いま平伏していた。

「泥臭いな。そこまでして、己を貫くか」

慶次郎の声が後頭部に降りかかる間も、兼続は面を伏せていた。

「直江山城にそうまでされて、応じぬ者がおるか」

「では」

秀麗な兼続の面に朱がさしていた。慶次郎は一度だけ深く頷く。

そのかわらぬ声音は、低く響く。

「ただしな、直江殿。こちらからも一つ願いがある」

慶次郎はそこで口元に笑みを浮かべた。

「頭など下げるな、直江山城はいつも堂々としていよ。それが直江山城だ」

兼続は、一瞬、眉をあげた。そして、二度三度と頷き、笑みを取り戻した。

「まあ、それも武略か」

慶次郎は、苦笑いをして、ペロリと舌をだした。


半刻（約一時間）後、兼続と慶次郎は、白河小峰城の搦め手門から密《ひそ》やかに騎馬で出た。

二人はすでに隠密の形《なり》である。兼続は着流しの軽装に深編笠《ふかあみがさ》、慶次郎は例の僧衣で元から謎の恰好である。

もうどうみてもこの二人が、天下の名宰相と天下のかぶき者にはみえない。従者は十騎に満たず、傍目《はため》にはこれが、直江山城の一行か、と思えるほどの微行である。

そもそも、敵が迫る中、直江山城が前線から消えることこそ、尋常ではない。

密使の旅

伊達家家老片倉小十郎景綱は、その日昼過ぎに、北目城を出た。

近習数騎を伴ったただけの、静かな、そして密やかな騎行であった。

五里も南下すると、阿武隈川にあたる。ここは舟で渡ることになる。この辺りになると、海に近い阿武隈川は大河の様相を呈し、滔々《とうとう》と流れる。

すでに夕刻である。黄昏《たそがれ》の赤黒い川面《かわも》を滑るように舟はゆく。

「この川にもよく悩まされる」

従者に対して、小十郎は問わず語りに声をかける。

阿武隈は大雨になるとよく氾濫《はんらん》し、周囲の村、田畑を飲み込んだ。とくに川が大きく輪をかいたように湾曲する中にある亘理《わたり》郡は、その気まぐれな猛威に悩まされた。

平時は穏やかな表情を崩さず周囲の田畑に実りをもたらすが、ひとたび事が起これば荒れ狂う。阿武隈川は慈母のようでもあり、鬼でもあった。

（まるで、上杉のようだな）

小十郎は、義と武を信奉する隣国の軍団を想った。

（時代錯誤だ）

心で吐き捨てる。小十郎のように利害を冷徹に追求する者からみれば、それは狂気じみているほどだ。

「ま、それもしばらくの辛抱だ」

小十郎がもらした笑みとその言葉は、川面を走る夏風に飛ばされた。

従者も船頭も、寡黙な顔で対岸を見つめている。

小十郎の所領亘理郡は、伊達領とはいうものの、海と阿武隈川に囲まれ、飛び地のような土地である。

渡し舟をおりると、再び馬を駆る。

「蛇目《じゃめ》」

小十郎が声をかけると、一騎だけ、道をそれていく。

一行はそのまま阿武隈川を右手にみながら南下する。

阿武隈沿いは渺々《びょうびょう》たる草地である。なんども阿武隈川の氾濫に侵されているので、人が安住できない。もちろん、城も砦も置けない。

「殿、亘理城にいくのでは」

思わず、従者が声をかける。居城亘理城へ行くには、あきらかな遠回りである。

「黙ってついて来い」

小十郎は、黙々と馬を駆り続ける。

渡河後の騎行は長くなかった。半里も駆ければ、左手にこんもり茂った小山がみえてくる。一行は吸い込まれるように、その山林へと入っていく。もう樹林の中は暗い。松明《たいまつ》の明かりの中、山道を登る。

寺がある。臥竜山福応寺《がりゅうざんふくおうじ》は明応《めいおう》元年(一四九二年)、審岩正察《しんがんしょうさつ》によって開山されたといわれる古刹《こさつ》である。

小十郎は、山の中腹にある山門をくぐったところで馬を降りた。

「ご苦労、おのれらは、このまま亘理城へ向かえ」

瞠目《どうもく》する近習たちを追い払うように帰すと、境内へ入っていく。

住職が先導する中、堂内へとあがり、ひたひたと奥へと進む。

入った薄暗い奥座敷の一間は、灯火で点々と照らされている。

（毘沙門天か）

その中央に毘沙門天像が祀《まつ》られている。

小十郎はその前にズカリと座ると、目を閉じた。

武の神、毘沙門天は武士がみな信仰する神である。

（そういえば、上杉は特に、だな）

先代謙信は、自らを毘沙門天の化身といい、時があれば毘沙門堂に籠り祈った。当代景勝もそれにならい鶴ヶ城内に毘沙門堂を建てていると聞く。

（わしと殿は、捨てたが）

小十郎は目を閉じたまま、含み笑いをする。

主君政宗が千代《せんだい》（仙台）平定戦で北目城を攻めたときのことを思い出す。

城を攻めあぐねた政宗は、城主粟野大膳《あわのだいぜん》が城内で毘沙門天を信仰していることを知り、ならば自分も、と日夜その方角を拝んだ。そして、城を攻め落とすと、「誰の願いも叶《かな》えるような神はいらぬ」とその毘沙門天像を無造作に道端に捨てた。

この像は仙台市若林区の毘沙門堂に現存している。

（上杉とは正反対だ）

政宗も小十郎も、ことごとく実利主義だった。

（その上杉が、我らになにを）

小十郎の心にいま、期待と困惑の波が打ち寄せ、退《ひ》いている。

「伊達家の智嚢、片倉小十郎殿」

背後から呼ぶ声で、小十郎は振り向いた。

薄暗い室内に僧が一人立っている。小十郎は目を凝《こ》らす。

「前田慶次郎か」

この男が上杉に身を寄せたことは聞いていた。

小十郎も伏見に赴いた時、この高名な牢人を、二、三度見かけたこともある。だが、まともに話したことはない。

歩み寄ってくる僧形の男を睨みつけると、傍らに置いた太刀を引き寄せた。

「丸腰だ」

その慶次郎はふわりと目の前に座った。

剃りあげた頭は年齢を惑わせるが、近くでみると、目尻に小皺《こじわ》を散りばめ、相応に年輪を重ねた顔である。

「話が違う、直江山城はどうした」

小十郎は刀から手を放さず言った。

「直江が一人で来るというから、こちらも来た。約定を破るなら、話にならぬ」

いいながら小十郎の頭脳はめまぐるしく働く。斬《き》ってもいいか、と思っている。相手は丸腰である。ここまで呼びだして約束が違う、それだけでも十分斬れる。天下の名士前田慶次郎の首を手土産に帰り、その非礼を明かすのも悪くはない。

「片倉殿よ。約定が違うのはそちら」

慶次郎が淡々というと、小十郎は眉をひそめた。

「外に散らした黒脛巾の者どもをさげよ。直江は来るというたら来る」

（ちっ）

小十郎は舌を鳴らした。

「直江山城は、わざわざ、敵地のこの寺に単身で来るというておる。殺すことばかり考えず、その意志を受けよ」

「その意志が、こちらの意にあわぬなら」

小十郎は低い声で吼《ほ》えた。

（伊達と上杉は、水と油なのだ）

直江兼続からの密書で、ここでの会見を要求された。一対一で話す内密の大事とのことだった。

奇妙な申し出だった。伊達と上杉、いや伊達と直江山城ほど因縁《いんねん》を抱えた者もいない。

かつて伏見での諸大名の集いで、政宗が持参した黄金を、兼続は手に取らず扇の上で弄《もてあそ》び、こんな卑しき物持てぬ、と投げ返した。諸侯が恐れ慄《おのの》く中、冷ややかに受け流した政宗と小十郎は、陰で腹を抱えて笑った。そして、毒づいた。「孺子《じゅし》が、いつか滅びる」と。

乱世となれば、こんな美意識は格好の餌食《えじき》である。滅びの美学の中で死ねば良い、と。だから、話次第では殺してしまおう。その考えで小十郎と政宗は一致した。直江兼続がいない上杉など、この火急時に手足をもがれたに等しい。

「話を聞いてからでもいいだろう。まずは忍びをこの寺四方から半里下げよ」

小十郎はしばらく黙考した後、立ち上がった。

「蛇目！」

太い声で叫ぶと、座敷の端の戸口をあけて、忍び装束の男が駆け寄ってくる。

「この者は黒脛巾組の頭領、蛇目平左衛門《へいざえもん》。いいか、手の者を下げて、お前だけ残れ」

小十郎は紹介と指示を同時にした。平左はかしこまって出ていく。

「前田殿がいるなら、奴だけは残してもいいだろう」

「それがいい。では、わしはここにいてもいい、ということだな」

小十郎は、ちょっと眉をしかめた。

「相変わらずの屁理屈。先に来て待っていたな」

「この山の周りはなにもない。忍びを散らしても良くみえる」

小十郎は内心舌打ちを繰り返していた。

(この男、なにを)

前田慶次郎のことは、小十郎も、主政宗も当然知っていた。

知っていただけではない。都にいた頃、政宗は、むしろ、慶次郎のかぶき話を好んで聞きたがった。

小十郎は嫉妬《しっと》にも似た気分で、「あれは、侍奉公せぬ者の身軽さ。真の侍はああはできませぬ」といった。すると、政宗は「ああ、わしこそ、真のかぶき者だろう」と笑った。

そうだ、そのとおりだ、と小十郎は何度も頷いた。

秀吉に最後まで抗した男、伊達政宗。服従後も何度もその反骨を疑われ、殺されそうになったこともある。そのたび政宗は強烈な個性と機略でその場を凌《しの》いだ。そんな政宗は秀吉に憎まれ、また、愛された。

政宗に従い、華麗な軍装で都に乗り込んだ伊達勢をみた上方の民衆は、かぶき者、どころか「伊達男」とさえ呼んだ。信長秀吉に遅れて世に出た、しかも辺境の東北に生まれたがゆえ、天下に乗り遅れた伊達政宗を讃《たた》える、最高の褒《ほ》め言葉であった。

政宗、そして伊達家臣たちは、そんなことで鬱屈《うっくつ》とした気持ちを少しだけ晴らした。

(前田慶次郎など、もう過去の人間だ)

目の前の坊主頭の男。静かに目を伏せて、かぶき者の片鱗《へんりん》もない。

そもそも前田家を出てもう随分と経《た》つ。いざ戦場で使い物になるのか。

「その恰好、どうみても坊主だ。出家でもしたのか」

「人を容姿でとやかくいわんことだ」

飄々とした口ぶりに、静かな圧を感じた。

小十郎は、一度深く息を吸い、吐き出した。斬るのは簡単だ。それは最後でいい。ゆっくりと摑《つか》んでいた太刀を傍らに置いた。

「直江はいつ来る」

「もう来ているさ」

慶次郎がいうや、座敷の正面の障子があいた。

平装の直江山城守兼続が堂々と立っている。

(いたんじゃないか)

小十郎は鼻白んだ。住職を抱き込んで、ずいぶん前から堂内に入っていたのだろう。

(馬鹿にしおって)

全身に疼《うず》く怒りを理性で押さえつける。交渉は冷静に、常に己を外からみるように。百戦錬磨の片倉小十郎は、決して相手の調子にはのらない。

「片倉殿、久しい。ここは伊達の領地ゆえな。失礼の段、許されよ」

兼続は悠然と進んでくる。その言葉、仕草もきわめて慇懃《いんぎん》丁寧だが、なぜか、小十郎には鼻につく。どうも上からみられているような気がしてしまう。

いつもそうだ。この男は堂々と、凛《りん》としている。小十郎はこの直江兼続と会うたびに、なぜか燦々《さんさん》と輝く太陽を直視するかのような錯覚に陥るのである。

(同じ陪臣《ばいしん》なんだが)

直江は上杉家百二十万石の執政。だが、小十郎とて、伊達家五十八万石の筆頭家老だ。だが、なぜか上方でも、直江をみると、太閤《たいこう》直臣の大大名を仰ぎみるような、そんな気分になっていた。

その兼続は小十郎の正面に腰を下ろす。慶次郎は対面した二人の横に胡坐をかいた。

「この前田慶次郎殿は、この会談の証人」

「前田殿は、いまは上杉の手の者だろう。証人にはならん」

「そうだな。ではまずは話を聞け。話次第で証人となるだろう」

慶次郎がそういうと、小十郎は、はあ、と片眉をあげた。

「なにをいうつもりか、見当もつかんな」

「では、申し上げよう」

兼続が、居住まいを正した。

「上杉と伊達は手を結ぶ。これが第一のこと」

「条件は」

「まず、白石城を差し上げよう」

「なんだと」

小十郎の声が上擦った。いきなり訳が分からない。

「そのまま差し上げると、内府への聞こえが悪かろう。白石を攻めていただきたい。白石城の甘糟備後は会津へ帰っている。今、攻めれば落とせるであろう」

小十郎は押し黙った。

灯火の光が映るその瞳は、油断なく兼続をみていた。その秀麗な顔がまるで得体のしれぬ妖怪《ようかい》のようにみえていた。

（いったい何を考えているのか）

伊達は白石城を狙《ねら》っていた。徳川と上杉が白河口で戦うなら、伊達が真っ先に襲わねばならないのは、白石だった。今、それをくれる、という。いや、すでに猛将甘糟備後が城にいない、という情報はもたらされた。ということは、すでにこの城はもらったも同然だった。

罠《わな》か。当然そう思う。

「いくさをするなら、そちらの兵も傷つくぞ」

「内府は鋭い。すでに数多《あまた》の間諜どもがこの東北の地にばら撒《ま》かれている。見破られぬように、真の合戦をせねばならぬ。良いか、白河口では合戦は起こらぬ。内府は上方へ兵を返す。そうなれば、上杉は北へ矛先を転ずる。白石を取らぬのなら、信夫口で、上杉と決戦するか」

「なぜ、内府が白河口から攻め入らぬと言いきる」

「上方で石田治部が兵を挙げた」

小十郎は、息をひそめて、上唇をなめた。重大な情報だった。これも噂はあったが、まだ小十郎の耳に届いていない大事である。こんな事実をいともあっさりと敵の自分に明かすことが、また不気味だった。真意を探らねばならない。

「なるほど。だが、内府が上杉攻めを続けるなら、戦わずにはいられぬはず」

「忍びを撒いて、佐竹が寝返る、という噂を流した。伊達も知っているだろう」

小十郎は低く唸《うな》った。

その話は上方でも、領国でも、公然の秘密として、聞いていた。

仙道口から上杉を攻めるはずの佐竹勢は実は上杉と気脈を通じている。それは、家康は警戒するだろう。そして、前面に上杉、側方に佐竹を置く白河口など、恐ろしくて入ってこないに違いない。

(だが、自ら噂を流した、だと)

流してどうする。寝返りなど秘匿《ひとく》に秘匿を重ねてこそ、効果があるではないか。これでは策が漏れて相手を逃がすだけである。

（待てよ）

そもそも、佐竹は本当に寝返っているのか。

佐竹は、当主の右京大夫《うきょうのだいぶ》義宣こそ濃厚な石田、上杉派だが、その父、鬼義重《よししげ》の異名をとった佐竹義重は無類の家康党のはず。家中は、決して一枚岩でないとも聞く。

もし佐竹の動きが不確定にも拘《かか》わらず、先んじてこの噂を流したのなら。

（恐ろしい深謀だ）

今のところ佐竹は家康の上杉討伐の触れどおり仙道口へと迫り陣を張っている。噂は出回っているが、不穏といえる動きはないのである。

まだ味方とはいえぬ佐竹五十四万石を噂一つで抱き込んだ。そして、徳川を追い返す楯《たて》とした。

「家康が兵を返したら、関東へ攻め入らぬのか」

「伊達からすれば、それが望みだろう。だが、そうは参らぬ。上杉が南を攻めるのは東北を抑えてから。家康には無傷で西へ行ってもらい、石田治部らの西国大名と思う存分戦ってもらう。その間に上杉は伊達と結び、奥羽を平定する」

「まだ、結ぶというておらん」

「わかっている。伊達も内府の顔色もみたいのだろう。そのために、白石城を攻め取ったことにせよ。そのあと、和睦《わぼく》をする。越後ではすでに一揆を起こしている。これで堀は動けぬ。あとは最上。最上など、上杉が攻め潰す。伊達が黙っていれば造作ない。最上を攻め潰せば、その頃、上方での情勢も動いているだろう。そこまで動かぬだけでよい。あとは上杉五万、伊達二万の兵で関東へ攻めのぼる」

小十郎は目を閉じて沈黙した。まさに虚々実々の駆け引きだった。

伊達としては、徳川が上杉領へ攻め込むか、または上杉が徳川領へ攻め込むかを待ちたい。だが、そのどちらも起こらぬなら、上杉が全力で攻めてくる。

小十郎は、ブルッと震えた。上杉勢といえば、日の本一と呼ばれた強兵ではないか。恐ろしい。全力の上杉を一手に引き受けるなど、負けずとも損害が大きすぎる。

伊達が上杉に対抗するなら、気脈を通じるのは最上となる。最上と組むぐらいなら、上杉と組んだ方がいいに決まっている。

伊達と上杉。これ以上に強い組合せはない。他の東北勢は最上を除けば十万石以下の小大名、一斉に靡《なび》くに違いない。

小十郎の頭脳はめまぐるしく動いている。

「もし、伊達が断るなら、最上に使いを出す。褒美《ほうび》は伊達領だ」

そんな顔色を読んだのか、兼続は空恐ろしい言葉を口走った。

(それだけは、あってはならぬ)

小十郎の脳裏に最悪の情景が浮かび上がった。それは奥羽の四方から攻め込まれ、炎を噴き上げる岩出山城であった。

だが、ここは弱気ではいられない。政宗の名代として、あくまで強《したた》かでなければならぬ。

「して、勝利ののち、伊達には」

「上杉領のうち、佐渡、庄内を除いたすべてを伊達家に。場合によっては最上領も差し上げよう」

「なんだと」

一瞬、眩暈《めまい》がした。小十郎は危うく傾きかけた頭を必死にもたげた。

佐渡、庄内を除く上杉領、さらに、最上領となると百万石以上、今の五十八万石に加えて伊達は二百万石に近い大大名となるではないか。

しかも会津、米沢、山形といった東北の主要部分をほぼ占める大領である。政宗の宿願である旧領の回復、最上領の併呑《へいどん》も一気に成すこととなる。

家康が用意した、伊達、信夫、仙道、四十八万石など、比べ物にならない厚遇だった。

「し、しかし、それで、上杉は」

「もとより、会津領は上杉のものではない。執着は一切ない。このいくさに勝って、上杉は代々の本領越後、信濃、上野《こうずけ》の旧領、および関八州を得る。それは謙信公の治めた地の回復である」

小十郎はまた唖然としていた。いや、もはや、茫然《ぼうぜん》というに近い。越後から関東までを占めるとなると、その所領は四百万石を超える。東日本の中心部を北から南へ貫く大帝国ではないか。

もはや、壮大すぎる。夢物語のようにしか聞こえない。

「だが、それは、上杉の一存ではなしえぬこと。大坂が……」

「できる」

いいかけた小十郎を遮って、兼続は強く言い切った。灯火にその頬が照らされて赤々と染まっている。その中で黒目だけが輝いて浮かんでいる。

ぞくり、と、肝が震えた。

(謙信の名など出しおって、それどころではない)

確かに、上杉謙信は越後をでて関東を席巻《せっけん》した。関東管領《かんれい》として君臨した時期もある。だが、今の時勢で徳川を駆逐し、それを成す、ということは。

(この男、天下を)

本気で取るつもりか。いや間違いなくこれは天下を取ってのことだろう。畏怖《いふ》にも似た気持ちになる。

豊臣秀頼《ひでより》をどうする。だが、そんなことは愚問のように思えた。

小十郎は、あらためてこの男の器量を認め直した。さすがは天下に名の響く直江山城だけある。描く絵が巨大だった。

(だがな)

それは博奕《ばくち》なのだ。上杉家百二十万石を賭《か》けての大賭博《だいとばく》だ。そして博奕には相手がいる。相手は徳川家康だ。

徳川が天下をかけたこの一戦を上杉が覆すという大博奕。それに乗るか、との問いかけなのだ。

(乗れば、どうなるか)

残念ながら、今の伊達には一足飛びに天下を狙う力はない。秀吉の天下に乗り遅れたからである。ならば、今回の乱では誰かの博奕に乗るしかない。そして、勝ち、次のために勢力を拡大しておくのだ。

幸い主政宗は若い。齢三十四は家康より三十近く若く、上杉景勝と比べても十以上若い。充分に次の時を待てる。

上杉の博奕は確かに面白い。勝ったときの利益も巨大だ。だが、相手がいる以上、負けることもある。

小十郎の頭脳はめまぐるしく動き続けている。壮大な博奕に目がくらんではいけない。伊達にとって得か、損か、それが重要なのだ。

(損はない)

はじき出した答えはこれだった。

「よかろう。では、すぐに白石城を攻める」

味方の城をみすみす攻め落とさせる。こんなことができるのは、直江兼続ぐらいであろう。事が露見すれば、背信行為なのだ。

(成り行き次第で手を切ればいい。徳川へはなんとでも申し開きできる)

そして、白石城を攻め落とすのは、もとより伊達が目論んでいた戦略方針だった。これさえ成して、あとはしばらく中立するなら、伊達に損はない。小十郎は徹頭徹尾、現実主義だった。

「だが、これは策ではない、という証《あかし》が欲しい」

うむ、と、兼続は澱《よど》むことなく頷く。

「人質をだそう」

「こんな秘策で、人質などだせるのか」

目立ってしまうではないか。それに、いったい誰がこんな策の人質になるのか。

「前田殿だ」

小十郎は、思い出したように横をみた。

(なるほど、そうか)

そうではないか。ここにいるということは、前田慶次郎はこの秘策を知っている。

「上杉が謀《はか》っている、と思ったなら、わしを縛り上げて、さらせ。前田慶次郎が敵の手に渡って捕捉されるなど、上杉の恥辱であろう。だが、信じて上杉と裏から結ぶなら、伊達に損はないだろう」

慶次郎がそこで口を開いた。

小十郎は慶次郎を横目でみて、心で唸りを上げる。

(大したものだ。直江はかような危うい策を家中の誰にも明かせないのだろう。この前田慶次郎だけが知っているのだ。前田慶次郎ほど高名な者、これは確かに有効な人質だ。それに、この男なら人質にだせる。確か、こ奴は直江傘下の牢人衆ではないか。なら、誰にも邪魔されず、悟られずにだせるわい)

そしてこの男はただの人質ではない。伊達に送り込まれる目付役にもなるではないか。

なんと、巧妙な、隙のない策であった。

小十郎は感嘆の溜息を洩らした。そして、慶次郎をみていた視線を兼続に戻した。

「良いだろう。わしから殿に申し上げる。前田殿に同道願おうか」

小十郎はそういうと、突き刺してくるような兼続の眼光から目をそらした。

すると、灯火に明々《あかあか》と照らされる毘沙門天と目が合った。

気づけば、この毘沙門天も含めて三方から睨まれていた。

（かなわぬ）

小十郎は思った。

これまで、小十郎も政宗も、上杉家を恐れながら、心底で舐めていた。その思考は、義だの武だのに傾倒して融通が利かず、子供じみていると小馬鹿にしていた。権謀を厭《いと》い、言動に過剰な理想を背負っていて、危うげで、脆《もろ》いとみていた。

まして百戦錬磨の家康に勝てるはずがない。だから徳川に乗ろうとしていたのだ。

（だが、この強かさ）

流言をまいて目をくらませたうえで、自領の城も差し出して宿敵と組む。さらには、幼君を抱いた上方の同盟軍を餌にして家康を疲弊《ひへい》させ、十分に弱ったところを衝《つ》く。そこには義も理想もまったくみえない。なんとしても勝利を摑もうとする貪欲《どんよく》な野心があった。大きな野望と緻密《ちみつ》な戦略が組み合わさった、まさに、天下狙いの戦い方であった。

（みてみよう）

この男の大いなる野望を。

（もし、うまくいったら、この毘沙門天のための堂でも作ってやるか）

小十郎は毘沙門天を睨んで、そんなことを思っていた。

小十郎と慶次郎はそのまま、福応寺をでた。

黒脛巾組の蛇目平左衛門が一騎、先導する。

伊達家片倉小十郎と前田慶次郎の二人連れ。この二人組はこの世に存在してはならない。誰の目にとまってもいけないのだ。

蛇目は松明も持たず、夜の闇の中を騎行する。忍びは夜目がきくのである。その後ろは僧形の慶次郎、小十郎の順で続いた。

月明かりに浮かぶ蛇目の騎馬の尻だけが、目印である。

（さて、我が殿はどんな顔をするか）

伊達家の外交を一手に引き受けているのは小十郎だ。政宗の思考は完全に把握しているつもりである。

十歳年下の主君政宗のことは、幼子のときから知っている。

小十郎にとって、政宗はただの主君ではない。弟であり、息子であり、その体の一部といいきるほどだった。姉の喜多《きた》は政宗の乳母であり、小十郎は十歳下の政宗の剣術稽古相手として、物心つく頃より近侍《きんじ》した。疱瘡《ほうそう》で崩れ落ちた政宗の目を小十郎が切り落としたやら、政宗より先に子ができた小十郎が我が子を殺そうとしたやら、肉親よりも肉親らしい逸話が出るほどの仲、もはや、一心同体といっていい存在だった。

（拒絶することはない）

確信していた。小十郎が考え抜いて、伊達に不利がないと断じての成り行きなのだ。

だが、これだけ規模の大きな策は初めてだ。果たしてどんな顔でこの策を受け止めるか。

三騎が北目城の搦め手門をくぐったのは、もう夜明け前である。

（これは）

小十郎はいぶかしい思いで城内を進む。

やけに明るい。随所に篝火《かがりび》が明々と焚《た》かれ、甲冑《かっちゅう》武者が慌ただしく行き交う。

（まるで寝ておらぬ）

まさか敵襲でもあるまい。これは、いったい何を意味するのか。


伊達政宗は起きていた。どころか、具足に身を固め、本丸奥の板の間に床几《しょうぎ》をだし、腰掛けていた。右手に持った軍配でピチリピチリと左の太腿《ふともも》を叩いている。

小十郎は、直江との密会の内容を簡潔に報じ、慶次郎を政宗に引き合わせた。

「前田慶次郎殿が土産《みやげ》とはな」

政宗はニヤニヤと笑っていた。慶次郎は目を閉じている。瞑想《めいそう》でもするかのようだ。

「前田家の奉公構いはとけたのか」

政宗は意地の悪い問いを投げた。

「ま、その年では、とくに武者働きを縛る必要もないか」

慶次郎は片目だけを開いた。そのまま無言である。

「聞いているのか」

政宗の声に探りが混じる。

「いや、伊達殿と同じ片目でみれば、人の真の心がみえるのかと」

「なにい」

政宗が眉をつり上げるのと同時に、小十郎は刀に手をかけていた。鯉口《こいぐち》を切っている。頭に一気に血がのぼっていた。自分のことを言われるのなら、どんなことでも自分を制することができる。だが、政宗のこと、しかもその身体的欠陥をいわれるとは。

「まて。小十郎」

むしろ、押しとどめるのは政宗である。

「ああ、これは、すまん、すまん。伊達殿が年寄りをなぶるでな」

慶次郎はいとも、あっさり頭をさげる。

小十郎が固まっている前で両目を開け、政宗を見つめる。

「わしが止めねば、小十郎に斬られておる。だがな」

政宗がまたにやけて、立ち上がり、腰の太刀を抜きはらう。

「斬るなら、わしが斬る」

刀身を慶次郎の首筋にあてる。

「軍神の生贄《いけにえ》にその首かき切ってやろうか」

慶次郎は少し首をかしげて見上げている。

「伊達殿」

慶次郎は顔色を変えず、静かに答えた。

「猿の猿真似《まね》をするより、急いだほうが良いのでは」

政宗が左目をギラリ、と開いた。

小十郎は倒錯していた。不思議な既視感に陥っている。いつか、このような光景をみた。そして、今、目の前で対峙する二人の男に奇妙な相似を見出《みいだ》していた。

(似ている、のか)

別に容姿は似ていない。親子ほどの年の差もある。だが、同じにおいがする。

その時、室外から声がした。

「殿、火急の使いが」

政宗は、また床几に腰かけ、入れ、と鋭くいう。

入ってきたのは、蛇目平左衛門だった。政宗の耳元に口を寄せ、ぼそぼそと囁く。

「小十郎、内府のいった会津攻めの期日は」

「七月二十一日」

「今日は、二十一日だ」

政宗は鋭く叫んだ。部屋の板張りが震えるほどの大声だった。

「合致した」

すっくと、立ち上がっていた。

「関東に放っていた黒脛巾の者が帰った。秀忠は十九日、江戸城を出た。家康も二十一日、今日、出陣する。我らは夜明けとともに白石へ向け出陣する。貝を吹け」

おお、と、小十郎も声をあげた。

(さすが、わが殿よ)

支度は万全、といったところか。

そして、この直江の策に乗じて、一気に立つ。慶次郎という人質は最後の一押しだった。小十郎は喜悦した。この果断な決行力。さすがだった。策は小十郎が練る。そして決断、決行は政宗だ。この呼吸が、一田舎大名だった伊達を大大名に伸《の》し上げた。

「家康が上方へ兵を返すまでが勝負だ。次に上杉と戦うな、というてくる前に、白石を落とす」

灯火に照らされた政宗の頰は赤く光っている。政宗は己の胸中に燃え盛る高揚を吐き出しつくすように、叫びあげた。

「もし、これが上杉の策なら」

「わしを磔《はりつけ》にして、陣頭にさらせ」

淡々と言い切った慶次郎の声は板の間に響き渡った。

「前田殿」

政宗は片頰を歪めて、大きく口を開く。

「先にいうなあ」

喉の奥まで見えそうである。

怒っているか、笑っているのか、わからない。

「殿、よく斬らずに我慢した』
小十郎は、出陣の指示で慌ただしく動きながら、政宗に耳打ちした。
「あんな奴、斬れるか」

政宗は片眉をあげた。視線の先には政宗の旗本に囲まれた前田慶次郎の横顔がある。

「あれは、わしだ。小田原に参陣したときの伊達政宗だ。あんな男、斬れるか」

そうか、あの時の政宗か。

（だからなのか）

小十郎の下腹に、何かが、すとんと落ちた。

秀吉の小田原征伐に遅れて参じた政宗は、髪を水引で結び、死に装束で秀吉の前に出た。まさに命を張った一世一代の大博奕。秀吉に首を叩かれ、「もう少し遅ければここが飛んだぞ」といわれたという逸話が残るほどのかぶき勝負だった。

（かぶき者、同志か）

大名の家に生まれたがゆえ、苛烈《かれつ》な運命を生きることとなった伊達政宗。そして、不屈の心で戦い続けている。だが、その心底では前田慶次郎のような生き方に憧憬《しょうけい》を感じているのかもしれない。

（憧れの俠、それは、殺せん、か）

小十郎は含み笑いをして、踵《きびす》を返した。


七月二十五日、上杉にとって、二つの大事が起こった。

一つは慶事である。徳川家康が上杉征伐を中止した。

七月二十四日、小山《おやま》まで出陣してきた家康は、石田三成らが上方で挙兵、徳川家臣鳥居《とりい》元忠《もとただ》が守る伏見城を囲んだ、との急報を受けた。

翌七月二十五日に、世にいう「小山評定」を催し、石田、大谷らの討伐を決定、直ちに軍を西へ返した。

もう一つは凶事であった。白石城の落城である。

北目城をでた伊達勢は、七月二十四日、白石城に怒濤のごとく攻めかかった。城将甘糟備後を欠いた城は、一日で二の丸まで攻め落とされ、翌日の二十五日には降伏落城した。

この朗報と凶報は、ほぼ同時に長沼の上杉勢本営にいた直江兼続にもたらされた。

西へ向かう家康を追うか、北の要白石城を奪われた伊達への手当が急務か。将兵すべてが声高に意見を交わす中、兼続は軍勢を率いて、二本松《にほんまつ》城へと向かった。伊達への対処を第一としたのだ。

当然、家康という大魚を逃すことに異を唱える声は上がった。

その叫びも、「徳川が上杉領を侵すのなら討つ。背を向けたところに斬りつけるのは、上杉のいくさではない」という上杉景勝の一声でぴたりと止《や》んだ。

兼続は信夫方面へと兵を集めた。その後は、二本松城の直江山城と、北目城の伊達政宗の間で睨み合いとなった。

多少の小競り合いはあったものの、ほどなく使者が行き交い、停戦交渉が始まった。

そして、和睦は成った。

なぜか、白石城は上杉に返されることもなく、そのまま伊達家臣石川昭光《いしかわあきみつ》が修築して入った。

　直江兼続が福島城の本庄繁長に発した手紙はこう残る。

「御不足の儀候とも、天下へのご奉公と思《おぼ》し召し、白石などのことにお構いなく、公儀さえ良き候はば、御調《おんととの》いもっともに候」

　伊達に白石城を渡したままなのは不満かもしれないが、そんなことに構うな、天下への奉公である。公のことさえ整うなら和睦が良い、というのである。

　一見、宿敵伊達との決戦に逸《はや》る猛将を宥《なだ》める気遣いにみえる。だが、その裏に大いなる秘策が見え隠れする書状である。

　和睦の使者が行き来する中、一人の僧形の男が密かに北目城から直江兼続の元に帰っている。

「気は済んだか」

　帰ってきた前田慶次郎は、兼続の前にでると、禿げ頭を撫でた。

　兼続は、口元を緩め、

「これからが、本当の戦いだ」

　微笑した後、表情を引き締めて頷く。

　これが慶長五年八月十一日のことである。

　すでに、東北の大地を秋色の風が吹き渡りつつあった。

動けぬ奴ら

小山の陣を引き払い、江戸城へと戻った徳川家康はまたも動きをとめた。

上方の奉行衆が豊臣秀頼を担いで発した「内府ちがひの条々」という大々的な弾劾書が、国中に流布《るふ》されはじめていた。その中では、家康を秀吉の遺法を破った大逆者としてなじり、最後に増田《ました》長盛《ながもり》、長束正家《なつかまさいえ》、前田《まえだ》玄以《げんい》の在坂《ざいはん》の三奉行、毛利《もうり》輝元《てるもと》、宇喜多秀家《ひでいえ》の二大老の連署があった。これまで秀頼の命で、上杉討伐の大軍を率いていた家康は、これによって賊軍とされた。

「いったい、わしはどれだけ書状を書かねばならぬのだ」

家康は、やっと伸びたばかりの小指の爪を噛んでいた。

「上様、ここはあせってはなりませぬぞ」

傍らにいるのはやはり本田佐渡守正信である。

「佐渡、話が違う」

家康は苛立ちをぶつけるように言葉を投げつけた。

「毛利があちらにつくとは何事だ。西軍は十万ともいうておるぞ」

上方からの情報では、敵は石田三成、大谷刑部を中心として、署名者の毛利、宇喜多の二大老、増田、長束、前田の三奉行はむろん、西国、九州、四国のほぼ全ての大名を参集していた。その中には朝鮮のいくさで大陸でもその猛勇を恐れられた薩摩《さつま》島津、筑後《ちくご》立花《たちばな》、四国の強兵を擁《よう》する土佐《とさ》長宗我部《ちょうそかべ》、明らかに家康派とみられていた筑前《ちくぜん》小早川《こばやかわ》など、実に、兵数十数万と謳《うた》っていた。

いつしか、この西国大名たちは、西軍と呼ばれていた。そして徳川方を東軍と呼ぶようになっていた。

（確かに、意外だ）

正信は、人望なく、しかも奉行職を剝がれた三成では人は集まらず、決起は、石田、大谷ら一部、あとは大老でも宇喜多秀家ぐらいに留まると踏んでいた。そもそも、小山にいた時点では、奉行の増田長盛は、家康へ三成らの謀叛を報じる親書を送ってきていたのだ。

「おまけに、こんなものを国中にばら撒かれては、おちおち眠ることもできぬ」

家康はバサリと、書状を投げ出した。例の「内府ちがひの条々」である。

（治部少もやるもの）

正信は感心していた。さすが、太閤が愛した才覚者であった。

この決起は、周到に準備されたものだ。予想以上に集まった戦力と、大坂城の豊臣家。その威光で発されたこの書状。家康と正信は、その効き目を恐れた。

せっかく、上杉征伐で連れ出し、小山の陣で結束し、猟犬のごとき勢いで西へ向かわせた豊臣大名たちが、この大坂発のお達しで、どう心を動かすのか。

（いつのまにか、賊軍となってしまった）

しょせん、徳川からみれば外様の奴輩《やつばら》なのだ。今日はこちらに靡《なび》いても、明日の風でどちらを向くかなど、わからない。

だから、家康は各地への工作に忙殺されている。毎日のように諸方へ書状をだしている。

「清洲《きよす》の井伊《いい》兵部《ひょうぶ》から、矢のような催促が来ておりますぞ」

井伊直政《なおまさ》は、徳川を代表する軍監として、東軍大名たちとともに尾張《おわり》清洲まで進んでいる。これが徳川方の最前線である。

あとは、西軍の美濃《みの》へ攻め込むばかり。家康の出陣待ちなのだ。現に、家康は小山評定でも堂々といっていた。すぐに西へと出陣する、と。

今、外様の東軍大名たちが痺れを切らしている。軍監の直政は叫びあげるように、使者を飛ばしてきているのだ。

「信じられぬ」

家康は忌々《いまいま》し気に呟く。

「岐阜《ぎふ》城でも攻め落とせ、といわせろ」

正信は苦笑した。どういわせよう。よほど老獪《ろうかい》な工夫が必要だ。

「岐阜など攻めだしたら、いよいよ出陣せねばなりませぬぞ」

「上杉は」

家康は苛立ちを隠さずいった。

「伊達と白石城を挟んで小競り合いを続けております。まず、大丈夫でしょう」

「本当に大丈夫か」

正信は、ちょっと呆れた。疑り深いにもほどがある。

「なぜ伊達が白石を落としたにも拘わらず、上杉は総攻めせぬ」

家康はもう正信がその場にいるのも忘れたように、ブツブツと呟き続ける。

（伊達と上杉が戦いすぎるのはまずい、といっていたのに）

「伊賀者を増やして、より深く探らせましょう。あとは最上に書状を出しましょう。伊達と組んで上杉を牽制するように、と」

「山形城の諸将を帰したのは、早かったか」

家康は小指の爪を噛み続けている。

（駄目でもなんでも、いつか上様は西へ行かねばならない）

そうでないと、西方も押し込まれ、上杉も北を制してしまう。出遅れは命取りなのだ。

どちらかを痛撃して、返す刀でもう一方を討滅する。もちろん、西が先だ。それは戦前から談合に談合を重ねて決めた方針ではないか。小山でもそう表明して軍を返した。そして、諸大名を清洲へと向かわせたのではないか。

ふう、と吐息を洩《も》らすと、正信は視線を落とした。もう、持て余している。

（これで勝てるのか）

いやいや――正信は白髪頭を叩いて、不吉な想いを振り切ろうとした。

（出陣は、上様ではなく、秀忠様についてゆくか）

そんな、少し自棄気味な想いもよぎっている。

一方、上杉は動いている。

伊達と和睦した直江兼続は、二本松に駐屯していた安田順易の主力部隊を鶴ヶ城へ戻し、各方面へ備える遊撃部隊とした。入れ替わりに会津奉行岩井信能を福島城へ派遣、本庄繁長とともに伊達に備える軍監とした。直江兼続の手勢、組外衆も一旦会津に戻り、そのまま米沢城へ向かう。こちらは山形の最上に対することとなる。

白河方面は、芋川越前が白河小峰城を固め、背後の長沼城の島津淡路と連携して固めた。芋川も島津もあの信長の侵攻の中、北信濃を守り抜いた男たちである。宇都宮城を固める家康の次男、結城秀康への備えは万全といえた。

上杉軍の戦略の鉾先は、出羽最上氏へと向かっていた。


出羽山形城主、最上義光は、三の丸外まで馬で走り出た。

八月すでに秋色の陽《ひ》が、山形城外の大手通りを燦々とてらしていた。

城門近くで馬を降り、仁王立ちする。その前を軍馬の列が粛々《しゅくしゅく》と進んでいく。

「ちくしょうめが」

思わず、毒づいて、拳を握りしめる。

具足のすれあう音が、まるで小川の流れのように絶え間なく響く。

武装した人馬の行列は黙々と歩を進めている。

(なんで、こんなことになる)

義光は、家康直命の上杉征討軍米沢口の大将だった。家康の触れを聞いて、奥羽の諸将は続々と兵を率いて、山形城へ詰め掛けていた。昨日まで城内、城下には、最上の兵、南《なん》部《ぶ》利直《としなお》、秋田実季《あきたさねすえ》、戸沢政盛《とざわまさもり》、仁賀保挙政《にかほきよまさ》ら仙北の兵が、実に二万を越えるほどに膨れ上がりたむろしていた。三の丸内の武家屋敷、城下の主だった町人屋敷は、奥羽の諸侯の宿舎となり、どこも侍、足軽たちの汗のにおいで満ち満ちていた。

最上の軍勢一万に、奥羽の諸大名の一万。二万も兵がいれば、十分な絵が描けそうだった。義光がこんな大兵を操るのは、初めてである。

もちろん、義光はこの戦乱に乗じて一旗あげるつもりだった。

徳川が白河口で上杉と合戦し、伊達が信夫口から攻め入る。これが理想だ。だが、さすがに、話がうますぎる。そこまで足並みが揃《そろ》うわけがない。必ず、牽制し合う。骨肉相食《あいは》むこの東北の地で領土を守ってきた義光は、決して物事を楽観視しない。それなら、それでいい、と思っていた。

最上領出羽山形は、西と南を囲まれるように上杉領に食い込んでいる。なら、上杉包囲網の中で、孤立している西側の庄内地方、ここを分捕ってやろうではないか。それが、まず最上がするべきことだった。

そして、七月末。家康こそ西へ向かってしまったが、伊達は白石城をおとした。

義光は小躍りした。これで、上杉と伊達は、全面戦争になるはずだった。

(共倒れになってくれぬか)

義光は伊達政宗を援ける気などさらさらない。

義光は政宗の生母お義《よし》の方の兄である。隣国の甥は、義光にとって脅威であり続けた。秀吉の天下統一がなければ、攻め滅ぼされたかもしれないほどである。この乱で滅びてくれれば大層結構なことだった。

義光は全力で出陣準備をした。二万の兵のうち、山形城に留守で千人ほど残して、他は全て、遠征に使うつもりだった。それは十分可能である。奥羽の諸将が傘下で動くのなら、山形城は背後のどこからも攻められることはないのだ。

あとは上方の情勢次第だった。西軍が大坂城を制し、秀頼を担いだのなら、当面、戦局は膠着するであろう。なら、その間に、庄内地方は攻め取れる。難しくないことだった。

だが、状況は一変した。

まず、白石城という要の城を取りあったくせに、伊達と上杉は静かに和睦をした。家康から上杉を刺激しすぎないよう停戦勧告があったという噂も聞いたが、上杉の落ち着きぶりは不気味だった。

即座に、義光は上杉に使いを出していた。ここはその場しのぎでも従わないと、その鋭い刃《やいば》は最上に向かってきそうだった。

そして、義光が首筋に寒気を覚えるほど不吉な報せは八月上旬に押し寄せてきた。

「内府から領国待機の書状が」

奥羽の諸将はみな口をそろえていい、暇乞《いとまご》いに来た。

その書状はご丁寧に、義光のところにも来ている。

(山形城に待機、だと)

待機も何も、もう籠るしかないではないか。

居城に帰れば、奥羽の諸大名たちは、完全に日和見に走る。情勢次第で背後から襲われるのは、最上領となってしまった。

最上の動員能力は総勢一万だが、各城に守備を残せば、遠征出兵には五千も出せない。

この小勢ではいくらなんでも、上杉領は侵せない。どころか、主要な城に兵を補強して、全力で守らねばならないではないか。

（奥羽の総大将というのも、まやかしか）

義光はギリギリと歯軋《はぎし》りした。

思えば、この東北という僻地《へきち》にいるがゆえに、ことごとく、後手に回る人生だった。

秀吉の奥州仕置で本領安堵《ほんりょうあんど》されたものの、所望され差し出した娘は、関白秀次《ひでつぐ》に輿入《こしい》れした直後、磔にされた。まさか、関白職の人間が一族皆殺しになるとは思いもしなかった。

今、目の前を出ていくのは、殿《しんがり》軍の横手《よこて》城主小野寺義道《おのでらよしみち》の軍勢だった。この隣国の小野寺氏とて、太閤だの家康だのの後ろ盾がなければ最上の前に這《は》いつくばる程度の小大名ではないか。それが今、堂々と義光に背を向けこの山形城を去っていく。

「くそ」

義光が小声で毒づくと、偶然か、目の前を行きすぎる馬が、尻からボタリと糞《ふん》をたれた。

義光は眉をしかめて、道端に落ちた糞を見つめた。

臭い。臭気が漂ってくる。

「くそっ」

義光が再度舌打ちをすると、控えていた小姓が馬糞を清めようと動きかけた。

「そういう意味ではないわい。おまえらが、そんなことをするな。ここを、誰の城下だと思っておる」

義光は、激しく叱《しか》りつけた。あまりの威力に、整然と行軍していた軍列がグラリと歪む。進軍の列から慌てて徒士《かち》の小者が走り出て、糞を取り去り、後を箒《ほうき》で清める。馬は行軍中でも糞をしてしまう。それを清めながら進むのは、行軍の常である。

(馬までわしを虚仮《こけ》にしおって)

腸《はらわた》が煮えくり返る、とは、このことだ。

思えば我も、この馬の糞のようなものか。先ほどまで腹の中にあったのに尻からひねり出されると、まるで目障りであるかのように、あっという間に取り去られる。

義光は、顔面を朱に染め憤慨して、馬に飛び乗った。

三の丸の城門をくぐる。

昨日まで二万の兵でごったがえしていた城内は、閑散としている。

途端に寂しくなった城内を二の丸に向けて馬を進めると、前方から女房衆がやってくる。色鮮やかな小袖を襷《たすき》ではしょり、薙刀《なぎなた》を携えている。

「お義か」

義光の妹であり伊達政宗の母である烈婦は、鉢巻をしめ、きりり敢然とした面構えで、薙刀を携え、道端に蹲踞《そんきょ》した。十八程の侍女もまったく同じ恰好で、従う。

一瞬たじろぐ義光を、お義は鋭い眼光で見上げた。かつて、義光と伊達政宗が争った大《おお》崎合戦では、仲裁をするために輿で戦場に乗り込んできたほどの女傑《じょけつ》である。

(この、女め)

ふっ、と義光は笑った。

お義は、夫伊達輝宗《てるむね》が死んだ後、家を継いでいた政宗を毒殺しようとして、失敗した。そして、山形に逃げてきた。弟を擁立《ようりつ》する政宗の反対勢力に推されて起こった事件だが、実はやっていない。虚言を撒いて伊達家を割ろうとした陰謀である。裏で糸をひいたのは、もちろん、義光だった。

(そうか。そうだな)

自分もそうなのだ。自分もこのお義と政宗を陰謀で引き裂いた。妹を伊達に送り込みながら、その妹を利用して、伊達を滅ぼそうとした。

政宗のことも、家康のことも、自分がとやかくいえない。お互い様だ。そして、義光はこれまでもしぶとく生きてきた。ここで、食われてたまるか。

「いいだろう」

義光は一度深く息を吐くと、呟いた。

何度も頷きながら、馬腹を蹴《け》った。

(どんな手を使っても生き延びてやるわ)

凄《すご》みのある笑みがその口元に浮かんでいた。

誰も信じない。信じられるのは己だけだ。いつしか、義光は嫌な笑いで満面を崩していた。

「伊達に使いを出す。政宗に書状を書くぞ」

出羽の孤狼《ころう》は白い歯をみせて、前を見つめていた。

第三章　覚醒

もののふの心

帰ってきた。

八月の終わり、会津《あいづ》若松《わかまつ》の城下へ上杉《うえすぎ》勢が帰ってきた。

会津の民は熱狂で迎えた。なにせ、あの徳川《とくがわ》と対峙《たいじ》して、無傷で帰還してきた勇士達である。戦ってはいないが、敢然《かんぜん》と立ちはだかり、見事に追い返した。まるで勝利を讃《たた》えるかのような歓声が野に山に響いていた。

そして、城下の砂塵《さじん》を背に、前田《まえだ》慶次郎《けいじろう》が、屋敷に帰ってくる。

六十郎《ろくじゅうろう》、法斎《ほうさい》、宗之丞《そうのじょう》は屋敷外まで出迎える。

彼方《かなた》から馬をゆっくりと歩ませる慶次郎の姿が徐々に大きくなる。

相変わらずの坊主侍の異形である。それだけに、妙に懐かしい。一ケ月《ひとつき》ぶりの帰参だった。

「やあ」

「ご無事でのお帰り、なによりです」

三人が頭を下げた。

連れがある。慶次郎の横に馬を並べた男は、戦陣焼けした精悍《せいかん》な顔を向けていた。

「上泉《かみいずみ》様も、ご一緒でしたか」

六十郎ははち切れんばかりの笑顔で、深く一礼した。

上泉主水泰綱《もんどやすつな》は、かの高名な剣豪、上泉伊勢守《いせのかみ》信綱《のぶつな》の孫である。

上泉家はもともと上州《じょうしゅう》の侍で、箕輪《みのわ》城主長野《ながの》業政《なりまさ》に仕えていた。祖父の信綱は、武田《たけだ》の侵攻で長野氏が滅亡した後、諸国放浪修行の旅にでたが、主水は、父秀胤《ひでたね》が小田原《おだわら》北条《ほうじょう》氏に出仕していたため、関東に残った。その後、北条の滅亡とともに牢人《ろうにん》となり、京で隠《いん》棲《せい》していたところを、上杉家の招聘《しょうへい》に応じて仕官した。

慶次郎ら組外衆《くみほか》よりも先に仕官していたため、今は、直江《なおえ》山城《やましろ》の組下にて騎馬武者と徒《か》士《ち》を束ねる侍大将である。

（めずらしく、まともな来客だ）

六十郎の心が弾む。六十郎の亡父、那波《なわ》顕宗《あきむね》も上州武士である。亡父と主水に面識はないのだが、この時代、同郷というのは妙な親しみを覚えさせる。主水も、なにかと六十郎へ声をかけてくれる。六十郎にとって、主水は頼れる叔父貴、ともいえる存在だった。

「少し、前田殿と話がしたくてな。あがらせてもらう」

慶次郎に続いて、屋敷へとあがる。

四十路《よそじ》後半の、まさに武人として年輪を重ねてきた頼もしき容貌《ようぼう》だった。立派な武者髭《むしゃひげ》に大ぶりな目鼻が精悍で逞《たくま》しい。そして、剣豪上泉家の血をひくせいか、どことなく品格もただよう。会えば、六十郎は思わず、姿勢をただしてしまう。

奥の間に入ると、酒杯をもってきた六十郎へ、気さくに声をかける。

「前田殿のもとで、励んでおるな」

数多《あまた》の戦場を渡り歩いてきた渋辛《しぶから》い声が心地よい。

「はい」

(雑用ばかりですが)

六十郎は、心で苦笑しながら、だが、胸を張って答えた。

こうして話せるのが、嬉《うれ》しい。六十郎にとって、主水は敬愛する武人の一人だった。

「一段と良い面構えになっておるな」

(え)

そういわれると、戸惑う六十郎である。自分では別段己が変わったという想《おも》いはない。世辞なのだろうか。でも主水は余計な世辞をいうような男でもない。

「せっかくだ。六十郎殿も座りなさい」

慶次郎が飄々《ひょうひょう》と視線で促すと、主水は少しとまどったようで、

「良いのか、前田殿」

と、怪訝《けげん》そうに尋ねた。どうやら、内密の話のようだ。

「いいでしょう」

慶次郎はいうと、まずは主水に酒を勧めた。

「それで、上泉殿」

「直江殿の戦略はな」

主水は、軽く咳払《せきばら》いをすると、口を開いた。

会津上杉と山形最上《やまがたもがみ》の対峙は続いていた。

直江兼続は最上義光《よしあき》へ服従勧告の使者を送り、義光はそれに応じた。

八月十八日に来た最上からの使者は、なんと、嫡子義康《よしやす》を人質として差し出し、自らも一万の兵を率いて上杉に従う、と返答した。全面降伏に等しい申し出だった。

ところが、その後がいけない。最上はその履行を愚図愚図と怠《おこた》り続けていた。

明らかに上方の情勢をみて、日和見《ひよりみ》しようという気が満ちているのである。

六十郎の胸の鼓動はにわかに高鳴る。上杉家の軍事戦略に直接触れるのは、初めてであった。

「直江殿は関東へ攻め入る気はないようなのだ」

慶次郎は、ふむと頷《うなず》く。

「常陸《ひたち》の佐竹《さたけ》とは密約ができておるが、上杉が交戦に入らねば様子をみるようになっているらしい」

「うむ」

「家康《いえやす》も江戸に留《とど》まり、なかなか上方へ出陣せぬわ」

主水の言葉に、慶次郎は淡々と頷く。

七月二十六日に宇都宮《うつのみや》、小山《おやま》の陣から反転した上杉征伐軍は、福島正則《ふくしままさのり》、池田《いけだ》輝政《てるまさ》、黒田《くろだ》長政《ながまさ》らの外様大名達こそ、東海道を西へと猛進した。だが、肝心の家康は、江戸城で動かない。八月も終わろうかという今も、貝のように城に閉じ籠《こも》ったままだ。

「これで、いいのか、前田殿」

主水は語気を強めた。酒が入ったせいもあるのか、頬《ほお》が赤らんでいる。空になった杯《さかずき》を、トン、と畳の上に置く。それに六十郎は酒を注《つ》ぐ。

「この家康の動き、あきらかに上杉を恐れて様子をみている」

「違いない」

「ならば、先手を打って、踏み出すことこそ、勝利への道ではないか」

きわどい話だ。六十郎の鼓動は早鐘を打つように、鳴り続けていた。これは、自分のような若僧が聞いてしまっていい話なのだろうか。だが、聞きたい気持ちも抑えられない。

「江戸の家康さえ脅かせば、伊達《だて》も最上も、おのずと靡《なび》く。会津など侵《おか》されようとも、敵の足並みが揃《そろ》わぬうちに、長軀《ちょうく》江戸を衝《つ》けば勝つ。上杉ならそれができるはず。佐竹が味方するならば、なおさらのこと。直江殿はいったい何を考えておるのか」

最初は六十郎に気をつかって声音を柔らかくしていた主水も、武略の話が続くにつれ我を忘れ、組んだ太腿《ふともも》を叩《たた》き続けていた。

上泉主水らしい、果敢な策だった。上杉譜代の家臣なら余程のことがない限り、直江山城の戦略を批判はしない。だが、主水は牢人の身からその力量を見込まれ招かれた外様の将である。それに激動の関東で戦い、生き抜いてきたという誇りもある。

慶次郎は無言でクイ、と杯を干した。

「我々は、なぜ北へなど向かわねばならぬのか」

最後はほとんど叫ぶように言った。

「上泉殿、直江山城が信じられぬか」

慶次郎の言葉に、主水は、む、と口を閉ざし、眉《まゆ》をひそめた。

「信じられぬ、というわけではないが」

言葉尻《ことばじり》が淀《よど》む。慶次郎は静かに杯を傾ける。

「駆け引きだろう」

主水は、口を閉ざし、腕を組んだ。さすがに己の戦術に自負があるのか、釈然とはしていない。

虚々実々なのだ。今、日《ひ》の本《もと》という国を碁盤《ごばん》にして、直江山城と徳川家康が大きな碁を打っている。手は着々と進んでいる。戦機はどこにあるのか。まだ上杉も徳川も本格的な戦闘をしていない。上杉が北へ向かう、家康は西へ向かう。動けば、戦機が生じる。

しばし、沈黙が部屋を支配した。主水は、気まずさを打ち消すように、グイと杯を干した。六十郎は、その場を繕おうと、慌てて酒を注いだ。

「六十郎殿、知っておるか」

話を繋《つな》ごうとするのか、主水が六十郎に話柄《わへい》をふる。

「前田殿とわしは、敵味方で戦ったことがある」

え、と六十郎は目を見張る。

「前田殿が上州の滝川一益《たきがわかずます》の軍にいた頃《ころ》、わしは北条《ほうじょう》におった。神流川《かんながわ》のいくさでな」

神流川の合戦といえば、信長《のぶなが》横死直後に、織田《おだ》家臣滝川一益と北条氏直《うじなお》が上州の支配権をかけて雌雄《しゆう》を決したいくさだ。

慶次郎といえば前田家と思っていたが、そうだ。慶次郎は織田信長配下、滝川一益の血族であった。武田滅亡後、信長が関東に配した滝川一益に従って、上州にいても不思議はない。

「前田殿は鬼神のような戦いぶりでな、わしはただ闇雲《やみくも》に槍《やり》を振り回して、あとは逃げた」

「それでも勝ったのは北条だった」

慶次郎は穏やかな顔でいう。

「もし、あのとき、前田殿に討たれていたら、この場でこのように酒を酌《く》み交わすこともない」

主水は感慨深そうに頷く。

「いくさでの前田殿の形相が、今でも思い出されますぞ」

慶次郎は、相変わらず飄々と杯を口に運んでいる。

(上泉様が、そんな)

六十郎は、苦笑いする主水の顔をまじまじと見つめる。そして慶次郎に目を移す。この上泉主水にもそんな頃があったとは。そして、慶次郎にも。

この二人が、いくさで相まみえたのか。なんという因縁《いんねん》か。

「いくさなんぞ、恰好良いものではないぞ。怖《おそ》しいものよ。まずその怖しさを知ることだ。そこから生きたい、という力が漲《みなぎ》ってくるのだ」

主水の自嘲《じちょう》するような言葉で、六十郎は、まだみぬ戦場に自分が立つことを想像した。

槍を構えた六十郎の前で、敵武者が刀を大上段に振りあげている。その顔は上泉主水であり、前田慶次郎だった。

ゾクッと胴が震えた。自分は突けるのだろうか。

「そのいくさには六十郎殿のお父上もでていた」

呟《つぶや》くような慶次郎の言葉に、六十郎は目を見開いた。

（そうだ）

上州稲荷山《いなりやま》城主であった父那波顕宗は、家督争いで上杉景勝《かげかつ》に叛《そむ》いた後、武田に、そして、武田亡き後、上州を支配した滝川一益に与《くみ》した。神流川の合戦では、滝川方として参戦したのだ。

「那波殿は、神流川では、動かなかった」

「え？」

「前田殿」

六十郎が声をあげるのと同時に、上泉主水が眉をしかめて、慶次郎をみた。

「日和見をしたのだ」

「前田殿！」

淡々という慶次郎を、主水は声音を高めて制した。

（動かなかった？）

六十郎は、心で繰り返していた。

（わが父が、そんな）

顔色をかえず杯を傾ける慶次郎の顔が、不気味に感じられた。

神流川では、大軍勢の北条が滝川一益を撃破した。そして、その後、上州の城主たちは北条に従った。父もその一人だ。そのことしか知らなかった。

神流川合戦は、六十郎が生まれる何年も前のことだ。合戦の詳細など知る由もない。敗者の滝川も、勝者の北条も没落し、歴史の中に埋もれようとしている。

「前田殿、それは」

主水が言葉を継ぐが、慶次郎は六十郎の顔をみることもない。

「信長が死んでは、織田家の滝川では上州を治められん。那波殿だけではない。上州勢は、皆、北条に鞍替《くらが》えしようとしていた。それは侍の武略、というものだ」

六十郎の顔に浮かんだ戸惑いを看取《みと》ったのか、主水は話を繋いで、それを払おうとする。

（父だけではない、ということは）

その心遣いはありがたい。だが、六十郎の心は波立っていた。

やはり、父は日和見をした、ということだ。

鬼神のごとく慶次郎が戦った背後で、亀《かめ》のように首をひっこめて、戦況をうかがったのだ。当然、慶次郎は憤激したであろう。そのせいで、滝川一益は没落した。

（裏切りではないか）

自分は裏切り者の息子だ。

それを知りつつ、裏切られた慶次郎が何を考えて六十郎に接しているのか。

「それも、いくさ、だ」

慶次郎が放ったその言葉に、ぞくりとした。

訥々《とつとつ》とした声の余韻が、六十郎の耳にこびりついていた。

六十郎が慶次郎にその真意を問う時はなかった。

直江兼続《かねつぐ》が、会津に戻ったのはあくまで立ち寄りである。最上に圧をかけるために兼続は居城、米沢城《よねざわ》にあらねばならない。

翌日、直江兼続は水原常陸《すいばらひたち》、本村親盛《ほむらちかもり》らと、旗本の兵、傘下《さんか》の組外衆を率いて米沢へと発《た》つ。

慶次郎も当然のこと、それに従う。

「では」

もう月は変わり、九月。季節はすでに盛秋である。

空は高く、空気は澄んでいる。乾いた涼やかな秋風が吹き抜ける朝、慶次郎は屋敷をでた。

その日の慶次郎の出で立《いた》ちは、黒糸縅《おど》しの鎧《よろい》に猩々緋《しょうじょうひ》の羽織、金のいらかの大数珠に金の瓢《ふくべ》がついているのを襟にかけ、渋い色の山伏頭巾《やまぶしずきん》をかぶり、十文字槍《やり》を肩に掲げている。

乗馬には変わらず金の山伏頭巾をかぶせている。武具をつんだ替え馬も連れ、静々とゆく。

そして、背中の指物《さしもの》は例の「大ふへん者」である。

やっと妙な僧形を改めたが、奇装である。

「まだ、朱槍は出しませんか」

法斎がポツリと呟いた。

六十郎はその背中が小さくなるのを見送っていた。

心の波紋は大きく拡《ひろ》がっている。


会津の六十郎の一日は、せわしい。

臨戦態勢となった上杉家。鶴《つる》ヶ城《じょう》では、元服前の若衆も御小姓並《おこしょうなみ》とされ、城へ出仕する。なので、六十郎は毎日城へ出仕している。

やることは山ほどある。武具、兵糧《ひょうろう》を運んで仕分けをしたり、書状の整理、城内城下への伝令、各地からの使番、斥候《せっこう》の士の取次、もてなしなど、前線でなくともやることはつきない。

なにせ、会津五道にちらばった上杉軍、上方はじめ国中各地からの使者、散っている間《かん》諜《ちょう》たちの情報は、すべてこの鶴ヶ城へ集約されるのである。人手はあればあるほど良いのだ。

そして、めまぐるしい一日を終えて前田屋敷へ帰れば、夜半まで武芸鍛錬をする。

鍛錬の相手は、宗之丞である。

六十郎が睨《にら》んだ通り、この男は相当仕込まれている侍のようだ。

重い太刀筋や、しなやかな槍技は到底素人ではない。組討ちの稽古《けいこ》などすると、失神しそうなほどの締め付けに遭う。明らかに数多の戦場を経てきた、武者の技である。

「六十郎殿、それでいくさにでたいのか」

時に、六十郎を地べたに叩きつけながら、仏頂面で呟く。厳しい男だ。そして、愛想がない。

（また、その問いか）

六十郎は歯を食いしばる。

「でたいことは、でたい」

六十郎は、土埃《つちぼこり》まみれで、叫ぶ。

「だが、城でのお勤めも誰《だれ》かがやらねばならぬ大切な仕事。今は全力で勤めるのみ」

宗之丞は武骨な顔で頷く。

笑みなのか、固く結んだその口の端《はし》が少し上がったようにみえる。


そんな、六十郎の日々の傍《かたわ》らで、戦局は確実に動いている。

九月一日、徳川家康・秀忠《ひでただ》はついに江戸を出陣した。

家康は東海道《とうかいどう》を、秀忠は中山道《なかせんどう》を各三万の軍勢を率いて進む。

そして、九月八日、直江兼続は米沢城に集めた大軍を催して、山形へ向け、出陣した。

出羽最上攻めの開始だった。

春日右衛門尉《かすがうえもんのじょう》元忠《もとただ》四千が先駆けし、第二陣は芋川縫殿介守親《いもかわぬいのすけもりちか》の三千、三陣を上泉主水の三千、中軍は慶次郎ら組外衆を含む直江兼続の旗本一万、後備えとして色部光長《いろべみつなが》らの八千、軍目付に水原常陸介親憲が従軍する。実に二万八千の精鋭は三手に分かれて北上した。

並行して、米沢方面から山形に至る本道である羽州《うしゅう》街道を、別動隊の篠井泰信《しのいやすのぶ》、本村親盛らの四千が進んでいる。

同時に酒田《さかた》城の志駄修理《しだしゅり》、大山《おおやま》城から下吉忠《しもよしただ》率いる庄内《しょうない》勢が寒河江《さがえ》方面から侵攻した。これは、直江率いる米沢方面軍と呼吸を合わせて、最上川を遡《さかのぼ》り、北西から最上領を挟撃《きょうげき》する手はずであった。

荒砥《あらと》城（山形県西置賜《にしおきたま》郡白鷹《しらたか》町）を経由した直江山城の本隊がまず攻めたのは畑谷《はたや》城である。

大軍勢の上杉に攻められることになった最上義光は、兵力の拡散をさけるため畑谷城の放棄を命じていた。だが、猛将江口五郎兵衛《えぐちごろべえ》光清《あききよ》は聞き入れず、手勢のみで、城に残っていた。

直江兼続はこの畑谷を狙《ねら》った。羽州街道上の上山《かみのやま》城を狙うとみせかけ、その裏をかいた。あえて大軍の本隊が山道の狐越《きつねごえ》街道へ迂回《うかい》して、より山形城に近い畑谷城を狙ったのだ。最上の戦略統一が成されぬうちに、その綻《ほころ》びをついたのであった。

戦端、開く

九月一三日早暁《そうぎょう》、直江山城守兼続率いる上杉勢は畑谷城を包囲して折り敷いていた。

直江傘下、組外衆槍組、水野《みずの》藤兵衛《とうべえ》は、軍勢の最先鋒《さいせんぽう》で顔をしかめている。

眼前の城を睨みつけている。いや城ではない、山を睨み上げていた。

畑谷城は標高五百四十九メートルの館山《たてやま》を切り開いて城とした典型的な戦国の山城である。もし、ここに千も城兵がいるなら、なかなかに攻めにくいだろう。

だが、そうではない。今、城には三百しか兵はいない、という。

そして、すでに城方は城前にでて、隊列を成している。果敢《かかん》にもこの小勢で城外に打って出ようというのだ。

藤兵衛は皆朱《かいしゅ》の槍を握りしめた。いよいよ、この朱槍を縦横無尽《じゅうおうむじん》に使える機会が訪れた。

なのに、気分は一向に晴れない。

しかめ面《つら》のわけは、敵ではない。

「今日こそは、言ってやる」

べっ、と地べたに唾《つば》をはいた。

「やめろ、藤兵衛」

横からやはり皆朱の槍を持つ宇佐美弥五左衛門《うさみやござえもん》が顔をしかめる。

制止を振り切るように、肩を怒らせ、踏み出す。

その先に、馬上、山伏頭巾姿に黒塗りの十文字槍を肩にかける、前田慶次郎がいる。

「前田殿」

藤兵衛は馬前に立ちはだかって、慶次郎の顔を見上げた。

(すまして、いやあがる)

陰暦九月も半ばといえば、季節は盛秋、東北の空気は凜《りん》と澄んでいる。

合戦間近で殺気立つ軍勢の向こうで、山々は紅葉が始まりつつある。慶次郎は、その景色を愛《め》で、秋風の心地よさを楽しむかのように穏やかな顔で佇《たたず》んでいる。

「なんだ、いくさが始まるぞ」

その顔をみるだけで向かっ腹が立ってくる。

「いくさが始まるからこそ聞いておきたい」

「おい、藤兵衛。やめよ」

後ろに朱槍を肩に担いだ三人の男が群がってくる。むろん、藤田森右衛門《ふじたもりえもん》、韮塚理右衛門《にらづかりえもん》、宇佐美弥五左衛門の朱槍の男たちである。

この慶次郎の差し金で朱槍を持つことになった。そして、この男に挑発されて、景勝の旗本から、志願して組外衆へ入った。

藤兵衛は知っている。前田慶次郎に喧嘩《けんか》を売って、朱槍を持たされた四人として、陰で「皆朱槍組四人衆」などと揶揄《やゆ》されていることを。

そのくせに、この男は。

「お主、なぜ朱槍を使わぬ」

慶次郎の黒槍を顎《あご》でしゃくっていう。

「これまではおおいくさもなかったゆえ黙っておったが、これから出羽《でわ》に踏み込んで戦うことになる。我らに朱槍を持たせておいて、己は朱槍を扱わぬ、これはなんのつもりだ」

慶次郎は小首をかしげた。

「置いてきた」

からりという。

藤兵衛は、むっと睨みつける。

「朱槍は己の体の一部、というていたそうではないか。だから、我らにも朱槍を許してやれ、と」

「確かにな。あの朱槍は使いに使ってきてわが身の一部といえる大事なもの。それゆえ、屋敷に飾ってある。久しぶりのいくさで使うにはあの朱槍は重い」

「我らをなぶるのか」

藤兵衛は憤激で顔面を朱に染める。

「朱《あか》い」

慶次郎はすました顔でいう。

「朱い、朱い、その怒り顔、まさに皆朱の槍士。皆朱の槍士なら怒りは敵に向けよ。それみよ」

慶次郎は、水野らに向けていた顔をそらして、前方の畑谷城を睨んだ。

「あの旗だ、あの旗」

畑谷城の物見櫓《ものみやぐら》に一本の旗が掲げられている。

昨日、この城を取り囲む前に小競り合いがあり、物見の兵が、城方に旗を奪われた。城方はその旗をこれ見よがしに掲げて、攻め手を挑発している。

明け方、奪いかえそうと寄せた先手の春日隊が銃撃にあい、死傷者をだしている。

城方は調子にのり、一戦交えんと出てきたのだ。

「天下の上杉勢がいかんな。あれは」

慶次郎の声は、乾いている。いかにも無念という顔で首を小さく振る。

この男のそんな顔は藤兵衛の怒りを頂点に導いた。

(こんな小勢)

敵勢がじりじりと押し出してきている。

対して、上杉の先手春日右衛門は退《ひ》き気味の隊形をなしている。

(舐められておる)

逆上で体がほてってきている。そこに慶次郎の言葉が追い打ちをかける。

「ところで、まだ、己らの武名は、我がもとに響いてこんぞ」

これには藤兵衛のみでなく、四人とも激高して身を震わせた。

敵の槍組が隊列をなして出てきている。その歩みが早くなっている。

「おのれ」

藤兵衛は槍を握りしめ、慶次郎を一睨みして、そのまま鬼の形相を敵勢に向けた。

後ろから、どぉんどぉん、と押し太鼓が響く。

「ようみておれや」

喚《わめ》きながら大股《おおまた》で駆け出した。一人駆けに等しい、先駆けだった。

慌てて、組外衆が続く。

ガツガツと己が地を蹴《け》る音が、藤兵衛の頭蓋《ずがい》に響く。それが最初は数人、すぐに数十、やがて数百となり、大きな波、地が揺らぐほどの振動となる。

組外衆とぶつかる直前の敵勢を激しい銃撃が見舞った。

東黒森山《ひがしくろもり》に伏せていた、上泉主水の鉄砲隊三百の援護射撃だった。

敵勢の隊列が乱れるのをみて、藤兵衛は絶叫する。

「鉄砲なんぞ、いるかあ」

藤兵衛は敵勢から降り注ぐ矢の雨をものともせず突き進み、朱槍を繰り出した。

ぐい、と踏み込み突いた穂先は、紛《まが》うことなく敵兵の喉《のど》を貫いた。

「おおらあ」

引き抜かず、横に振りぬいたその槍先で、敵兵の首が宙に舞った。

(やれる)

全身の力が爆発する。

「やれる、やれる、やらいでか。さあみよ、我は皆朱の槍士、水野藤兵衛」

叫びながら、突き進む。

皆朱の槍が、陽光に煌《きら》めいていた。


果敢に打ち出た最上勢は、組外衆に蹂躙《じゅうりん》され、さらに、春日右衛門、色部光長らの本軍が正面から押し出すと、城内へ撤退した。

上杉勢は、そのまま揉《も》みに揉んで攻め立てた。

上泉主水の配下反町大膳《そりまちだいぜん》が三の丸を、宇佐美民部《みんぶ》親子は二の丸を落とし本丸へと迫る。

ほどなく、城将江口五郎兵衛の首を蒲生《がもう》旧臣志賀五郎右衛門《しがごろうえもん》が取ったとの報が入る。
本丸の館山山上にあがる炎をみて、直江山城は、勝鬨《かちどき》をあげた。
上杉の最上攻め初日、畑谷城はわずか一刻（約二時間）の戦闘で落ちた。

水野藤兵衛は床几《しょうぎ》に座った直江山城兼続の前に、胡坐《あぐら》をかいた。
そして、前に置いてある生首を両手で摑《つか》んで掲げた。
幔幕《まんまく》に囲まれた本陣には、侍大将一同が列座している。
「新開又右衛門《しんかいまたえもん》の首でござる」
藤兵衛が、高らかに叫ぶと、おお、と左右の大将たちが、ざわめく。
新開又右衛門といえば、江口五郎兵衛旗下でも聞こえた勇士であった。
首実検の場は、侍の晴れ舞台である。
「見事だ」
直江兼続が満足そうに頷く。
藤兵衛の全身に快感が満ちてゆく。戦士として栄光の瞬間である。
（どうだ）
藤兵衛は視線を流して、列座している侍大将たちを見渡した。
（ああ？）
いない。この場に前田慶次郎がいない。
いくら組外衆とはいえ、御扶持方《おんふちかた》五千石といえば大将格ではないか。

（首実検ぐらい、でろよ）

心中毒づく。みなくても、この武功のことは聞いてはいるだろう。

だが、みてほしかった。みせつけたかった。あの前田慶次郎に。

藤兵衛は脱力しながら、褒美《ほうび》を唱える直江兼続の言葉を聞くともなしに、聞いていた。

「水野殿」

近習《きんじゅ》に促され、あ、と視線をあげた。何をもらえるのか、頭に入っていない。

「恐悦至極《きょうえつしごく》」

慌てて面《おもて》を伏せた。

首実検を終えた藤兵衛は、幔幕をくぐって外に出た。

「見事じゃったの。藤兵衛」

同じく褒美を得た、韮塚理右衛門が歩み寄ってきた。

藤兵衛は、ああ、と頷き、

「しかし、前田慶次郎はどこにいった」

思わず呟いていた。

「ああ、山形からの最上の援兵に備えているらしい」

さすがに、最上義光は、江口五郎兵衛を見殺しにはしなかったようだ。だが、この速攻で城も落ちた。今さら来ても、手遅れである。

「で、あの男、城攻めで働いたのか」

「搦《から》め手《て》にまわったらしい」

「搦め手だと。小者《こもの》の首の二、三でもとったか」

いくら前田慶次郎とはいえ、槍働きで鳴らしたのは随分と昔だ。それぐらいが関の山であろう。

「首供養するらしいぞ」

「首供養？　いったいいくつ首をとったのだ」

首供養は戦場で数えて三十三の首を挙げた武者が行う。

「二十八だと」

「にじゅうはち⁉」

藤兵衛はあんぐりと口を開けた。

「関原軍記大成《せきがはらぐんきたいせい》」によれば、「前田慶次郎は搦め手から攻め入って、首二十八小者にとらせ、直江が本陣へ其首送る」とある。

搦め手といえば、華やかな武功は望めまい。

だが、本日、上杉勢にでていた直江山城の軍令は、「城兵なで斬り」すなわち最上勢の全討滅だった。それを為《な》すために、みずから地味な搦め手にまわった。そして、実に二十八首。尋常な数ではない。

（なんなんだ、あの男は）

まるで、武功を放棄して、陰から直江山城を支えるようだ。それよりも、あの男がいったいどんな戦いぶりで二十八も首をとったのか。

藤兵衛は眉間《みけん》を寄せ、首をかしげながら、

（みてみたい）

と、思ってしまっていた。

槍士が、すぐれた槍士の戦いぶりをみることは、至高の愉悦である。

衰えていないのなら、あの前田慶次郎の槍さばきこそみてみたい。思わずそんな想《おも》いがせり上がってくる。

（ええい、前田、前田と）

藤兵衛は、ぐい、と顎を突き出し、両頬を両の掌《てのひら》でバシリと叩いた。

いつのまにか、慶次郎を意識し続けている。

そんな自分に苛《いら》立《だ》ち、藤兵衛はバシバシと両頬を叩き、槍を握りしめた。

「いくぞ、理右衛門」

「どこへ」

「敵のほうへ」

駆け出していた。

「前田慶次郎だけに、やらせておけるか」

言い放って、クッと苦笑いした。

（また前田慶次郎のことを口走ってしまった）

なぜか、心が弾んでいる。

首実検も終わり、本陣の中には侍大将たちが残った。簡素だが、祝宴となる。

みな、心地よい疲れを楽しむように、笑みを浮かべ杯を干す。合戦の勝利の宴《うたげ》はなにより気が和む時であった。

そんな中、一人苦虫を嚙《か》み潰《つぶ》したように顔を伏せていた男が、おもむろに立ち上がった。

「なぜ、民まで殺すのか」

上泉主水泰綱は声を荒らげた。

畑谷の城攻めで、上杉勢があげた首は五百に及んだ。

城に籠《こも》った最上兵は三百。この差は、城に入った農民、周辺の村民まで巻き込んだがゆえに生じたものだ。

「主水殿、降伏の使いを出して義も尽くした。蹴ったのは、江口じゃ。これは最上との緒戦。惨《むご》いようだが、見せしめになで斬りにして、最上の戦意を奪う。これは本日の戦いでの方策ではないか」

先鋒をつとめた春日右衛門がなだめた。

事実、上杉の猛威を恐れた北隣の簗沢《やなざわ》城は城を放棄して兵が逃げ散った、という報も入った。そういう意味では本日の強襲は成功だった。

「二百も民を殺すとは、上杉の義に悖《もと》る」

「だが、最上旗下随一の猛将、江口五郎兵衛を討ち取り、一日で城を落とせた。これは幸《さい》先《さき》良い。兵の士気もあがっておる」

「そこだ。今日、運よく緒戦にて一城を落とすことができた。されば、今こそ軍を返すべき」

主水は上座に向き直った。そこにいるのは大将直江兼続である。

兼続は、炎と煙があがる畑谷城の尾根を黙然とみあげていた。

「もう最上など捨て置いて、関東を攻めましょう。今、家康も東国の諸将も上杉は山形攻めに注力すると思っている。急使を送り、芋川殿、島津《しまづ》殿は先発して、鬼怒川《きぬがわ》を渡り、宇都宮城を囲むべし。会津の殿は、旗本とともに出陣し、南山《みなみやま》の大国《おおくに》殿と合流し、そのまま会津西街道を上って、下野《しもつけ》へとなだれ込む。関東さえ制せば、最上など黙っても靡く」

主水は、ここにきて、強固に信じてきた己の策をぶちまけた。

兼続は応じず、静かな目で山上を睨み続けていた。

「勝つ。間違いなく、勝つ」

主水は口から泡をとばして、叫んでいた。

「主水殿、ご献策かたじけないが」

兼続が重々しく口を開いた。

「ここまで来て一つ城を抜いたからと帰るは、大丈夫たるものの成すことか。その勢いで、風のごとく最上義光の山形城まで攻め落としてこそ、上杉の武ではないか。主水殿ともあろうお方がなにをいう」

「今日は勝ったというても、我が方も同じほど兵を失っている。最上は決して弱くない」

「だからこそ、攻め潰すのだ」

この時の直江兼続と上泉主水との悶着《もんちゃく》は、複数の戦記に記されている。

「常山紀談《じょうざんきだん》」では「汝《なんじ》は浅黄《あさぎ》じなへの指物さして、利根川《とねがわ》二本木《にほんぎ》の先陣せられしによりて、関東にてそれを憚《はばか》りて、浅黄じなへを指しものなしと聞きたりしにも覚えぬことをいふ」という言葉が残る。主水の武勇を憚って、関東ではその浅葱《あさぎ》色の指物をする者すらいなかったのに、というのである。

兼続としては、主水を讃《たた》えてその武を引き出すつもりだったが、これは、ここまで鬱屈《うっくつ》していた主水の気持ちを完全に逆撫《さかな》でしてしまった。

「わしの武勇のことを論じておるのではない」

主水は顔面を朱に染め、激しく全身を震わせた。

「もう、いい」

主水は立ち上がると、大股で幔幕の外へとでてゆく。

首実験と祝宴の晴れやかな雰囲気は一気に冷めた。一同とまどいで澱《よど》んでしまう。

「上泉殿はずい分と極端だ。だがな」

沈黙を破って、軍監の水原親憲が口を開いた。

水原常陸介親憲は、謙信《けんしん》以来の歴戦の将である。猪苗代《いなわしろ》城代五千五百石。その武を謙信に激賞され引き立てられ、御館《おたて》の乱でも活躍した。なのに、一時は上杉を出奔して蘆名《あしな》に仕えてまた戻るという遍歴を持つ。乱舞、連歌、茶の湯も嗜《たしな》む数寄者《すきもの》であった。酒宴であの景勝の前で紅白粉《べにおしろい》を塗りたくって舞ったこともある。一言でいえば、奇士である。

「上方の西国衆をあてにしていても、ろくなことにならんぞ。今日の勝利も敵の虚をついたものじゃ。この山間《やまあい》の捨て城をおとして浮かれてはおれん」

馬のように長い顔を撫でていった。なにせ、直江山城の軍監となる男である。兼続の前でもずけずけと物をいう。それに齢《よわい》五十を超えても、一向に口が減らない。しかも地声がやたらとでかい。

水原常陸は、石田三成《みつなり》を首魁《しゅかい》とする西軍をまったく信じておらず、人前で堂々とその脆《もろ》さを語っていた。謙信、信玄《しんげん》ら戦国の巨星たちをみてきたこの老将には、豊臣《とよとみ》政権下の大名たちなど童《わらべ》のようにしかみえないのだ。

「長くこの出羽にとどまらんことだ。そういう意味では、一理あるぞ」

決して悪気があるわけではない。勝ちに奢《おご》らず、といいたいのだろうが、どうも言い方に癖がある。勝ちいくさでは寡黙を保ち、苦戦のときは大音声で兵を鼓舞して回る偏屈者で通っている。

年長で謙信にも景勝にも愛された水原常陸は、兼続には口うるさい小姑《こじゅうと》のようなものだろう。みな、苦笑いを浮かべて、頷き合うのみである。

「皆、苦労。今日は休め」

兼続が散会を命じると、一同、無言で一礼して、立ち上がる。

諸将がぞろぞろと去る中、一人入ってきた男がいる。

前田慶次郎はいつもと変わらぬ穏やかな顔で、先ほどまで諸将が座っていた卓の末席に腰かけた。

「前田殿、地味なことばかりで、苦労をかける」

兼続はぎこちない笑みを頬に浮かべた。

慶次郎は、いやいやと首を振ると、しばらく間を置き、

「また、急《せ》いているのではないか」

ぽつりという。

兼続は腕を組み、目を細めた。直江山城らしくない素振りだった。

「一刻も早く最上を攻め潰さねばならぬのだ」

「なぜだ」

「前田殿にはいわねばならんな」

兼続は声音をおとした。

「上方からの報《しら》せでは、石田治部率いる西国勢は一向に足並みが揃《そろ》わぬ」

慶次郎は少し眉間をよせた。

「岐阜《ぎふ》城の落ちた様《さま》、聞いているか」

兼続は低く語りだした。

西軍の岐阜城は八月二十三日に落城している。

岐阜城といえば、斎藤道三《さいとうどうさん》の縄張りで信長が手を入れた天下の堅城。城主の織田秀信《ひでのぶ》は信長の嫡孫である。不味《まず》い成り行きだった。岐阜城はあの信長ですら、攻め落とすのに数年をかけた。なのに、まだ家康は江戸をでていないのに、清洲《きよす》に集結していた東軍の豊臣大名たちの先走りで、二日で攻め落とされた、というのだ。

「なにをやっているのだ、治部少は」

その他の報せでは、西軍は主力が伊勢の諸城を攻め落としつつ侵攻しているらしい。そ

して、別動隊が、丹後《たんご》、北陸と散って各地の東軍勢力と戦っている。

その兵力分散で美濃《みの》に力を割けないのだ。

「伊勢《いせ》など放《ほう》っておけばいい。東軍の主力は清洲の福島《ふくしま》らだ。家康が出るにしてもそこだ。なら、そこを押さえず、どうするというのだ」

兼続はまるで眼前に戦場があるかのような勢いで声を荒らげた。

「では、我らも米沢まで退き、南に備えたらどうだ」

「前田殿、上杉がこの東北の地で守りに入って、得られるものがあるのか。治部はいくさ上手とはいえぬ。だが、あと一月《ひとつき》でも持ってくれれば、我らは最上を滅ぼし、伊達を従えて、江戸を衝くことができる。治部とてそれぐらいはできるだろう。たとえ岐阜を失い、美濃、近江《おうみ》から引き下がっても、大坂城があり、秀頼《ひでより》君を担いでいるではないか」

兼続は己をさとすかのようにいった。

「良いこともある。岐阜落城のおかげで、家康も秀忠も江戸をでた。家康を城から出す餌《えさ》だったと思えばいい。このまま家康が西へ進み、いくさがもつれれば、我が策は成る」

兼続は気合を込めた。そのときだった。

「山城様にご注進！」

幔幕の外から近習の叫びが響く。

幕をくぐって入ってきた使番が兼続の前で跪《ひざまず》く。

「志駄修理様のお味方勢、最上方の寒河江城、白岩《しらいわ》城を落とし、進軍中」

使者は誇らしげに戦場焼けした顔を向けていた。

兼続の顔に少し明るさが戻った。うむ、と頷き、

「重畳《ちょうじょう》だ」

歯切れよく応じて使者をねぎらい、下げた。

そして、慶次郎を振り返ると、

「前田殿。もはや、矢は放たれている。そして、こちらは、うまくいっている」

口を固く結んでいい切った。

「あとは、早くに最上を滅するだけだ」

慶次郎は、静かな瞳を畑谷城に向けた。山はまだぶすぶすと煙を上げ続けている。

「最上を甘くみてはいかん」

独り言のように呟いた。

「いや、進むのみだ」

兼続はそれだけいうと、幔幕をくぐって去った。


九月十五日の夕刻、伊達領北目《きためのめ》城の城門へ滑り込むような勢いで、十騎ほどの騎馬武者が駆け込んだ。

最上からの使者であった。その使者一行の中には、義光の嫡男、義康の姿があった。

「最上の息子が来た、だと」

伊達政宗《まさむね》は片目を剃《む》いた。その眼前で、温厚そうな中年男が頷く。

「出羽侍従（最上義光）は、この長男を上杉に人質に出す、といっていたはず」

取り次ぎ役は、留守《るす》政景《まさかげ》、という初老の武将である。政宗の叔父で、少年の頃より養子にだされ、奥州の名族留守家をついでいる。

「つい、この間の話ですな、それは」

さすがの政宗もこの叔父には慇懃《いんぎん》な口調である。

「なりふりかまっておられず、ということでしょう」

最上から援軍を乞《こ》う使者はたびたび来ているが、政宗は直々に会おうとしない。

使者は家康からの書状をちらつかせ、政宗に援《たす》けを求め続けている。

早々と落とされた畑谷城を始めとして、簗沢・八ツ沼《やぬま》・鳥屋《とや》ヶ森《もり》・白岩・野辺沢《のべさわ》・山野辺《やまのべ》・谷地《やち》・若木《わかき》・長崎《ながさき》・寒河江などの領内十数城を落城、放棄にて失った最上はもはや瀕死《ひんし》の状態であった。残る主な城は、上山、長谷堂《はせどう》、そして本城である山形。最上義光はこれらに兵を集めて死守しようとしている。滅亡は確実に迫っていた。

度重なる使者は叫びあげるように援軍を要請していた。だが、政宗はあれやこれや理屈をならべ、動こうとしなかった。一度は援兵を出すといって、やめたりもしていた。

痺《しび》れを切らした義光は、とうとう人質に差し出すとしていた嫡子をそのまま使いとして寄こしてきた。

最上義光は政宗の母お義の兄である。その息子といえば、政宗の従弟《いとこ》である。それを、もう交渉の材料とするのではなく、そのまま伊達へと差し出してしまったのだ。

「で、口上は？　また援軍のことですか」

った。

「むろんのこと」

「相変わらず虫のいい」

政宗は鼻を鳴らした。

最上は見殺し、これは政宗と片倉小十郎《かたくらこじゅうろう》が掲げる基本方針だった。

また、風邪《かぜ》でもひいていることにしようかと思いながら、政宗は、ふと、動きをとめた。

いつもと違う、嫌な予感が背中を這《は》っている。それは、天性の勘、ともいうべきものだった。

(息子を出してきた、だと)

最上義光が切ってきた、息子という札がどうも気にかかっていた。

義光とは、命を狙い、狙われてきた仲だった。決して強大とはいえないが、そのしぶとさ、執拗《しつよう》さは政宗も辟易《へきえき》するほどの伯父《おじ》だった。因縁《いんねん》の仇《かたき》、とはこのことだろう。

そんな自分に、総領息子を差し出してきたそのやり方に、得体のしれない執念を感じている。

(殿、わかっておりますな)

片倉小十郎の声が聞こえたような気がした。

小十郎は今、体調不良を理由に自城の亘理《わたり》城で臥《ふ》せっている。が、それはあくまでも表向きで、上杉領を見張っている。和睦《わぼく》が成ったとはいえ、福島城で本庄繁長《ほんじょうしげなが》という猛将が伊達領を睨んでいる。まったく、油断にできないのだ。

別れる前の小十郎にはさんざん念を押された。

このときの小十郎の言葉は「伊達治家記録《だてじか》」にこう残る。

「今度最上ヲ捨テ玉ヒテ、直江ニ勝利ヲ得サセ然ルヘシ、其故ハ、直江山形城ヲ攻抜クニ於テハ、人数大ニ費ユヘシ、其労疲ニ乗テ、此方ヨリ人数ヲ出シ云フニ於テハ、直江ヲ討捕ルヘシ、最上ヲ退治シ、景勝ヲ退治シ玉フモ、御心安カルヘキ由」

最上は見殺し、戦えば上杉も疲弊《ひへい》する、あわよくば直江も倒せますぞ、というのだ。

元より上杉とは不戦の盟約ができている。伊達は高みの見物をするだけなのだ。

（わかっているわい）

政宗はもはや煩《わずら》わしそうに、瞼《まぶた》の裏の小姑面した小十郎に向かって頷いた。

「だがな、小十郎よ」

政宗は一人呟くと、その首を大きくひねった。

（戦局は動いている）

小さな綻《ほころ》びも見逃してはならない。

八月二十三日、西軍の岐阜城が落ちている。岐阜城といえば、不破《ふわ》の関《せき》以東の最難関といわれた堅城ではないか。織田秀信がどんないくさ下手でもひと月は持ちそうなものだ。

「叔父上は岐阜城の件、いかが思われますか」

政宗は目の前にいる留守政景に問いかけた。

「まあ意外ですがな。織田中納言《ちゅうなごん》家に内通者でもでたのでは」

あまりに素朴な政景の推量に、政宗は薄く笑った。母方の伯父の義光とはえらい違いだった。

確かに、元から東か西か、と迷っていた家だ。なら、落ちても大勢に影響はないともいえる。

だが、政宗はすっきりしない顔で、しきりと唇をなめた。

(小十郎なら、なんというか)

物心ついた頃から共にいるあの男の心を読んでみる。

「長引くなら、直江の思惑《おもわく》通り。上杉が最上を迅速《じんそく》に攻め潰し、矛を返して関東へ攻め降る、という戦略に適《かな》っております。やはり最上は見殺しですな」

心中に浮かんでいる小十郎の顔は眉間を寄せて囁《ささや》く。

政宗は、伏し目がちになって、まだ考える。

「だがな、小十郎。家康が神速で勝てば、すべてが裏返る」

「そのため、伊達は日和見をしておりまする。家康が勝てば、上杉と戦いましょう。なんとでも口上はできましょう」

「それだけでいいか」

政宗は問答を続ける。

心の中の小十郎が呆《あき》れと感嘆を浮かべた顔で、政宗を見つめている。

政宗は上杉のことなど欠けらも信じていない。政宗が信じているのは己のみだ。

(これこそ、小十郎、貴様が見込んだ伊達政宗だろうが)

そして、絶えずどこかにある陥穽《かんせい》を探し続けている。この用心深さ、執拗さ。

「それだけでは、安心できぬ」

政宗は、つい声にだしていた。

政景が驚いて眉を上げている。

「もう一手なにか打っておく。叔父上、最上の使者は他になにかいっておりませんか」

そういわれて、政景が思いついたようにいう。

「書状を二つもっておりますな」

「二つだと」

「一つは出羽侍従、もう一つはお義の方から」

「母上の書状、それだ」

政宗は声を張り上げていた。

「叔父上は、三千の手勢で笹谷峠《ささやとうげ》まで出陣してくだされ。密使を直江に送って、母からの願いでやむを得ず兵を出す、あくまで最上は見殺すので動かさない、場合によっては上杉に加勢する、その時、最上の倅《せがれ》は人質として上杉に引き渡す、といわせましょう」

政景は唖然《あぜん》とした顔で見上げている。

「最上には援軍ということにして、あとは戦況次第でどちらかに攻め降る。叔父上、よいですか、この役目、大事ですぞ」

「戦況、とは、出羽のか」

政景は朴訥《ぼくとつ》に聞いた。政宗は含むように笑った。これが、小十郎ならもう何も言う必要はない。だが、実直な叔父には、いってやらねばならない。

「上方ですよ」

低い声で呟いた。

政宗はもう迷いない顔である。口元には余裕の笑みすら浮かべている。

「最上の倅と会いましょう」

いうと、分厚い頬肉の下に笑みを押し込めた。

来訪者

ある日、六十郎が鶴ヶ城へ出仕して帰ってくると、屋敷の前で行きつ戻りつする女がいる。

小袖《こそで》の裾《すそ》を紐《ひも》でたくし上げた旅姿で、杖《つえ》をもち、荷を背負い、目深に網笠《あみがさ》をかぶっている。だが、農家の女房とはあきらかに違うのがわかる。橙《だいだい》色の小袖が鮮やかすぎていた。

「あの、なにか」

「え」

振り返って、笠を目の上まであげた女の顔をみて、はっと息を飲む。

美しい。そして、ひと目で会津の女ではないと感じられた。視線の流し方がまるで違っている。そしてその肌の白さ。六十郎が育った越後もここ会津も女は雪のように肌が白いが、目の前の女性はさらに透き通るように白い。その白い頬に、涼やかな瞳が潤んでいる。

小首をかしげて窺《うかが》うその目は好奇心旺盛《おうせい》な少女のような輝きを放っている。だが、少女ではない。年の頃は、二十代半ばか。まさに熟しきった、艶《つや》やかな美しさを全身から放っていた。﨟《ろう》たける、とはこのことであろう。

「前田慶次郎様のお屋敷はここ？」

声が、また、いい。厚ぼったい唇から零《こぼ》れ落ちる声が湿って柔らかい。それでいて、小気味の良い芯《しん》がとおっている。

六十郎は、無意識に、ごくりと唾《つば》を飲み込んだ。

「は、はい」

「いらっしゃるのかしら」

「いいえ、前田様は、山形攻めへご出陣されました」

「あら、そう」

女は寂しげに視線をおとした。その仕草がまたいい。伏し目がちな瞳がまぶしいぐらいである。

「お知り合いですか」

思わず、言葉を繋ぐ。そのまま去らせたくない。

「うん。知り合いなことには違いないけど」

「ま、まさか」

六十郎の声が上ずる。慶次郎の妻女なのか、と。

（いや、年としては、娘か）

「あら、なに、考えてるの」

女は、口元に白い指先をあてて、くすくすと笑った。まるで小さな鈴を転がすような軽やかな、耳触りの良い笑い声だった。

「旦那《だんな》様の奥方様は加賀《かが》にいるわ。私はね」

そういうと、少し視線をあげて、夕空を見上げた。そして網笠をとった。

艶やかな長い黒髪を緩く束ねている。

「なんていえば、いいのかな」

少し困ったような、でもなにか悪戯《いたずら》でもしそうな顔で小首をかしげている。

「あれ」

話し声を聞きつけてきたのか、法斎が門から顔を出した。

「これは、雪野《ゆきの》殿。なんでこんなところに」

法斎は知っているようだ。六十郎は、ほっと胸をなでおろす。

慶次郎の知り合いというのが本当なら、追い返さずに済むではないか。

「まさか一人で都から?」

都の女。思ったとおりだった。どうりであか抜けている。

雪野、と呼ばれた女は、何がおかしいのか、また笑いをこらえて、口を押さえている。

かすかに頷いて、六十郎と法斎を代わる代わる見つめる。

そんな仕草をみていて、六十郎の胸になんともいえない衝動が突き上げてくる。

「立ち話もなんです。まず、屋敷へ」

六十郎は促した。

ゆっくり話してみたい。いつのまにか胸が高鳴っていた。

「あの女性《おかた》は、いったい何者ですか?」

雪野という女性をひとまず奥の間に通し、勝手場で法斎に尋ねた。

「二条柳町《にじようやなぎまち》の太夫《たゆう》ですよ」

六十郎は首をかしげた。法斎は口元をゆるめて、

「ああ、都の花街で人気の遊女です」

二条柳町は、天正十七年(一五八九年)に秀吉《ひでよし》が公認して京の二条万里小路《までのこうじ》にできた花街だった。太夫はその中でも、最も人気のある遊女のことをそう呼んだ。江戸時代に入ると、遊女の最上位とされ、単に遊び女《め》としてだけでなく、その文化的交遊でも、その名を轟《とどろ》かせるほどとなる。

「遊女」

都にいったことのない六十郎は、当然、二条柳町など知らない。

しかし、遊女なら知っている。といって、女を知っているわけではない。

「ということは、前田様の」

言葉がうまくでてこない。

法斎は、目に笑みを浮かべて、

「まあ、馴染《なじ》みなことは馴染みですが、しかし、会津まで追いかけてくるとは」

遊女、馴染み。馴染みの遊女、なのか。馴染みの遊女、ということは。いらぬ妄想《もうそう》がもたげてくる。六十郎の心が波立っている。


六十郎の前で、雪野は、しずかに茶碗《ちゃわん》を口元に寄せた。

「それがし、安田《やすだ》六十郎と申します」

女房衆や小者のいない前田慶次郎屋敷に住まうのは、六十郎と法斎と宗之丞の三人だけである。主人慶次郎がいない今、客人のもてなし役は六十郎だ。

「あなたがこのお屋敷のご主人なの？」

雪野は素朴な質問を投げてくる。常に愛らしい微笑を絶やさない女だ。

「いえ、この屋敷は前田様のお屋敷。それがしは留守居役でございます」

「あら、旦那様は陣借り牢人ではないの？」

「いえ、前田様は正規に上杉家のご家臣となられました」

「そう……」

雪野は少し声を落とすと、何か思い淀《よど》むように視線を流し、

「やっぱり、おかしいわ」

頷く。そんな仕草がどうしようもなく可愛《かわい》らしい。

その言葉には少々ひっかかりつつも、六十郎の心は浮ついている。

「あの、宿はあるのですか」

思わず、そんな言葉が口をついてでる。

「この屋敷は我ら三人しかおらず、空き部屋があります。よければ、お泊まりください」

雪野は、半ば口を開け、つぶらな瞳を輝かせて見つめ返していた。

（え）

不躾《ぶしつけ》であったか。機嫌を損ねたのか。六十郎の目が泳ぎ、頬が熱くなる。

「いや、その、前田様はしばらくお帰りにはなら……」

「ありがとう」

語尾があやふやになりそうになる六十郎を遮って、雪野はいうと、また、口元に手をあて鈴でも転がすようにクスクスと笑い出した。

「お侍は、かたじけない、とでもいうのかしら」

そして、少し上目遣いで六十郎をみた。

六十郎の鼓動は早鐘をつくように胸に響いている。


翌朝、いつもの刻限に六十郎は目を覚ました。

朝焼けの中、手水《ちょうず》を使い、口をすすぐ。そんな何気ないことが、なぜか潑溂《はつらつ》と感じる。

文机《ふづくえ》に向かい、朝日の中で書見をする。夜は灯火の油を無駄遣いせぬよう、早めに就寝するので、学問は朝である。上杉の若者はみなこうだ。

法斎と宗之丞が朝餉《あさげ》の支度をする音が、台所から聞こえてくる。いつものことだ。

書見を終えて、台所場に向かうと、膳部《ぜんぶ》は四つ用意されている。

（夢ではない）

心が弾む。だが、のんびりともしていられない。

雪野が起きてくる前に屋敷をでて、六十郎はいつも通り、城に出仕した。

そして、いつも通り、小姓の詰間に入り、職務に励んだ。

九月十二日に出羽に攻め入った直江兼続率いる上杉勢と最上勢とのいくさがはじまっている。その方面への兵糧、武具の補充、送られてくる戦果の首実検の支度、使い番の受け入れ、送り出しと、今日も城内は慌ただしい。

「去る十三日、畑谷城を攻め落とし、城兵はすべて討ち取ったそうだ」

「ほどなく、最上の猛将、江口光清の首が届く」

「横手《よこて》城主小野寺義道《おのでらよしみち》様の軍勢も最上の湯沢《ゆざわ》城を囲んでおるぞ」

「上方のお味方衆も伊勢《いせ》の諸城を落として、進軍しているらしい」

城内には活気ある声が響く。

出羽攻めの緒戦は上杉の圧勝で始まっている。幸先は良いようだ。

六十郎ら若衆も生き生きと動いている。

そして、この日の六十郎は、誰よりも明るい。何をするにも張りがある。

(おなごのことなど、考えるな)

そうは思っていても、事あるごとに雪野の白い顔が頭に浮かぶ。

「六十郎、なにかあったか」

若衆仲間が怪訝《けげん》そうに尋ねてくる。

「なにもない」

思わず、声を高くしている自分がいる。

屋敷に雪野がいると思えば、何をするにも心が弾む。


その日もあっという間に暮れていく。

東北の秋の落日は早い。黄昏《たそがれ》の気配の中、六十郎は小走りに下城した。

「お帰りなさいませ」

法斎が、夕餉の支度の手をとめて、いつもどおりに迎える。

「雪野殿は」

思わず聞いてしまった六十郎の顔を、法斎は覗《のぞ》き込んで、

「城下を先ほどまで案内しておりましたが、一人で歩きたいというので、先に戻りました。そろそろお帰りになるのでは」

と、いう。微笑が目じりに浮かんでいる。少し、忌々《いまいま》しい。

「迎えに行ってくる」

六十郎は、その笑顔を蹴飛ばすように、踵《きびす》を返した。

会津若松は総堀の内側の郭内に侍屋敷、外が町人屋敷と区分けされる。

北へ向かい、総堀の橋を渡ると郭外、城下町へとでる。大町口から北へ、行く先に寺社の密集した大町通りは商人屋敷が密集する目抜き通りである。

すぐに雪野は見つかった。戦時下の男臭い雑踏の中、艶やかな小袖姿は嫌でも目立ってしまう。

雪野は物珍しいのだろう、店先を覗いては、なにか店の者と闊達《かったつ》にしゃべっている。

「雪野様」

六十郎が声をかけると、

「あら」

甲高い声をあげ、伸び上がるように振向く。その仕草はまるで小鹿《こじか》のようにしなやかだ。どうも、可憐《かれん》である。

「日が暮れます。帰りましょう」

「そうね」

と、意外に素直に、あのあどけない笑みで面を綻ばせる。

そのまま二人して、大手通りを歩いた。

「会津は素朴な人ばかりだわ」

雪野は、今日みたことを生き生きと話すが、六十郎は無言だった。話したい、聞きたいことが沢山あるはずだった。だが、いざ面と向かうと、どうも言葉にできない。弾むような雪野の声に、頷くばかりだった。

総堀を渡る橋がみえてきた。これを渡れば、郭内の侍屋敷である。なにもいえないままに、屋敷に戻ってしまう。

(いいのか)

気が焦る。

すると、雪野が小走りに前に出て、欄干に身をもたせかけた。

黄昏どきである。もう沈まんとする陽《ひ》が雪野の白い顔を染めていた。

「どうして、私が前田様を追いかけてきたのか、知りたいんでしょ」

また悪戯をするような目で、六十郎を見つめる。

「はい」

六十郎は、苦笑しながら頷いた。かなわない。

「都の遊女が天下のかぶき者になんの用か、と」

そういわれると、六十郎は応《こた》えようもない。口元をすぼめて黙ってしまう。

うふ、と雪野は笑った。

「前田慶次郎はね、私の命の恩人なの」

六十郎が声を発する間もなく、雪野は続ける。

「わたしはね、都の出ではないの。関東の生まれよ」

そうなのか。なぜか、雪野と故郷が近しいことが嬉しかった。

(私も関東です)

いおうとしたが、雪野の言葉を遮ってしまうような気がして、飲み込んだ。

「父は武州八王子《ぶしゆうはちおうじ》の地侍でね。小田原の北条様が太閤《たいこう》様に滅ぼされたとき、私の父も母も八王子城に籠って死んだの。で、わたしは都へ売られた。まだ十三だったわ。今のあなたよりもう少し下ね。三つ上の姉はわたしの目の前で乱暴されて、自害した」

いきなりの過酷な告白に、六十郎は息をとめた。

武州八王子城攻めは北条征伐の中でも一番の激戦であったと聞いている。北条領に北から攻め入った豊臣方の上杉景勝、前田利家《としいえ》、真田《さなだ》昌幸《まさゆき》らの連合軍は、その侵攻の手ぬるさを秀吉に叱責《しっせき》され、火の出るような苛烈《かれつ》さで城を攻めた。北条が誇る堅城八王子は、わずか一日で攻めつぶされたのである。城主北条氏照《うじてる》は小田原城に詰めていておらず、城に籠っていたのは領内から徴集された農民や婦女を含んだ三千人。その多くが城内の滝を赤く染めて死んだ、という。

「そんな」

「珍しいことはないわ。そうね、あなたは知らないかもしれないけど、いくさが沢山あった頃は、負けた者は殺される、売られる、それが当たり前だった。私の周りの人もたくさん死んだわ。行方知れずになった人も、おおぜい。わたしももう少し大人だったら、手籠《てご》めにされて殺されたわ。子供だったから命は残った」

雪野は淡々と語る。

「だって、いくさ、だから」

六十郎はゴクリと唾を飲み込んだ。雪野のほうが、自分よりいくさをみている。

「都は、ちょうど太閤様が街づくりをしていてね。いままで、勝手に散らばっていた遊女小屋をまとめて、公《おおやけ》に色里をつくっていたの。いくさもなくなるんだから、民もお侍も遊べるようにね。聞いたでしょう。二条柳町の御免色里よ。だから、人はいくらいても足りなかったの、とくに女ね。私は、その遊廓に売られた。最初は下働き、体が大人になったら、遊女になるように」

遊廓に。親を失い、故郷の武州から知る辺もない都に売られる。しかも遊廓とは。なんと壮絶な話か。

「毎日泣いて、死のうと思ったわ」

ドキリ、とした。六十郎の目は、雪野の白い顔に釘付《くぎづ》けになった。

「それはそうでしょう。いくら貧しくても、武蔵にいた頃は一端《いっぱし》の侍の娘で不自由なく暮らして、そろそろ姉妹で婿取り、って父は楽しみにしていたの。それが、あっという間に、生き地獄よ。太閤様とか、北条様とか、そんな力争いなんて、下々の者にはなんの有り難味もないわ」

そうだ、民だけではない。いくさに負ける、とはそういうことなのだ。

「本気で死ぬつもりだった。そんなとき、わたしは、旦那様に会った。もうその頃はね、旦那様の評判は凄《すご》くて。柳町にくるときも、周りの騒ぎようが凄いの。旦那様の遊び方は、豪快なのよ。連れを沢山呼び込んで、遊女も何人もいれて、謡いやら舞やら楽しく騒ぐの。でね、ある日、わたしの廓《くるわ》に遊びに来た。そして、わたしも旦那様の部屋に呼ばれたの。それは、偶然よ。旦那様は、店の遊女を入れ替わり立ち代わりこさせて、場を盛り上げるの。だから、わたしが呼ばれたのも、たまたま。でね、座敷に入ると、やっぱり凄く華やかに騒ぐの」

今の穏やかさから想像もできない。だが、やはり、天下にその名の響いたかぶき者だったのだ。

「でもね。私は楽しくなかった。だって、わたし、死のうとしていたんだもの」

雪野は、また、六十郎が息を飲む言葉を放った。

陽は完全に沈み、あたりは夕闇が濃くなりつつあった。雪野の白い顔が浮かび上がってくるようにみえる。

「その賑《にぎ》やかな場で、白々しく調子を合わせていても、なんにも心は弾まない。むなしかったわ。でね、そこそこで部屋から退散したの。そしたらね、しばらくして店主が呼びに来るのよ。旦那様がお呼びだって。ああ、伽《とぎ》なのかって。伽ってわかるでしょう」

「わかります」

言葉はわかるが、わからない。

「私はなにも考えずに、旦那様の臥所《ふしど》にいったの。そうしたらね。旦那様は布団をよけて、こう背をきちんと伸ばして座って待っていたの。それで、言うのよ、お前、死のうとしているな、って」

六十郎は聞き入る。慶次郎の声色の真似《まね》をする。そんな雪野が可愛らしい。

「わたし、もうなにも怖いものはなかったから、はい、そうですって、いったわ。ああ、さすが前田慶次郎、こんな娘の心を読んで、情けをかける、凄いなってね。でもね、私は流されるつもりはなかった。だって、そこで思いとどまっても、地獄は続くのよ。まして、旦那様に貰《もら》い受けされるなんてことになったら、恥の上塗りだわ。知っていたの。武蔵《むさし》八王子城を攻め落としたのは、旦那様がいた前田勢だって。だから、冥土《めいど》の土産《みやげ》に、天下のかぶき者の添い寝をさせてくださいますか、って、いったの。するとね、旦那様はね」

雪野は思い出し笑いなのか、その厚ぼったい唇に指をあてた。六十郎は戸惑う。

「大きくお笑いになるの。それは、楽しそうにね。でね、見事、見事、侍が命をかけて敵の首を取るのが仕事なら、お主らは、死ぬ間際まで男のふぐりを手玉にとるのが仕事か、この前田慶次郎のふぐりを狙う、見事な女だ、ってね。わたし、そんなことといわれるの初めてだった。それまで、何人もお客と寝たわ。でもみな、暗い私のことを哀れんだり、疎《うと》んじたりするだけ。遊廓の仕事をそんな風に考えたこともなかった。やっぱり、かぶき者は面白い、この人なら、と思ってね、自分のことを洗いざらい一気に喋《しゃべ》ったの。すると、旦那様はね、雪野殿、生きることは楽なことではない。民も侍も、男も女もおのが舞台での真剣勝負よ。ただ、雪野殿の生き様の中では、雪野殿が主《あるじ》なのだ。すべてを逆手にとって、おのが望むものとしてみるのはどうだ。お主は、親兄弟も家も失った。これは不幸かもしれぬ。だが、もう失うものはない。そして、飢えと寒さに苦しむことはない日々を送っている。ならこの世を儚《はかな》むだけでなく、己の体を張って、登りつめてみてはどうだ。命は一つ、死んだら終わり。なら、死ぬことを考えるばかりでなく、思い切り生きてみよ。これから天下は治まり、この遊廓の持つ役割は大きくなる。これまでいくさ場や荒れた国で女を犯したりしていた者どもは、それができぬようになる。だから、この遊廓ができた。諍いをなくし、女が乱暴されんようにな。ここに、侍も、大商人も、いや公家すらも来ることがあるかもしれぬ。お主はそんな奴らのふぐりを容易《たやす》く摑むことができるのだ。握りしめて天下を取ってみよ、って」

「そ、そんなことを」

思わず、六十郎は口走《いろど》る。度胆を抜かれていた。そこまで重く聞いていた雪野の述懐が、にわかに華やかな彩りを帯びたように感じる。

「凄いでしょう？　よくわからないけど、なんだか気持ちが軽くなって、もう少し生きてみます、だから、旦那様、抱いてください、っていって、床に入ったの」

雪野の声音がささやくように低くなると、六十郎は視線をそらして頬を染めた。

「そしたら旦那様は私の横に添い寝してね。まだ抱けんな、って、笑うの。わしは天下の前田慶次郎、抱いて欲しくば、柳町一の遊女になって来い。さすれば、この天下一のふぐり、雪野殿にさらしてやろう、って。また楽しそうに笑って。その晩は朝まで、ずっと寝物語をしたわ。それ以来、たびたび廓に来ては声をかけてくれる。でも抱いてはくださらない」

雪野はまたクスリと、少女のように笑った。六十郎はなぜか胸を撫でおろした。

「それからは、もう懸命。お侍が合戦に臨むように、私も仕事に励んだ。旦那様に認められるためよ。そして、柳町で太夫と呼ばれるほどになった。そしたら、旦那様は、会津に行ってしまった」

「旦那様を、好いている、ということですか」

「そうね。好いているのかしら」

雪野は顎に手を当てて、暮れなずむ空を見上げた。

「うん、でも、そんな簡単なことじゃない。さっき、法斎殿に同じ話をしたの。そしたら、あなたの父が八王子にいたのなら、旦那様はあなたを抱くつもりなどない、戦った相手の娘にそんなことはしない、きっと旦那様はあなたの父の代わりなのだ、って」

六十郎は頷いた。そうだ、そうだろう。

「そうね、旦那様は私が生きる標をくれた。だから追いかけたの。旦那様がいくさに出るなんて、おかしいわ」

「前田様は侍です。合戦となれば、どこかにご加勢することもありましょう」

「お侍じゃないわ。あなたは知らない。前田慶次郎はどこにも仕えることはない」

「その話は知っています。でも、もう前田大納言は亡くなられた。奉公構いも解けたのでしょう」

「旦那様のご長男正虎《まさとら》様は前田家のご家臣よ。旦那様は望んで隠居されたの。奥方様と正虎様が前田家にいる限り、旦那様は他家に仕えたりしない」

雪野はいい切る。慶次郎の妻は、利家の兄前田安勝《やすかつ》の娘であり、加賀にいる。長子正虎は前田家で五千石を給されている。元々慶次郎が取っていた禄高である。これでは人質にも等しい。利家がだした奉公構いだけではない。前田慶次郎は真実、隠居なのだ。まして、慶次郎ほど全国に名が響いてしまった男が他家で仕えるなど、前田家としては恥以外のなんでもない、と。

「お詳しいのですね」

「仕事柄、ね。都一の耳達者《みみだつしゃ》かも」

雪野は目配せして、桜色の貝殻のように可憐な耳たぶに手をやる。

「でも、前田様は上杉の殿にお目見えしました。今は歴とした上杉の家臣です」

と、六十郎も自信持っていい返した。

「だから、不思議なの。わざわざ会津まで来て、今更、武家奉公なんて、おかしいわ。でも、旦那様はいっていた。会津には借りのある友がいる、って」

「それは初耳です」

「上州の方」

六十郎の頭に、上泉主水の頼もしい笑顔がよぎっていた。あの日の慶次郎との語らいも思い出される。

「でも、その友は亡くなっていて、忘れ形見がいるって」

違うのか。六十郎の顔が歪む。

「友、忘れ形見、そんな素振りもありませんでした。なんというお方です」

「私の父と同じく北条様に仕えていたから、って、教えてくれた。確か、上州稲荷山の、なわ……なわあきむね様とか」

「え」

一瞬、何を聞いたかわからなかった。その名前が何を意味するか、頭で理解することができなかった。

「なわあきむね、那波顕宗？」

夢中で繰り返していた。雪野はきょとんとして見返す。

「知っているの？」

「那波顕宗は、私の父です」

「あなたは安田様の……越後の出ではないの」

「わたしは養子です。那波顕宗は幼き頃失った、わたしの実の父です」

頭が混乱していた。前田慶次郎と父が知己。そんなこと、聞いていない。

（しかも、友、とは）

六十郎の視界で、今、なにもかもが止まってみえた。

瞳を見開く雪野の顔も、闇に沈んでいこうとする町も、天を突くような鶴ヶ城の甍《いらか》も、すべてが。

父の魂

雪野を前田屋敷へ連れて帰ると、六十郎はふたたび鶴ヶ城に登城し、本丸主殿の奉行詰めの間に安田順易《のりゆき》を訪ねた。

順易はいた。順易は城下の屋敷にも帰らず、主殿の一間にて起居しつづけている。いつ何時、各地からの急使が来るかわからないのである。

今、上杉は全領国をあげて戦っている。対最上に直江山城らが出陣し、伊達に備えては、本庄繁長、岩井《いわい》信能《のぶよし》らで福島城を固め、関東に面する南方は白河《しらかわ》小峰《こみね》城の芋川越前、長沼《ながぬま》城の島津淡路《あわじ》、南山の大国実頼《さねより》らで備えていた。飛び地の庄内郡酒田からは志駄修理らが、最上領へと攻め込んでいる。宿老《おとな》侍大将は前線に張りついた。そんな中、平時の会津奉行安田順易は、鶴ヶ城にて総指揮をとる上杉景勝の副将格である。領内各地に目を配り、景勝出陣のおりには侍大将として軍を率いることとなる。

「義父上《ちちうえ》、お忙しい所、申し訳ございません」

詰めの間にはいるや、六十郎は平伏した。

「お伺いしたいことがございます」

常に景勝の近辺に詰めている義父順易と、面と向かって会話をするのは久しぶりだった。

順易は、厳しく静かな顔を向けていた。その顔に、平時の磊落《らいらく》の色はない。

「わしも、お主に語りたいことがある」

その粛とした声に、六十郎は顔をあげた。

「父のことですか」

「そうだ。お主の父、那波顕宗殿のことだ」

ぶるっと、武者震いする六十郎の前で、順易は懐に手を入れる。

「お主が成人したら渡してほしい、といわれ、託された文《ふみ》だ」

そういって、大事そうに一片の書状を差し出す。

「まず、読んでみよ」

書状の表面の宛先《あてさき》は、那波六十郎殿、となっている。

六十郎は震える手で、書状を開く。

「六十郎よ、父はこれまで、主に叛《そむ》き、人を裏切り、泥に塗《まみ》れて生きてきた。上杉の殿にもずい分と不義を重ねてきたが、因果あって、帰参を許された。あとの命は殿に捧げる。我にはもう何もない。六十郎よ、父は家を滅ぼした。鎌倉政所《まんどころ》別当《べっとう》大江広元《おおえのひろもと》にまで遡《さかのぼ》る那波家を断ったのだ。父を恨め。ただ、六十郎、家がないということは、もうお前を縛るものはなにもない。譜代の家臣にも父祖伝来の土地にも拘《こだわ》ることもない。まして、親兄弟に気兼ねすることもない。一から自由に生きよ。己が力で己の道を切り拓け。そして、縁あるなら、一度でよい、我が恩人を訪ねよ。その者の名は、前田慶次郎利益《としやす》。前田殿はお前に何かを教えてくれるだろう」

六十郎は弾かれたように顔をあげた。亡父も前田慶次郎のことを、恩人としている。そして、六十郎に訪ねよ、と残しているのだ。

「では、話そう」

目の前には、義父安田順易の厳然とした顔がある。

「あの頃、上杉は奥羽を転戦していた」

関東の北条が豊臣秀吉に降り、天下統一はなったようにみえた。

だが、関東の奥、東北は簡単には鎮まらなかった。奥羽の諸侯は小田原へ参陣し秀吉に屈したが、その後の奥州仕置に納得しない者、土豪の反乱、一揆《いっき》が群発。奥州の各地に戦火は拡《ひろ》がり、その鎮圧に手を焼くこととなった。それに駆り出されたのは、上杉景勝、前田利家ら、秀吉がもっとも信を置いた将の軍勢だった。

北条が滅び、城と領地を失い、上杉に帰参したばかりの那波顕宗は、いくさで先陣に出続けていた。その戦いぶりの苛烈さは、上杉先駆けの常連である安田順易からみても、命を捨てているようにしかみえなかった。

ある晩、順易の陣屋を訪ねてきた那波顕宗は、懐から書状を差し出した。六十郎への遺《ゆい》言《ごん》である。

「恩人がいる」

促されて書状に目を通す順易に、顕宗は語りかけてくる。

「一人は、安田殿」

「わしは、なにもしておらぬ」

「わしのような不義者が、腹を割って話せる。それだけでも十分。死んでは礼もいえぬゆえな。あらかじめいっておきたいのだ」

「縁起でもないことをいうな」

「我ら侍、いつでも死は隣にある。わしのように業の深い者ならなおさらのこと。いや、もう、わしの命は景勝様に捧げているのだ」

顕宗は、乾いた笑いを頬に浮かべた。

「して、もう一人は前田慶次郎、なのか」

「ああ、わが生涯で忘れられぬ男よ」

「あの、皆朱の槍士が、か」

順易は眉をひそめた。この頃まだ、順易は慶次郎と知り合っていない。慶次郎も、槍術とその武勇での名声を他家にも轟かせていたものの、まだ前田家の一槍武者、というところだ。

「武田が滅んで、わしは滝川一益の傘下にいた。信長が死んだときのことだ」

顕宗は大きく息を吸い、胸を膨らませ、語りだした。

――なにせ突然の謀叛でな、滝川一益は上州で孤立していたんじゃ。信長が武田を滅ぼし、家臣の滝川が上州に入って、まだ三ヶ月《みつき》しかたっておらぬ。上州侍はみな、表向き滝川に従っていたが、陰で小田原の北条と使者を交わし、次の支配者を迎えようとしていたんじゃ。皆で談合してな。わしもその一人よ。いずれ滝川も上州を捨てて、逃げ出すだろう、と思っていたのさ。

だがな、滝川は武州に踏み出して、北条と合戦する、といい出しおった。四方八方敵だらけのあきらかに不利ないくさに出ようとしておったのだわ。

厩橋城（前橋）で評定があってな。上州の者みな集められて、従うも叛くも自由、といわれたわ。上州の者たちは、そこでも表は滝川を担いだのさ。本音は戦う気などさらさらなかったのだがな。

わしも当然、同意した。人質でな。わしは、息子も、いや、六十郎ではないぞ、死んだ長男よ。妻も厩橋城に入れておったからな。だがな、わしはなにか腑《ふ》に落ちなかった。どころか、評定の最中の上州の者どもの白々しい態度に妙に苛立っておったわ。

なぜかな。わしは幼き頃、人質として謙信公のそばに送られた。謙信公はわしを取り立ててくれてな、城と領地を戻してくれた。だが、わしは謙信公身罷《みまか》りし後、景勝様ではなく、景虎《かげとら》様を担いだ。この経緯《いきさつ》は安田殿も知っておるわな。景虎様は謙信公の養子だが、北条氏政《うじまさ》の弟じゃ。わしの上州稲荷山城、家臣を守るには、上杉は関東の北条と組んだほうが良いに決まっておる。そうじゃ、己のためよ。我ら上州者にそれ以外どんな道があるというのか。だが、結局、景勝様が家を継いでな、上州は武田に譲られてしまった。しかも、その武田もすぐ滅びて、織田の滝川一益が入ってきた。わしは、この変転につぐ変転に飽きていたのかな。上杉だの武田だの織田だのと、翻弄《ほんろう》されるのに空しくなっていたのかもしれんな。

評定が終わって宴になるのだがな、もうその場におるのも胸糞《むなくそ》が悪くてな、広間をでてしまったんじゃ。するとな、外で、男が一人、槍の稽古をしていたのさ。

それが、前田慶次郎、よ。あの男はな、滝川の一門衆にも拘《かか》わらず、評定から抜け出て、外で、槍の稽古をしていたのだ。呆れるだろうが。そのときのわしは、ひょっとして、この男は評定でおかしな動きをするやつがいたら、討つつもりで外にいたのではないかと疑ったりもしたのだ。

だがな、違うのだよ。そのときの前田慶次郎はな、一人上半身裸で汗びっしょりでな、いかにも楽しそうな顔で槍を振るい、突き出していたのさ。わかるか、広間の中ではお家の生死をかけた評定が行われている。そして、おのが保身に汲々《きゆうきゆう》として本心を糊塗《こと》する輩《やから》と虚々実々の駆け引きが行われているのに、前田慶次郎はな、そんな涼しい顔で槍を操っておるんだ。わしはもう呆れてな、なにやら馬鹿らしいような気分になった。いったいこの男はなにを考えているのか、と、唖然として、しばらく、ただ、前田慶次郎をぼっとみておった。

すると、向こうに気づかれてな。声をかけてくるのだわ。「おお、那波殿」とな。そして、なんといったと思う。「お主も評定に飽いたのか」と、こういうのだ。

わしはわけがわからんでな。言葉もでんかった。すると、慶次郎はな。まるで、もうそこに誰もいないかのように、また槍を振るいだすのだ。真っ赤な見事な大槍をな。その惚れ惚れするほどの武者ぶりに、わしは、だんだんと変な気分になってきてな。この男にすべてぶちまけてしまおう。そうしたら、この男はどんな顔をするのか、この男が驚き、焦る顔をみてみたい、とな。

いうたわ、「前田殿、今、広間では上州の者どもが、滝川様に従うことを申し合わせたが、誰一人として、滝川様について行く者などおらんぞ」とな。そうしたら、前田慶次郎はなんと言ったと思う。「ああ、知っているよ」とな、平然というんじゃ。「そんなことは、滝川の殿も十分ご存じだ」と続けるのだ。

わしは、もう頭が混乱してきてな。すると慶次郎はな、「那波殿がもっとも大事にしているものはなんだ」と聞いてくるのだ。そしてな、「わしら、このように髷《まげ》など結って侍などという面をかぶっておるが、元をただせばただの人。人として、男として、己がもっとも大切なことを貫き、愛するのが、人の宿命《さだめ》ではないか。なら、那波殿が大切なものを守れ。泥にまみれても、はいつくばっても守れ。侍だからと、縛られるな。この乱世で生きていくのは綺麗《きれい》ごとだけでは済まんぞ」という。わしに、いや、上州者すべてに、父祖伝来の土地と城、家族、それを守れよ、というのだな。これは見事に物事の真を突いた言葉じゃ。

だが、わしは思わずな、「我らはそれで良いかもしれん、前田殿は、滝川様は、それで良いのか、どうするつもりなのだ」と聞いたのだ。そう思わんか。

するとな、ずいと近づいてきてな、いや、わしは槍で突き刺されるのかと思ったわ。奴は槍を置いてな。「戦わせてくれ」というのだ。「滝川一益は戦わねばならないのだ、それが、あの織田信長に関東管領《かんれい》とまでされた男の最後の一花なのだ。だから華々しくやらせてくれ。加勢しろとはいわない。上州の者達を巻き込む気など毛頭ない。ただ、後ろから討つことだけはやめてくれないか」と、汗びっしょりの体で、童のような笑顔で頼み入ってくるのだ。

おかしいだろうが、いくら理由があろうとはいえ、わしは、裏切っておる、というておるのじゃ。そんな者に対して、そんなことをいう奴がいるのか。とにかく、もうなにやら自分が小さくみえてな。このまま去るのも逃げるようで悔しくなって、広間に戻ったんじゃ。

広間の上州侍はな、いつ寝返るかやら、滝川の寝首をかこうやら、毒を盛ろうやら、そんなことを耳打ちしてくる奴ばかりじゃ。そのたびに、わしは、懸命に説いたわ。時を待て、早まるな、となな、そんな言い方よ。そうでなければ、わしの身も危なかったのさ。情けない、不格好だがな、それがわしのとれるただ一つの道だったのだ。

そして、あの神流《かんな》川《がわ》の合戦よ。そこでも、滝川の背後を突く、と隙《すき》を窺う奴ばかりだったわ。それはそうよ、滝川一益の首を取って北条に差し出せばな、武功第一ではないか。だがな、わしは身を挺して止めた。せめてそれぐらいはしてやりたかった。そして、みたかったのだ、前田慶次郎のいくさがな。

いくさはな、それは見事な武者ぶりじゃった。慶次郎だけでなく、滝川勢、皆《みな》よ。わしは、ただみとれていた。必死に上州の兵たちを抑え込んでな。それが、わしにできるただ一つのことだったのじゃよ！

だが、結果は滝川の負けじゃ。そのまま、滝川一党は上州を去った。わたしは前田慶次郎の前にでられんかった。いったいどんな顔をして、会えるという。いかに飾ろうとも、わしがしたことは日和見じゃ。わしは意地も誇りも捨てて、わが身を、わが妻子を、城と家臣を、守った。そうして我ら上州侍はな、信長なき後の動乱を乗り切ったんじゃ。

だがな、物事はそうはうまくいかぬ。むしろ報いはな、手痛く己に返ってきたのだ。そんなにまでして守った、息子も妻もすぐに病で亡くした。北条はしばらく安泰じゃったが、秀吉に逆らってな。四方から攻め込まれることとなった。

わしは、もういかん、と思った。いくら北条とはいえ、天下の軍を相手に勝てるはずがない。そして、秀吉はこれまでのように、上州の地侍を放置はせんだろうとな。時勢なのだよ。これまでのように父祖伝来の領地と結びついた侍が各地に散らばっていては、一向に国の統一などされん。天下統一がなされたなら、土地と侍は切り離され、秀吉が指示したところに置かれる。それが、新しい治世なんじゃ。

わしは覚悟した。何もかもを失う日が近づいていたんじゃ。敵が来ておる。その敵の中に、わしがもっとも、会いたくて、会いたくない二人の男がおるではないか。

一人は、上杉景勝様よ。わしが謙信公の後継ぎと認めず、その元を飛び出した殿じゃ。殿もわしが憎かろうて。安田殿も覚えておろうが、あの御館《おたて》の乱を。上杉は真っ二つに割れ、多くの血が流れた。そして、弱まったときに織田に攻められ滅亡寸前まで追い込まれたのじゃ。

それともう一人はな、そう、前田慶次郎よ。あの男は、加賀の前田利家様のところに身を寄せていたからな。上杉家と前田家が一手になって、上州から北条を攻めると聞いたときのわしの気持ち、わかるか。わしはこの二人にどの面《つら》をさげて会うのか。これはわしがなしてきた深い業が、今大きな形を成して、わしに返ってきたのだ、とな。もう観念したぞ。

そして、わしは決めた。わしの稲荷山城に来るのは、景勝様、前田慶次郎、どちらが先か。先に来たほうに、我が命を捧げよう、となそれがわしの運命なんじゃとな。

来たのはな、殿でも、前田慶次郎でもない。お主、安田上総《かずさ》よ。碓氷峠《うすいとうげ》から入った上杉と前田の軍勢は松井田《まついだ》城に足止めされたからな。別口で、越後から三国《みくに》越えで入ってきたお主にわしは降った。わしごときがこの腹かっさばいて首を差し出しても、お主にも殿にも大した手柄にもなるまい。なら、この首をお主に預けて、残りの命は上杉の殿に捧げる、そう決めたのじゃ。

どうじゃ、わかるだろう。わしは殿のために死なねばならんのじゃ。

ただ、名残はな、もう一人、前田慶次郎のことよ。あの男と、会えなかった。これはもう運命よ。わしは、もうあの前田殿と対面することすらできんのだろう、とな。なら、これをなすことは、わが息子に託したいのだ。

だからな、安田殿よ。もし、わしが果てるようなら、息子六十郎のことを、何卒《なにとぞ》、お頼み申す。もし、見どころありと思うなら、願わくば、この六十郎、安田殿が後見し、お手元にて成人させていただきたい。そして、縁あるなら、一度でよい、あの男と引き合わせてほしい。前田慶次郎利益殿よ。わが恩人であり、わが友垣《ともがき》よ。

わしは、もう六十郎に何も残せぬ。ただ、安田殿と、景勝様と、そして前田慶次郎、わしが得てきたこのかけがえなき出会いはな、きっと成人した六十郎になにかを教えてくれるであろう。それだけが、わしの願いじゃ。頼まれてくれるか、安田殿――

「どうじゃ、頼まれてくれるか、安田殿」

那波顕宗は長い独白を終えた。

順易は、途中から腕を組み、目をつぶって聞いていた。

(なんと壮絶なことをいう)

それは、大勢力の中で翻弄され、もがき続けてきた男の本音であった。

小城主が割拠する上州の豪族であった那波顕宗が、上杉、北条、武田の奪い合いの中で、勢力の間を泳ぐのは、持って生まれた宿命。そして、上杉の家督争いでも北条系の景虎を担ぐのも、至極当然なことではないか。

自分は幸いにも越後国安田城の毛利《もうり》安田氏の家に生まれ、迷うことなく上杉に仕え、一族とともに景勝を支持した。だからこそ、主とともに生き延びることができたのだ。

生まれる場所が違えば、順易とて顕宗と同じ道をたどったであろう。そのとき、順易はどう振る舞えるのか。

そう思うと、背中に巨岩をのせられたがごとく、気持ちが重くなる。

死ぬな、というのは簡単であろう。だが、この男はそんなことはもう突き詰めに突き詰めてきたはずだ。それだけ命の選択を繰り返してきたのだ。そして、ここに及んで、己の余命を燃やし尽くすことこそ唯一の道と思い至ったのだろう。最後の最後は己の誇りを貫く。なら、それを誰が止められるというのか。

「那波殿よ」

順易は目を開いた。顕宗の顔は篝火に照らされ、赤々と輝いていた。

「しかと、承《うけたまわ》った」

順易が低くいうと、その顔が明るく弾け、激しく頷く。

「かたじけない」

「それだけではない」

順易の力強い声が続くと、顕宗は片眉をあげて見返す。

「わが安田と那波家はその血を辿《たど》れば、もとは同じ大江広元に辿り着く同族。わしは子がおらん。もし、那波殿がわしより先に死んだなら、六十郎殿、この安田上総が貰い受けたい」

「なに」

一瞬、大きく息を飲み込んだ顕宗の顔が固まる。

「これはわしから頼み入るぞ。我が息子として育てたい。良いか、那波殿」

明るく睨みつけるように順易がいうと、顕宗の顔はにわかに引き締まった。そして俯《うつむ》いた。何かこみあげてくるものを嚙み殺すかのような仕草だった。

「わしは良い友をもった」

次に顔をあげた顕宗の眼《め》は、燃えているかのように、真っ赤であった。


「それからほどなくして、那波殿は討死された。この様は改めて語らずともよいな」

順易は静かに唸《うな》るように、語った。その滔々《とうとう》と響く声が六十郎の心を打ち続けていた。

(今、我がここにあるに、そんな経緯があるとは)

父の死に様、その激闘ぶりは、何度も聞いていた。だが、その前にこのようなことがあったとは。

俯いた六十郎は膝《ひざ》の上の拳《こぶし》を握りしめていた。

顔をあげられない。こみあげてくる熱い想いをなんとか抑えていた。頭《こうべ》を垂れ、歯を食いしばっていた。

「わしは、前田慶次郎に興味をもった。殿について上洛《じょうらく》したとき、前田殿を訪ねてな。那波殿のことを聞いてみた」

あ、と、六十郎は固い面を上げた。まだ話は終わっていない。

前田慶次郎は、父のことをどう思っているのか。

「前田殿はな、那波殿は恩人だ、というのだ。俠《おとこ》の約束を守った侍だ、とな」

ざわっと、全身に鳥肌がたつような気がした。

「親しく言葉を交わしたのは一度きり、だが、わが友だ、と」

一期一会《いちごいちえ》、なのか。認められていたのだ。亡き父もさぞ喜んでいるだろう。

「だから、前田殿は来てくれた。那波顕宗の息子がおる、この会津にな」

六十郎の全身が痺《しび》れていた。眼前で義父がいう言葉が、まるで、天上から響いてくるようだった。

「そもそも、あの誰にも仕えぬという、前田慶次郎がなぜ会津へ来たのか。なぜ上杉に仕える気になったか。それは、前田大納言が亡くなったからなぞという、簡単なことではないぞ。前田殿の子息は、加賀で前田肥前（利長）殿の家臣なのだ」

さきほど、雪野もいっていたことである。

「わしはな、前田殿に二通の書状を送った。一通は、この那波殿の遺書。そして、もう一通には、こう書いた。俠をみに会津にこんか、とな」

前田慶次郎が、その俠をどうとったかはわからない。会津上杉の侍はみな俠、ととったか。直江山城のことをそう思ったか、それとも上杉景勝を俠とみたか。それは、慶次郎の胸の中にある。

「六十郎」

順易は身を乗り出し、言葉に力を込める。

「少なくとも、わしは、前田殿にお主をみてほしかった。わしが書いた俠には、六十郎、お主も入っておる。今、俠とならんとする那波六十郎をみに来てほしい、そう願った」

六十郎は雷にでも撃たれたかのように、背筋《せすじ》を伸ばし、目を見開いた。

「六十郎よ、おまえに会いに来たのだ、前田殿は」

動けない。だが、全身が燃えるように熱かった。

鼓動がゆっくりと大きく響く。

会津での慶次郎の言葉の一つ一つが胸に蘇《よみがえ》る。

「義父上、それがしを」

六十郎は、額を床にこすり付けんばかりに面をさげた。

「元服させてください」

叫んでいた。

「みていただきたいのです。我が姿を」

無我夢中で力いっぱい叫びあげた。

「先ほどのわしの言葉を覚えておるか」

答えた安田順易は、深く頷いていた。

「この文は那波殿に、お前が成人したら渡せといわれた、と」

眼光が穏やかに輝く。

「元服せよ。六十郎」

口元に微《かす》かに笑みが浮かぶ。あの、出陣のときの顔だ。

六十郎は面を伏せた。

明朝、夜明け前、卯《う》の上刻（午前五時頃）に再度登城するように、といわれ、六十郎は
鶴ヶ城を後にした。

元服

その夜、六十郎は眠れない。

熱く胸がたぎっていた。全身の血潮が大きく波打つようである。

いくら寝返りをうとうとも、眼はさえるばかりだった。

(眠れるか)

六十郎は起き、亡父の形見の太刀を握った。障子を開け庭に出た。

秋の月が中天にある。空を見上げ、亡き父の遺志、義父順易の想い、そして、前田慶次郎の言葉を想った。

(わたしに、会いに。あの前田慶次郎が)

そうなのだろうか。

まさか、そんなはずはない、と思う自分もいる。

だが、そう思えばいい。思いたい。そう叫ぶ自分がいる。

雪野は、慶次郎が、生きる標をくれた、といった。

(それだ、私の生きる道標となる。なら、それでいいのだ)

おもむろに寝巻の小袖を肩から剝《は》いで、上半身をさらした。

生身の己の両の腕を、指先から肩まで、じっと見つめる。

刀槍の稽古で掌は豆だらけ、肘《ひじ》は先日宗之丞に投げられた傷が残り、日々の鍛錬で二の腕の筋肉は盛り上がっている。いつの間にか、胸板も厚くなっていた。

刀を抜く。

刀身が月明かりで煌《きら》めいた。

「俠、か」

声にだしてみると、また心が滾《たぎ》る。刀の輝きが、その昂《たか》ぶりを誘うかのように妖《あや》しく瞳に映る。

上段に構え、息を詰める。鋭く振り下ろして、息を抜いた。

（月よ）

もう一度、二度三度と、振り下ろす。下した剣を切り上げ、突く。

（月よ。鎮めよ、この俺を）

汗が、額を、首筋を伝う。

一心に念じ、激しく素振りをし、刺突する。

息を荒らげたまま振り返ると、縁側に雪野が立っている。

「六十郎様」

凝視すると、月明かりを浴びた雪野が浮き上がってみえた。まるで夢の中のように、ふわりと佇んでいる。

六十郎は刀を収め、向きなおった。

「眠れないのね」

その問いかけに、無言と微笑で頷いた。

雪野は裸足《はだし》のまま、庭に降りてくる。

「私も」

いう雪野の目が潤んでいた。

近寄ってきて、汗ばんだ六十郎の胸に手を当てた。

六十郎の心の高鳴りはやまない。肩でしていた息を整え、

「雪野様」

呼びかけると、今度は、雪野が言葉なく応じる。小さな口、厚ぼったい唇を少し開け、小首をかしげた。化粧《けわい》なき、白く輝くその顔は、妙にあどけなくみえた。

「抱かせてください」

無意識だった。この胸の昂ぶりが今、そんな言葉で口から飛び出した。

少し沈黙がある。だが、六十郎が臆《おく》することはない。頬を染めることもない。ただ、鼓動が熱く胸を打ち続けていた。生きている、自分は生きているのだ、と感じていた。

雪野の瞳の潤みが増したようにみえた。そこに自分が映っている。

「はい」

雪野は小さく頷いた。

もう、夢口だった。強く激しく雪野を抱き、寝所へと運び、床に横たえた。まるで、他人が操るように体が動いていた。

荒々しく、小袖を剝いだ。

（柔らかい）

初めてふれる女体は、六十郎が生まれて初めて感じるほど華奢《きゃしゃ》でか弱く、しかし豊満であった。ふれると崩れてしまいそうなほどの脆さで、応えていた。

「つ」

慣れない所作に、雪野が眉を寄せた。

あ、と、一瞬、六十郎は正気に戻り、その動きを止めた。

「いいの」

雪野は目を細くあけ、見上げていた。そのしなやかな指が、ぎこちない六十郎を導く。

「でも、強くするだけでないの、おなごはね」

「愛《め》でる、のですね」

六十郎の言葉に、雪野は驚きと喜びの光を宿した瞳を見開き、小さく頷いた。

「そうよ」

少し、息が弾む。白く細い両の腕で、六十郎の首をかき抱く。

六十郎に接する女体は、まるで吸いつくようにしっとりと潤っている。

「愛でて」

声がせつなくなった。

まどろみから目覚めると、雪野はいない。

ただ、その肌の温もりと甘い女の香りが、床に残っていた。

障子を開ける。夜明け前のもっとも深い闇の中、六十郎は、手水を使い、口をすすぐ。

これだけ早い刻限では、まだ法斎、宗之丞が起きている気配もない。

一人身支度を整えると、屋敷を出た。

その日、空には満天の星が瞬いている。新しい、これまでと違う一日が始まろうとしている。

南へ走れば、行く手に、鶴ヶ城が黒い影となって佇立《ちょりつ》している。吐く息が白い。周囲の空気は乾き、冷たいが、六十郎の心は熱く滾っている。

(雪野殿も力をくれた)

恐れるものはなにもない。ただ高揚だけが胸に満ちている。

戦時下の鶴ヶ城が寝静まることはない。各所に篝火が焚かれ、幻想的な明かりが灯《とも》る。

宿直《とのい》の侍たちに会釈をしながら、六十郎は進む。一歩一歩、地を踏みしめてゆく。三の丸の城門を抜け、二の丸、本丸へ。

その一歩ずつで、六十郎の未来が彩を増していく。

あの奉行の詰め間で待つと、しばらくして順易は現れた。折烏帽子《おりえぼし》に、裃《かみしも》を着た正装であった。

「来なさい」

順易に従い、主殿を出て、屋外へ出た。

やっと東の空が明るくなり始めていた。暁闇《ぎょうあん》の下を主殿にそって歩く。

（どこへ行くのか）

順易は左足を引きずり、杖をつき、進む。その背中が今日は大きく感じる。

主殿の奥、天守の脇《わき》にある堂の間で順易は立ち止まる。

「ここは」

思わず声がでる。

毘沙門堂《びしゃもんどう》。謙信が信仰し、越後春日山《かすがやま》城内に建て、時に籠り、精進した。会津移封に伴い、この鶴ヶ城本丸に移築された。

主君景勝も謙信と同じく、日夜、毘沙門天を拝んだ。そんな上杉家にとって神聖な場所である。家臣でも宿老以上の者しか入れない。六十郎のような元服前の若衆など、近寄ることすらできない所だった。

「入りなさい」

堂の開き戸を開けて、順易はいざなう。入ると、中は広くはない。

正面奥に毘沙門天像がある。灯火が左右に置かれ、中は薄明るい。

その灯火に照らされ雄々《おお》しく屹立《きつりつ》する毘沙門天像の前に、一人の男が鎮座している。

その顔の輪郭が徐々にはっきりしてくると、六十郎は息を止めた。

（との）

声にならない叫びをあげていた。

上杉景勝は、青々とした髭の剃《そ》り跡の面に、鋭い眼光の瞳をこちらに向けていた。直垂《ひたたれ》に立烏帽子《たてえぼし》の正装である。

瞬時に、六十郎の身が引き締まる。

「座りなさい」

順易の声がかからねば、六十郎は直立のままでいただろう。気づいて下座に正座した。

「戦時ゆえ」

はっ、と面を伏せた。初めて聞いた、上杉景勝の声だった。

「かように、ひそやかな式で、許せ」

六十郎は額を床にすりつけた。感動と恐縮で慄《おのの》いていた。許すも何もない。

「殿が烏帽子親をしてくださる。某《それがし》が理髪の役をする」

順易の厳かな声が響くと、さらなる驚きと喜びが、六十郎の頭からつま先までを満たす。

この上杉家の聖地といえる毘沙門堂で、しかも、若衆にとって神ともいえる主君の前で元服する。その光栄に六十郎の全身が震えている。

感極まり感謝の言葉すら成せないほどの中、順易の声が響く。

「入れ」

また、開き戸があくと、静かな足音で男が二人入ってくる。

(法斎殿、宗之丞殿)

二人はやはり裃姿の正装である。これから加冠する烏帽子、髪を切るための小刀、髪をすくための水をいれた小箱などの式具一式を面前に掲げ、静かに進む。

戸惑う六十郎の横に鎮座した。各々、その身の前に各式具を置いている。

この場に現れただけでも意外なのに、正装していて、しかも居座った。

（いったい、なにを）

六十郎は聞くにも聞けない。

「本日、泔坏《ゆするつき》の役をあい務めさせていただきます」

法斎が朗々と唱えだした。

「上州稲荷山城主、那波家家老、太田岩見守法久《おおたいわみのかみのりひさ》」

六十郎が、張り裂けんばかりに眼を見開く中、名乗りは続く。

「打乱箱《うちみだりばこ》の役を務めさせていただきます、那波家、長柄槍組組頭、今村宗衛門政直《いまむらそうえもんまさなお》」

宗之丞はあれだけ不愛想だった顔にほとばしるような精気を宿して唱えあげた。

二人は深く下げた面をあげると、熱い眼差《まなざ》しで六十郎をみた。その四つの瞳には真っ赤な炎が灯り、力強く頷いた。

（ああ）

六十郎は声にならぬ声を上げ続けていた。

（我は、守られていた）

だから、二人は慶次郎と共に出陣せず、六十郎の元に留《とど》まっていた。六十郎を鍛え、その守り役を務めていた。

灯火に照らされた二人の顔を射抜くように凝視して、六十郎の心は極まっていた。

父は、すべて失った、何も残すものはない、と書き残していた。

確かに、城も、領地も、ない。

だが、人がいる。義父順易が、主君景勝が、家臣が、そして今、戦地にいるであろう、あの俠が。父が残した出会いが、近く遠く、六十郎を守ってくれていた。

(私は、なんて果報者なのだ)

丹田《たんでん》の底から、熱い想いがこみ上げてくる。

大きな声で叫びたい。その衝動を必死で抑えて、喉から言葉を絞り出す。

「ありがたき、幸せ」

溢《あふ》れそうになる涙を抑えるため、眼をきつく閉じ、面を伏せた。

肩が小刻みに震えていた。

元服の儀は粛々と進んだ。

太田岩見が髪すきのための湯水の入った泔坏《ゆするつき》を捧げ、理髪の役安田順易が六十郎の後ろに立つ。そして、童の髪をすき、紙を持って、その髪先を挟み、切《はや》した。断髪は、今村宗衛門が、打乱《うちみだれ》の箱に収める。

順易が、取り出した烏帽子を持ちあげ、腰を下げて進み、六十郎の左脇に置くと、景勝が進み出て、両手で取り上げ、六十郎の頭へと乗せる。

名実ともに大人になった六十郎が深々と頭を下げる。

「元服名である」

静かな視線を向けていた上杉景勝が、粛然と口を開いた。

「俊広《としひろ》、と名のれ」

六十郎は、一礼すると、

「殿、伏して、お願いしたき儀が」

景勝が少し眉根をよせる。法斎こと大田岩見も宗之丞こと今村宗衛門も眉をあげた。

「某の名乗りでございますが」

「あせるな、まあ、開けてみよ」

中には楷書で大きく「那波兵庫《ひょうご》俊広」と書いてある。

六十郎がいう前に、横から順易が一折した紙を差し出す。

六十郎の目がキラリと輝いた。景勝も順易も頷いている。

「那波俊広よ、己が父那波駿河《するが》顕宗は、上杉を守った侍だ。そして、己の二人目の父、この安田上総順易は我の片腕として家を支える柱」

景勝の声は低く響いた。

「父の血を繋ぎ、そして、このいくさが終わりし後は安田の家を継ぎ、余を援けよ」

その言葉の熱は、六十郎の心の臓を深々と刺し貫いた。

総毛が逆立ちするほど全身に力がみなぎっている。

六十郎改め、那波俊広が生まれた瞬間であった。

「恐悦至極に存じ奉ります」

心の底から叫んでいた。

「さっそくだが」

順易が身を乗り出し、目で合図すると、法斎と宗之丞は退出した。

三人となると、また堂内の空気は変わり、にわかに緊迫する。

「お主に大切な役目を申し付ける。殿直々の書状を渡す。内密の使番じゃ」

俊広は平伏した。晴れて、上杉家の侍として、命を受ける。このために元服したのだ。

「宛先は、前田慶次郎殿」

俊広は、面を伏せたまま、かしこまって、両の手で書状を受けとった。

前田慶次郎利益殿、と書かれた書状は、しっかりと封がされている。

景勝の声が響くと、順易が息を飲む気配があった。

「書状の内容を語る」

「殿」

「良いのだ」

景勝の声に、厳とした響きがこもる。

「直江が死のうとしている」

今度は俊広こそ息を飲んだ。

(なにをいうのか)

毎日城に出仕している俊広だけに、今の戦況は把握している。出羽最上征伐は順調に進んでいるはずだ。もはや、直江兼続率いる上杉勢は山形城近くの長谷堂へと迫り、最後の決戦に臨もうとしているはずではないか。戦いが膠着することはあるかもしれないが、上杉が負けるはずもない。まして、直江山城が死ぬ、などと。

「上方の豊臣勢が、美濃関ヶ原で大敗した」

俊広は伏せていた目玉をひん剝いた。

(馬鹿な)

こちらの戦況も良いはずだった。しきりに来る上方からの使いは、西軍の強大さを雄弁に語っていた。

西国の大大名たちが集った十万の豊臣勢が、こんなに早く敗れるなど、ありえない。

「余が、先代から受け継いだ軒猿《のきざる》は、逐一各地の報せをもたらす」

謙信が軒猿という凄腕の忍び集団を抱えていたことは、知れ渡っている。そして、景勝は謙信病死後いち早くそれを押さえ、御館の乱で使った。これも家中の誰もが知っている。

(だが、そんな)

やはり信じられない。いや、信じたくないのかもしれない。

この報せで、すべてが瓦解してしまう。上杉の最上併呑《へいどん》は、徳川家康が西へ向かっている隙をついた戦略ではないか。味方の西軍が壊滅したとなれば、北へなど兵をむけている場合ではない。すぐに、戦略を大転換する必要がある。

「このことは直江ももう知っている。すでに数度、撤退の使いを出している。だが、直江は聞かぬ」

最上、伊達へはまだこの報せは届いていないのだろう。だが、届いた途端に、出羽戦線は危地となるはずだった。もう遠征などしている場合ではない。退却となればどんな状況でも困難なのだが、それでも退くしかない。景勝の指示を拒む直江山城の胸中はいかなるものか。

「一人で背負うつもりなのだ」

俊広にはその深意は計りかねた。思わず、視線を落としていた。

「難しいか、では、こういおう」

景勝の眼光が、俊広を突き刺していた。

「余には直江が必要だ」

俊広は眼を見開いて見返す。その言葉は、ずしりと心に落ちた。

十分だった。まだ合戦を知らぬ俊広が、戦場の武人の心を探ることはできない。だが、上杉景勝にとって直江山城はかけがえなき存在。それが分かれば、この役目の大切さが、知れた。

「共にある兵達もだ。だから一刻も早く退かせたい。だが、退き陣となれば、直江は間違いなく死のうとする。決して、直江を死なせてはならぬ。それを成せるのは、もはやあの男しかおらぬ。前田慶次郎だ」

景勝の言葉の一つ一つが胸に刺さる。鋭い眼が青白く輝いてみえた。

「上杉は、今、危地にある」

沈鬱《ちんうつ》な顔だが、なぜか余裕があるように感じられた。

（さすが、殿）

上杉景勝ほど、絶望の淵《ふち》から這い上がってきた大将もいない。御館の乱も、信長の脅威も、いつ腹を切ってもおかしくないほどの危機だった。

「だが、直江も、皆もおれば、必ず乗り切れる。そのために、今、前田慶次郎の力が必要なのだ。この言葉必ず、前田殿に届けよ。そして皆を連れて帰ってくれ」

最後に、口元が微かに歪んだ。それは、まぎれもない笑みだった。

(殿が、笑った)

磊落でもない、厳かでもない、だが、心に染みとおるような笑顔だった。

傍《そば》近くに仕える小姓の同僚でさえ、「みたことがない」といっていた、上杉景勝の笑顔だった。

(この笑みを、なんと)

運命に追いつめられた侠が放つ、魂の輝きなのか。

それとも、こんなときこそ笑みを浮かべる。それが、上杉景勝という侠の運命なのか。

「ハッ」

俊広は頭を下げた。

今、元服したばかりの己に、このような大切な役目をくれた。

奮わねば侠とはいえまい。

「必ずや、成し遂げまする」

力強く応じていた。

あとは、ゆかねばならない。

父、安田順易は軍勢を率いて、後日出立する、という。

俊広のなすべきは一刻でも早く直江山城の陣につき、前田慶次郎に書状を渡す。それだけだった。

俊広が安田順易とともに毘沙門堂を出ると、扉外に法斎こと太田岩見守、宗之丞こと今村宗衛門が跪いている。

すでに朝日が昇りつつある。その橙の光の中、二人は頭を下げた。既に小具足姿である。

「ご準備な、仕《つかまつ》る」

俊広は、うむ、と頷く。

主殿の一間に移ると、まるで、小突かれるように、着替えをさせられた。

法斎、宗之丞は手際よく俊広の小袖を替え、直垂を着させ、脛巾《はばき》を、脛当《すねあて》をつける。籠手《こて》、胴丸、と、きびきびと身につけていく。ときおり、まるで俊広の体軀《たいく》を確かめるかのように、肩を、背中をポンポンと摩るように叩く。そして、嬉しそうに頷く。

不快などと微塵《みじん》も思わない。その掌の温かさが、衣服の上からでも伝わってくる。

見ると、二人の瞳はまるで泣きはらしたように赤い。実際、声を殺して泣いているのかもしれない。

「あとはこれじゃな」

順易が、両手で厳かに兜《かぶと》を持ってくる。

朱の天衝きの見事な一物である。

「那波殿の形見よ」

渡された兜を撫でてみる。まるで父の魂が蘇り、そばにいてくれるような気がする。

兜を小脇に胸を張る。きっと前を見つめた。全身に力がみなぎってくる。

岩見、宗衛門が、俊広の前で粛然と跪く。

「太田岩見殿、今村宗衛門殿」

面を向けると、二人とも深々と面を伏せる。

「面を上げて、今までと同じく、私のことを援けてほしい。これからこの那波俊広、大事な役目を為さねばならぬ。ともに行ってくれるか」

「若、これまでどおり、法斎、宗之丞と呼んでくださって結構ですぞ」

法斎は面を伏したままいった。

「いや、岩見、宗衛門。我は今や、那波俊広である。城はなく、家は絶えたとはいえ、お主らは我が家臣、ならば、父に仕えたように、我を援けてくれぬか。伏して願う」

「もったいなき、お言葉」

二人、感極まった声とともに、面を上げる。

「我らはそのためにここにおりまする」

俊広は笑顔で頷くと、歩き出す。

乗馬を引き出す俊広に順易が語りかけてくる。

「前田殿は、滝川の血、前田家の呪縛《じゅばく》から解放され、自由に生きていた。それを上杉のいくさに引きずり込んだのはわしじゃ。前田殿は察して受けてくれた。どこにも仕えるはずがない、あの俠がな。そして、今また、上杉家を救う大役を委《ゆだ》ねようとしておる。俊広よ、これ以上、わしが前田殿にいえることはない。お主が前田殿と会うのだ」

俊広は深々と伏せた面を敢然《かんぜん》と上げた。馬に跳び乗る。

「いざ、参ろう」

俊広は叫んでいた。

順易が頷く。二人の家臣の視線は燃えるように熱い。


本丸から三人そのまま騎乗で出る。積もる話は馬上である。

太田岩見曰《いわ》く、那波顕宗が北条征伐で降伏して、稲荷山城が開城すると、那波家家臣は四散した。岩見は都に流れて前田慶次郎のもとに奉公した。このたび、慶次郎の会津行きを察知して、都で牢人となった宗衛門に声をかけた。安田順易が慶次郎と懇意で、その養子に俊広がいることは知っていたのだ。

「前田様は、我らは若とともにあるように、と」

太田岩見は感慨深げに語る。

「近いうちに、若が元服することになる。そのとき、傍にいないのでは、ここまで来た意味がなかろう、と」

郭内の侍屋敷を通り過ぎるなか、「屋敷へ荷を取りに」といって、宗衛門は離れた。

やがて、城下町へ出る総堀門が近づく。

「あ」

その門の傍らに雪野がいた。

編み笠を手に佇んでいる。初めて会ったときの旅姿である。

その姿を見とめたのか、太田岩見が声をかけてくる。

「若、わしも忘れ物をしました。屋敷に寄ってきます」

しばしここでお待ちを、と言い残し馬首を返す。

気をきかしたのか、本当か、わからない。


雪野の前まで来ると、俊広は馬を降りた。

「行ってらっしゃいませ」

雪野はなにも聞かず、真剣な眼差しで、一礼した。

俊広は瞬きをして、脳裏に明滅する雪野の白い裸身を締め出した。

「行ってくる」

別れを惜しむつもりもない。

「私は都へ帰ります」

俊広は無言で見返した。

「前田様も六十郎様も、殿方はみな、いくさ場へむかう。なら、私も私のいくさ場へ戻ります」

冷たい口ぶりではない。きりりと一本芯《しん》の通った口調で言う。

言葉が見当たらない。いや、余計な言葉はいらない気がしていた。

「雪野殿」

「お吉《よし》です。私の本当の名前」

二人は見つめ合って、クスリと笑った。

「お吉殿、我が名は俊広。見送ってくれ」

「素敵な、お名前」

雪野は惚《ほ》れ惚《ぼ》れするようにいう。見つめる瞳が潤んでいた。

「旦那様には会えませんでしたが、私の役目は別にあったのですね」

そして、あの鈴を転がすような笑みをこぼした。

「それを果せました」

俊広は一度だけ大きく頷いた。

二騎の蹄の音が近づいてくる。俊広は馬に飛び乗った。

「若、これです」

宗衛門が持ってきたのは、皆朱の大槍である。そして、具足櫃《ぐそくびつ》を背負っている。もちろん慶次郎の鎧である。

前田慶次郎が、なぜこの愛槍を置いたままなのか、今の俊広にはわかる。

慶次郎はあくまで隠居なのだ。一歩ひいて、上杉に仕えている。すわなち、皆朱の槍士、天下のかぶき者としてではなく、仮の姿なのだ。

上杉には上杉の歴史がある。先人たちが積み上げ、重ねてきた年輪。かけがえなき家臣たちが血涙を振り絞って守ってきた上杉家。そこに外様で、武家を離れて久しい己が介入するなど、慶次郎には無粋《ぶすい》なことなのだ。だから、派手にかぶいて人心を動かすのではなく、静かに姿をさらして陰から支えようとしている。

（なんて難しいことを）

愛用の朱槍さえ持たず、淡々と戦陣に立つ。それはかぶくことよりどれだけ困難なのか。

だが、今、この朱槍こそ必要なのだ。天下のかぶき者前田慶次郎こそ、直江山城を援け、上杉家を救い、会津の民を戦火から守れるのだ。

「私が持っていく」

宗衛門が差し出した朱槍を、俊広は握った。

ずしりとした重みで両手が押し下がるほどである。

（この朱槍が）

前田慶次郎にこの朱槍を握らせる、それが那波俊広の使命なのだ。

もう夜は完全に明けている。朝の爽《さわ》やかな風が、会津の町を吹き渡っている。

馬首をめぐらした。

雪野は言葉を発しない。面を伏せることもない。ただ、見つめていた。

もう会えないかもしれない。

一期一会。慶次郎の言葉を思いだす。

「では」

雪野の瞳に、笑みで応えたつもりだった。

義父順易のような笑顔になれたのか、わからない。

だが、この一夜で、自分は一回り大きくなれたような気がしていた。

第四章　激突

長谷堂の陣

九月十三日に畑谷《はたや》城を落とした直江《なおえ》兼続《かねつぐ》率いる上杉《うえすぎ》勢は、山形《やまがた》に向け軍を進めた。十五日には、最上《もがみ》の本拠山形城から南西一里半（約六キロメートル）の菅沢《すげさわ》山に陣を置いた。山形城を牽制《けんせい》しつつ、南に半里弱の長谷堂《はせどう》城を攻めるのである。

十三日までに、畑谷を含む最上領の北から西の十数城を攻め落とした上杉勢の勢いは、山形、長谷堂、上山《かみのやま》に戦力を結集した最上勢の激しい抵抗にあい、堰《せ》き止められていた。

長谷堂城では、城兵、山形からの援兵を合せた総勢千数百を率いる勇将志村光安《しむらあきやす》が深田に囲まれた優位な地形を利用し、巧みな用兵で寄せ手を悩ましていた。

上杉は、着陣初日の九月十五日こそ、山形からの援軍部隊を打ち破り三百もの首級をあげた。

だが、翌十六日には、城方が選《よ》りすぐった二百の決死隊の夜襲にあい、兼続の本陣近くまで攻め込まれるという痛手を負った。

このときの最二の将、鮭延越前守秀綱《さけのべえちぜんのかみひでつな》の猛勇ぶりは、後世に残るほどの凄《すさ》まじさで、直江兼続は「信玄《しんげん》、謙信《けんしん》にも覚えなし」と称賛し、なんと褒美《ほうび》まで送った。

「敵将に褒美を送るとは、さすが城州様《じようしゆう》」と上杉兵たちはその器の大きさを讃《たた》えたが、受けた痛手を隠すための強がり、ともいえる。

事実、その夜襲で上杉は二百五十もの死者をだし、十五日の勝ち戦は帳消しとなった。

そして、この戦果で最上勢の意気は上がり、反撃の狼煙《のろし》は高々とあがってしまったのである。

九月十七日に上山城を攻めた別働隊の篠井泰信《しのいやすのぶ》、本村親盛《ほむらちかもり》ら四千は惨敗を喫した。

上山城将里見民部《さとみみんぶ》らは、五百という寡兵にも拘《かか》わらず、上杉勢の侵攻を読んで間道に伏兵を配し、進軍してきた本村親盛の先鋒《せんぽう》を襲った。また山形からの援軍も後方から挟《はさ》み撃ちにした。

畑谷城の落城を伝え聞いて、勇んで深入りした上杉勢のあきらかな失態であった。

上杉勢の討ち死には実に四百。奪われた首の中には大将、本村親盛が含まれていた。

いくさは、長谷堂城周囲の深田のごとく、泥沼にはまり込んでしまっていた。

そんな中、留守政景《るすまさかげ》の率いる伊達《だて》勢三千は領国を発し、十七日には出羽《でわ》国境の笹谷峠《ささやとうげ》に着陣した。

この報をえた最上勢は、待ち焦《こ》がれた援軍の来着に狂喜し、その意気はさらに上がった。

だが、伊達勢はすぐに最上勢に合流しようとしなかった。

そのまま数日動かず、九月二十一日、峠の麓《ふもと》小白川《こじらかわ》まで下りて、また動きをとめた。

まるで、上杉最上の合戦を見物するかのような不可思議な動きであった。

北目城《きたのめ》の伊達政宗《まさむね》は焦《じ》れていた。

政宗は援軍の将留守政景にたびたび手紙を出している。

九月二十一日付けの書状内容は、むやみに攻め寄せぬように自重をせよ。しかし、兼続がもし退《ひ》くようなら荒砥《あらと》の境（最上、上杉の国境線）まで追撃すること。

そこからは毎日のように、そして出すたびにその内容は微細が変わった。一日、二通発したこともある。だが、大ざっぱにいえば「連絡を密にせよ。敵が退くなら、追撃せよ」ということだった。

もう何通出してもいい。ここが正念場、過ちは犯せない。念には念を入れて損はない。だが、敵とはいったいどちらなのか。最上なのか、上杉なのか。書いている政宗自身も迷うくらいだった。

その間も各地から入る情報は変わり続けていた。

徳川秀忠《とくがわひでただ》の率いる三万の大軍が上田《うえだ》城で苦戦しているやら、岐阜《ぎふ》を落とした東軍が大垣《おおがき》城を囲んでいるやら、赤坂《あかさか》で小競り合いがあり西軍が勝ったやら、嘘《うそ》か真《まこと》かわからぬ情報が入り乱れていた。

親しい徳川派の大名から、関《せき》ヶ原《はら》で東軍が圧勝した、などという早馬も駆けつけている。だが、政宗はうのみにするほど素直ではない。自軍の優勢を誇大に報告するのは、戦時の常であった。誤報、策謀、流言ということも十分にありえた。

ただ、間違いないのは、徳川家康《いえやす》は美濃《みの》に進んで健在であり、どうやら優勢なのは東軍のよう、ということだった。

「まだ動けませんぞ」

留守政景が出陣したという報を聞いて、北目城に駆けつけてきた片倉小十郎《かたくらこじゅうろう》は唱え続けている。

なにせ西軍には豊臣秀頼《とよとみひでより》と大坂城という、切り札がある。一、二敗しても余力は有り余っている。

「わかっておるわ」

政宗も眉《まゆ》をしかめて、舌打ちする。

「そもそも直江が出羽に居続ける以上は」

小十郎は鋭い顔で呟《つぶや》く。

東軍が大勝したのなら、すぐにでも直江兼続は撤収するはずだった。

敵地で己が危機に陥るだけではない。会津上杉家が四面楚歌《しめんそか》となるのだ。一刻も早く本城へ帰り、諸方向への手当が必要のはずである。上杉家で直江兼続以外の誰《だれ》がそれを為《な》すというのか。

だが、直江率いる上杉勢は山形城を睨《にら》み、長谷堂を攻め続けている。

不可解だった。ひょっとすると、直江の罠《わな》かもしれない。

政宗も小十郎も、十分に感じている。どうやら、この戦乱の瀬戸際が訪れている。

東か、西か、極めて大事なところである。その際どさを二人とも痺《しび》れるほどに感じていた。

留守政景の軍勢は、最上にとっても、直江にとっても援軍にみえているだろう。これをどちらに向かって攻め降らせるか。

全《すべ》ては情報だった。真の情報、確実な情報が欲しい。

政宗も小十郎も、待ち続けている。

最上が滅するか、その知らせが来るか。いったいどちらが先なのか。

「申し上げます」

室外から小姓の声が響いた。

「蛇目《じゃめ》平左衛門《へいざえもん》殿が、殿にお目通りを」

政宗と小十郎の目がきらりと輝き、見合わせる。

「はいれや」

政宗が叫ぶ。ついに運命の男がきたのか。

足音もなく忍び入ってきた蛇目平左衛門が、二人の前にうずくまった。

「蛇目よ」

政宗はちぎって捨てるようにいった。

「己が見て、聞き、集めたことを、己が言葉で語りつくせ」

蛇目は、床に頭を擦《こす》り付けるように礼をし、語りだす。

「去る九月十五日、美濃の国関ヶ原において、徳川家康率いる東軍七万五千と、石田《いしだ》、宇《う》喜多《きた》らの西軍二万が決戦に及び」

蛇目は柄にもなく、声を高めていた。その語尾がかすかに震えているようにも感じる。

この男も己の言葉の持つ意味を知っているのだろう。

　政宗も小十郎も片膝《かたひざ》をつき身を乗り出した。

「東軍の大勝利。大谷刑部《おおたにぎょうぶ》が討ち死に、石田、宇喜多、小西《こにし》は行方《ゆくえ》知れず。島津《しまづ》は敗走、毛利《もうり》、長宗我部《ちょうそかべ》の軍勢は不戦撤退。小早川《こばやかわ》、脇坂《わきさか》らは寝返り。西軍総崩れ」

　小十郎は眼《め》を張り裂けんばかりに見開いた。膝《ひざ》の上の拳《こぶし》が震えていた。

「殿よ」

　睨みつけるように振り返る。

　視線の先の政宗は、恐ろしく澄んだ顔をしていた。その左目が徐々につり上がっていくようにみえた。頬《ほお》が痙攣《けいれん》を始める。

「蛇目、この北目城におる黒脛巾《くろはばき》組の者すべて連れて出羽に行け。直江の陣、最上の陣、いや、それにとどまらず、出羽の国中に今の事を触れ回れ」

　左の瞳《ひとみ》は爛々《らんらん》と輝いている。

「小十郎」

　胸いっぱいに空気をため込むように息を大きく吸う。

「叔父上には、峠を降りて、最上勢と合流するように急使を。義光と合力して直江を攻めよ。必ず討て、と。小十郎は亘理《わたり》に戻り出陣準備せよ。わしも出陣する。狙《ねら》いは福島《ふくしま》城だ」

　全てを吐き尽くすように言い放った。雄々《おお》しく胸を張る政宗を、小十郎は頼もしく見上げた。

「出陣だ。上杉を攻めつぶす」

「御意」

小十郎も迷いなく頷《うなず》いた。

（結局、毘沙門天《びしゃもんてん》、捨てることになった）

小十郎は、つくづく思っていた。

やはり、伊達と上杉は合わないのだ、と。


最上義光《よしあき》は山形城の主殿で、その運命の報《しら》せを聞いた。

小姓に具足をつけさせ、まさに、長谷堂援護の出陣準備をしている真っ最中だった。

（勝った）

義光は、床几《しょうぎ》にかけたまま、声すら出せなかった。しばし呆然《ぼうぜん》としていた。まるでもう一人の自分が、どこかから自分をみている、そんな気分だった。

真の感動を得たとき、人はなにもできなくなるのか、と、そんなことすら考えていた。

「勝った」

一声だすと、手足のつま先からじわじわと歓喜が這《は》い上がってきた。それが心の臓、そして頭頂へ達したとき、義光は立ち上がっていた。

力が体内に充満して、一回り体が大きくなるかのようだった。

「勝ったぞ」

大音声で叫んでいた。誰にも隠す必要のない、紛うことなき朗報だった。

「勝ったのだ」

もう一度叫んだ。何度叫んでも叫び足りない。

最上は見事にこの危機を耐えきった。義光の戦略は実ったのだ。

義光は境界の砦や領内の小城を全て捨てた。上山、長谷堂、そして山形。この三城に兵力を集中し、その連繋で敵を防ぎきることに集中した。まさに捨て身の防衛戦だった。周りは敵ばかり、義光は、単独で最上領二十四万石を守らねばならない。全領土の死守など到底できなかった。

上杉だけではない。北隣の横手《よこて》城主小野寺義道《おのでらよしみち》も、この機に乗じて最上領湯沢《ゆざわ》城を奪わんとした。まさに弱り目に祟《たた》り目だった。だが、城兵は士気高く、それすら撃退してくれていた。

あとは、家康の勝ちに賭《か》けたのだ。

(よくぞ、凌《しの》いだ)

ここまで追い込まれたら、裏切り、降伏する者が出るのが常である。そして、それは文句のいいようもない。だが、家臣たちは結束し、戦意を失わず、本当に、よく戦ってくれた。これは最上という出羽の地に根差した家の力と、生まれながらに出羽に執着して戦い続けてきた義光の生きざまが生んだ賜物《たまもの》だろう。

(瀬戸際だった)

それでも、あと数日この状態が続いたら、崩壊していたかもしれない。

だが、この艱難辛苦《かんなんしんく》の中で、義光は新鮮な驚きも得ていた。

これまで、義光は誰の助けも借りず、己の力だけで生きて来たと思っていた。血族縁者も信じず、裏切りと謀略《ぼうりゃく》を繰り返してきた。人を信じる、などという言葉を久しく忘れていたのだ。それは、東北という群雄が割拠する地で生き残るため、当たり前のことだった。

（だが、違った）

家臣は全く裏切らなかった。

隣国の敵たちを睨み続けてきた義光の手元で、かけがえなき家臣たちが自分を支えていた。畑谷城で壮烈な討死を遂げた江口五郎兵衛《えぐちごろべえ》も、上山城で奇策を演じた里見民部も、長谷堂でゆるぎない指揮をとった志村光安も、みな、義光を裏切らず、ついてきた。

（よくぞ、よくぞ、やってくれた）

今、万感、胸に込みあげてきている。

「よし」

あとは逆襲だった。義光は全身を満たす歓喜の想《おも》いを理性と復讐《ふくしゅう》の念で振り払った。

この感動をさらに至高とするため、そして、最後まで義光を信じて耐え凌いだ出羽の家臣達へ報いるため、全力で殺さねばならない奴《やつ》がいる。

「直江めが」

絶対に殺す。あの男の首を挙げる。

ずい分と耐え忍んできた。あの服従を求める高圧的な物言い。上杉は使者まで、まるで直江が乗り移ったがごとく居丈高だった。

(ずうずうしくもわが国に居座り続けおって)

もう、なぜ、上杉が撤退しない、などと詮索《せんさく》する気もない。

流れは完全に変わった。総攻めである。直江兼続の首を挙げるのだ。

それが為されたとき、最上はこの東北の戦地で最大の武功を得て、次の時代に君臨するのである。苦しんだ最上家臣全てへの褒美だった。

「申し上げます」

近習《きんじゅ》が目の前に跪《ひざまず》いた。

「留守政景殿率いる伊達の援軍が前進。沼木《ぬまぎ》に着陣」

義光は、けっ、と乾いた笑みを口からこぼした。

政宗はいまさら漁夫の利を得ようとするのか。

(ま、いいだろう)

あの小憎らしい甥《おい》の力も使ってやる。

「直江が引き始めたら総攻めじゃ。準備を怠《おこた》るな」

もう一人ではない。義光は、愛用の鉄の軍配棒を手に取った。

刀の二倍もの長さがある野太い代物である。義光はこれを槍《やり》代わりにしていた。

(これで直江を)

振り抜けば、人の頭など脳漿《のうしょう》を散らして割れ飛ぶであろう。

きつく握りしめ、ぐいぐいとしごく。

その重みは確かな手ごたえで、義光の心を満たした。

「わしも陣頭に立つぞ」

野に放たれた出羽の狼《おおかみ》は、すっかり自信を取り戻していた。

九月二十五日、留守政景の伊達勢三千は須川《すかわ》東岸の沼木へ、最上義光自ら率いる最上勢がその隣稲荷山《いなりやま》へ陣を張った。

須川西側菅沢山の上杉勢に向かって、その横腹を突くような形となった。

最上、伊達は今一つとなり、上杉を殲滅《せんめつ》する体制が整いつつあった。


早く、一刻も早く。

那波《なわ》俊広《としひろ》は、馬の脾腹《ひばら》を蹴《け》り続けていた。

出羽へは、直江山城の居城米沢《よねざわ》経由となる。

「若、少し休みませんと。体が持ちませんぞ。それに馬が」

太田《おおた》岩見《いわみ》、今村宗衛門《いまむらそうえもん》が口々にいう。確かに、人より辛《つら》いのは馬である。さすがに全力騎走で出羽の戦地まで行けるわけはない。

休息と情報収集を兼ねて、米沢城に立ち寄った。

米沢は、さすがに直江兼続の城だけあり遠征軍の様子が詳しく聞ける。俊広は、兼続付きの小姓となって米沢城に詰めている朋友を捕まえた。

曰《いわ》く、遠征軍が上山城を落とせていないため、羽州《うしゅう》街道を通って最上領の奥へは進めない、という。

「直江様が上山を落とせないのか」

落とせないどころではなかった。友は渋く歪めた顔をそむけ言う。

「最上勢は、上山、長谷堂と手堅く守って、我が勢は、多数の死傷者がでている」

俊広は愕然《がくぜん》とした。そういわれてみれば、米沢城内はどことなく雰囲気が固い。留守居の城詰め武者たちも強張《こわば》った面持ちで行き交っている。

「早く行かねば」

「若、慌てすぎじゃ。馬が飼い葉を食う間もない」

「替え馬をかりよう」

俊広が、休息もそこそこに立ち上がったとき、城門から早馬が駆け込んできた。髷《まげ》もほどけて大童《おおわらわ》となった騎馬武者は俊広を見かけると、カツカツと輪のりした。

「安田《やすだ》の六十郎《ろくじゆうろう》か」

馬上の武者は埃《ほこり》にまみれた顔に、眼光だけは炯々《けいけい》と鋭かった。知己であった。みると頰に大きな刀傷をおい、具足も、胴丸も、大小の槍傷《そうしょう》でささくれていた。

「与《よ》七郎《しちろう》様、ご無事で」

俊広は、馬前で跪いた。

直江兼続の旗本、吉見《よしみ》与七郎はまるで落ち武者のような形《なり》であった。

その姿だけで、この使者が良い知らせではないのが知れた。

「お主、なぜ米沢にいる」

「使い番です。殿の命で出羽の戦地へ」

「そうか」

与七郎は、甲冑《かつちゆう》姿の俊広を頭からつま先まで見下ろして、少しだけ笑顔をみせた。

「立派になったな。だが、戦地は予断ならぬ。心してゆけ」

「戦況はいかがなのですか」

与七郎は、すこし躊躇《ためら》ったが、思い切ったように、口を開いた。

「これから戦場にゆくお主に隠してもしようがない。昨日のいくさで上泉主水《かみいずみもんど》殿が討ち死にされた」

「討ち死に」

愕然とした。上泉主水が討ち死に。あの頼もしく、優しき勇将が死んだ。

「真ですか」

こんなときに冗談をいうはずもない。だが、信じられない。目を剝《む》いて踏み出していた。

与七郎は馬を降り、身を寄せてきた。

「お互いに急ぐ、簡潔に話す」

九月二十四日、朝から上杉勢は、長谷堂城の麓の湖の堰《せき》を切るために兵をだした。もとから谷のあったところに川の水を引き込んで堰き止めてできた、飲用のための人工湖である。堰を切る黒鍬《くろくわ》の者（工作兵）と、それを護衛する二隊が湖の畔に陣取った。

これまでも周囲の田畑を刈り、さんざんに挑発してきたが、最上勢はのってこなかった。業を煮やした直江兼続は、城の水の手を切るべく、動いたのであった。

それに城方が気づいて出てきて、睨み合いとなった。

上杉勢は作事を目的とした小隊である。城方はなんと八百も兵をだしてきていた。あきらかに不利であった。上杉勢はこれまでと同じく城方は出てこないと、油断していたのだ。

山上から見ていた直江山城はすぐ退くように伝令を飛ばしたが、城兵との距離が近く、退くに引けない状態となっていた。

切迫した状況をみかねた上泉主水が単騎駆けだし、それを諫止《かんし》せんとする組下大高七右衛門《えもん》と山を駆け下った。

前線につけば、今、まさに合戦の槍合わせが始まらんとするところである。

主水も「もはや」と腹を決め、馬を降りて徒歩立ちとなり、槍を突き入れた。

機先を制して敵を激しく打ち、隙をみて味方を退かせようとしたのである。

途端に、乱戦となった。槍組は一斉に押し出して突き合い、弓鉄砲が飛び交い、叫喚《きょうかん》の声が盆地に響き渡った。

しかし、最上勢は城内よりさらに三百ほどの加勢が繰り出してきて、主水らは容易に退き下がれない。一方、上杉勢は突然のいくさに準備が整わず、上泉主水の手勢すら動けないでいた。

この難局を救ったのは、前田慶次郎だった。

慶次郎と宇佐美《うさみ》民部《みんぶ》、その子藤三郎《とうさぶろう》、蓼沼日向《たでぬまひゅうが》、石坂与五郎《いしざかよごろう》らは、まごつく上泉兵たちを尻目《しりめ》に、わずか二十騎ほどで戦場に駆け込んだ。

主水は最前線で阿修羅のごとく槍を振り続けていた。

「上泉殿、退こう」

血路を開いて駆けつけた慶次郎は、返り血でまみれた主水の横顔に叫びかけた。

「前田殿、みたか、我が武を」

敵兵の槍の穂先が煌《きら》めき、銃弾が飛び交う中、主水はなんと笑みを浮かべている。

「しかとみたぞ」

「いや、まだまだ、だ」

主水は命を張っていた。いや、覚悟を決めていたのかもしれない。あの畑谷城で貶《おとし》められた己の誇りをここで高らかに揚げんとしていた。

「前田殿、やらせてくれや」

主水は退かない。叫びながら踏み出し、敵兵を刺し貫く。

「そうかい」

慶次郎もまるで酒でも酌《く》み交わすがごとく、応じた。

「では、ともにやるか」

せっかく開いた血路を惜しむこともなく、無造作に馬をおりた。

徒歩立ちのほうが、槍術を揮《ふる》える。たちまち、敵勢が二人の周りを囲み、血走った目で迫ってくる。それに向けて、慶次郎は無造作に十文字槍を一振りする。

稲でも刈ったかのように敵兵三、四人がなぎ倒された。

主水は槍を構えたまま、ハハッっと、笑った。

「老いて盛ん、とはこのことか」

「老いては、余計だな」

そこに宇佐美民部らが駆けつけ、二十騎も密集して戦う。

この先鋒の周りに取りついた最上兵は、暴風のような勢いに巻かれ、血の海の中転がった。

激闘は続いた。この勢いに上杉勢が盛り返してきたとき、不幸が訪れた。

不意に、左手に馬蹄《ばてい》の音が響いた。

「伊達勢じゃ」

誰ともなく叫んだ声が震えていた。

激しい銃声が響いた。そして、間をあけることなく、騎馬隊が吶喊《とっかん》して迫る。

騎馬鉄砲、という伊達独特の攻め方であった。

騎乗のまま鉄砲を一発放ち、そのまま突撃するのである。命中はほとんどしないが、この兵が密集しているいくさ場では絶大な効果があった。

上杉兵はバタバタと倒れた。そこに騎馬が突っ込んできた。

ついに動いた伊達の援将留守政景は七百ほどの騎馬鉄砲隊を急行させ、混戦の横腹をついた。

主水と慶次郎は目を見合わせて、かすかに眉をしかめた。

だが、言葉を交わす余裕がない。

予期せぬ援軍に最上兵は一気に蘇《よみがえ》り、敢然《かんぜん》と槍を繰りだしてくる。

前面と横腹に敵をうけては、いかに主水らが奮っても押されるはずだった。

またも戦況は混沌《こんとん》とした。もう日も暮れようとしている。

「おい、いい加減に退かぬか」

軍監の水原常陸介親憲《すいばらひたちのすけちかのり》がその長い体に似合う長槍をひっさげ、乱軍の中、駆け入ってくる。

「今なら退ける、さあ！」

馬上のその姿はやたら巨大にみえた。さすがに謙信の愛した勇将水原の武勇は口だけでない。その後ろに退路が開けていた。

「承知した。前田殿、兵をつれて先に」

主水は叫んだ。殿《しんがり》となるつもりだろう。

主水も慶次郎も馬を引きだして、飛び乗った。

慶次郎が兵を束ねて、後退する。

「上泉殿も退け」

慶次郎が振り返ったその先で、主水も振り返っていた。

「前田殿」

その汗と血と泥で赤黒く染まった顔で、白い歯だけがキラリと光った。

さらば、とでもいわんばかりに槍を持った手をあげた。

その間に敵勢が割り込もうとしていた。

「えいや」

慶次郎が主水の退路を開けておくために、薙《な》ぎ払うと、ボキリと槍が折れた。

うぬ、と慶次郎が折れてささくれた槍先をみやる向こうで、主水は群がる敵勢に一人突っ込んでいた。

どこにそんな余力を残していたのか、馬上、一際大きく槍を振り回し、

「みよや、われこそ、上泉主水泰綱《やすつな》。関東にその人ありと言われたこの武勇……」

叫ぶ途中で掠《かす》れ声が途絶えた。

寄せてきた騎馬武者に組みつかれ、馬から転がり落ちるや、すぐ立ち上がり、腰の太刀を引き抜き、左を斬《き》り、右を払い、前を突く。

まさに鬼。その祖父上泉伊勢守《いせのかみ》が天から降臨したような太刀さばきで、たちまち十余人を切り伏せる。放《ほう》っておけば、一人でどこまでも突き進みそうな勢いだった。

「みよや、我が様を」

血しぶきの中、叫びあげたとき、倒れていた最上兵が足に組みつき、転げた。

転げたまま主水は腰刀を引き抜き、その兵の首元に突き刺し、もがくところを二度三度と深く抉《えぐ》って殺した。

そこまでだった。

さすがに疲れて息を整えようとしたところに、最上の金原加兵衛《かねはらかへえ》という十八の若武者が飛び込んできた。その若い槍先は、まるで大地に縫い付けるかのように、主水のその強靱《きょうじん》な体を貫いた。

ついに主水がその命を燃やし尽くした剣舞は終わった。上泉主水、享年《きようねん》四十九歳。

その様を見た大高七右衛門は「組頭が最後、見届けたり」と、切り裂くように叫び、雲《うん》霞《か》の敵勢にとって返した。駆けながら、滅多やたらと太刀を振り回すその体に、刀槍、矢が、ブスブスと突きたち続けた。瞬く間に針鼠《はりねずみ》のごとくなったその体が、どう、と倒れた時、七右衛門は絶命していた。

意気上がり攻め寄せる最上勢を、駆けつけた芋川縫殿介《いもかわぬいのすけ》が四千の手勢で押し返し、やっと合戦は終わった。

上杉勢はこの合戦で数百の兵を失った。将領格では松本杢之助《まつもともくのすけ》も乱戦の中落命した。


俊広は言葉をなくしていた。

討ち死にも衝撃だが、その凄《すさ》まじい最後の様。

(いったい、どんな想いだったのか)

慶次郎がそばにいたのなら、聞いてみたい。その最後の笑みの意味を。

吉見与七郎は、これから米沢城代樋口兼豊《ひぐちかねとよ》(兼続の実父)へ報告する、というと、馬に飛び乗り去った。

俊広は唇をかみしめて、敢然と顔をあげた。

「ゆこう、一刻も早く」

ふたたび、馬上の人となる。

総力戦

九月二十八日、菅沢山に陣取った上杉勢の陣地は、全体が濃霧に覆われたかのように澱《よど》んでいた。

相変わらず戦況はよくなかった。長谷堂城の城山はまるで横着な亀《かめ》が眠るかのように、のっそりと士卒の眼前にうずくまり続けていた。

そして、戦況よりも恐ろしい噂《うわさ》が陣中に飛び交い、兵を不安にしていた。

関ヶ原の件である。

誰ともなしに囁《ささや》きだしたその凶報は、大きな波紋となって上杉勢全体へと拡《ひろ》がっていた。

上杉の精鋭たちがくだらぬ噂話で動揺することはない。こそこそと無駄口を叩《たた》いて時を潰すこともない。

だが、戦況膠着《こうちゃく》で沈滞する士気と蓄積する疲労の中でのこの噂は、妙な真実味で兵の心を揺さぶっていた。

「直江殿」

大音声をまき散らして、水原常陸が本陣へ入ってくる。

本陣を固める旗本がとめるのも聞かず、幔幕《まんまく》を巻き上げて、ずかずかと歩み寄ってきた。

「いったい、どうなっている」

菅沢山の中腹に置かれた本陣で、直江兼続は対面する長谷堂城を睨み続けている。

「ここ数日、評定も行われぬと思えば、この噂。いったい上方はどうなっているのだ！」

長大な体に載せた長い馬面をせり出して、叫び続ける。

「水原様、お静まり下され」

兼続の近習がその足元にすがり、必死で鎮めようとする。

「ええい、この有り様で隠し立てもできるものか」

水原はがなり立てる。

兼続は腕を組んで城を睨んだままだ。

「おおい、直江！　西軍は負けたのか！」

我慢できずに、水原は兼続の肩を具足の袖《そで》の上からグイと摑《つか》んだ。

いくら火急事態でも、直江山城にこのような態度をとれるのは、この水原常陸介ぐらいであろう。

兼続も大柄の偉丈夫だが、それでも水原を見上げるようになる。

兼続は、鋭利な刃物のような視線で見返していた。

「水原殿、その話は真だ」

明確に言い切ったその声に、水原常陸はぐいと口を歪めた。

「では、どうするのだ」

「評定を開きます。皆を集めて下さい」

「いったい、どうするつもりなんだ、と聞いておる！」

「水原殿、あなたは軍目付《いくさめつけ》です。私への非難はいくさの結果をみて如何様《いかよう》にでも」

兼続は淡々と言い放った。静かに光を放つ眼《め》が輝いていた。

その様子にさすがの水原常陸も言葉を飲み込んだ。

ちっ、と軽く舌打ちすると、踵《きびす》を返し、去っていった。


半刻（約一時間）後、すでに夕暮れ時である。直江兼続の本陣に、遠征の諸将が集められた。

水原常陸はむろん、春日右衛門《かすがうえもん》、芋川縫殿介、色部光長《いろべみつなが》、溝口左馬之助《みぞぐちさまのすけ》、宇佐美民部など、そして、珍しく前田慶次郎の姿も末席にあった。

「皆、よく聞いて欲しい」

兼続は語りだした。

関ヶ原の件である。

皆、苦いものでも飲みくだしたかのような顔で、黙然と聞いていた。

時折、拳《こぶし》を太腿《ふともも》にたたきつける音や、深いため息が響いた。

兼続の語りが終わると、一同重苦しい沈黙に沈む。

落ちゆく陽《ひ》に照らされて、諸将の顔に険しい陰《かげ》りが浮いていた。

「して、如何《いかん》とする」

ここでも口を開いたのは水原常陸である。しかし、さすがに諸将の面前を憚《はばか》ってか、それとも兼続が認めて一息ついたせいか、落ちついた面持ちである。

「撤退するしかない」

春日右衛門が苦しそうに口を開いた。

「いかに、退きましょうぞ」

溝口左馬之助も遠い宙の一点を睨んでいた。

撤退。ここまで攻め込んだのに、撤退。

今、敵城は目の前にあり、敵の援兵に横っ腹を狙われている。ここで背を向け撤退すればどのような事態となるか、火を見るよりも明らかだ。そんなことは、上杉の精鋭たちはわかりすぎるほど、わかっている。だが、撤退しかない。事態は刻一刻と悪くなる一方である。

上山城が落ちていないため、道の整った本道の羽州街道を使って帰ることはできない。

唯一の道は、畑谷城を経由する狐越《きつねごえ》街道だった。すなわち、入ってきた道で帰る。この大軍で山越えの隘路《あいろ》を辿《たど》って迅速《じんそく》に退くしかない。これがいかに困難なことか。

だが、それとて、周囲の状況でいつ封鎖されるかわからない。封鎖されたら最後、上杉二万余の兵は袋の鼠となって全滅する。

「わしは退かぬ」

沈黙を破ったのは、総大将直江兼続だった。

一同、驚きの目を向けた。

「直江殿、なにを言い出す」

春日右衛門が上擦った声をだした。

「退かぬ、今、そのまま退くなど、敵の思うつぼ。眼前の長谷堂の城兵は勇んで追いかけてくるであろう。そして、最上、伊達の援軍に挟まれる。二面、三面からの敵では討ち果たされるのは必定」

「だからこそ、万全の態勢で退くしか……」

「万全の態勢など、ない」

いいかけた誰かの言葉を遮って、兼続は言い放った。

「ならば、明朝、長谷堂城を総攻めし、一方の憂いをなくして、退《の》き陣する」

「なんだと」

水原常陸が目を剝いた。水原だけではない。みな瞠目《どうもく》していた。

もう敵にも味方にも、将にも兵にも、西軍大敗のことは知れ渡っている。敵兵の心は躍り、上杉兵の心は乱れに乱れている。この状態で総攻めする、という。

いくらなんでも無謀である。

「いいんじゃないかね」

末席で声をあげた者がいる。

一同、一斉に振り返る。

「敵も、こちらが退くと思っておろう、その裏をかいて、長谷堂を落とす。さすが上杉のいくさだな」

前田慶次郎はいかにも妙案、という顔つきで頷いている。

みな、お互いの顔を見合わせている。

(組外の者は、しょせん他人事《ひとごと》よ)(いくさ目当てか)(かぶき者など、奇を衒《てら》うばかりだ)

相手にせぬほうがいい、といった空気がよぎる。ここは撤退の仕方を練るべき場なのだ。

「かはっ」

突然、乾いた笑い声が響いた。

一同、今後は驚いて声の主《ぬし》を探す。

その主は、総大将直江兼続の一番近くにいた。

「面白い。前田殿、さすが、面白い見立てをする」

水原常陸は、その縦に長い体を激しく揺さぶって、大笑いしていた。

「それは、謙信公が川中島《かわなかじま》に信玄を襲ったときの戦法ではないか。あの時もなあ、我が軍は妻女山《さいじょさん》から海津《かいづ》城を見下ろしていてな。武田《たけだ》勢が山に登ってくる前に動いて八幡原《はちまんばら》の信玄を奇襲したのじゃ」

長い面を折るように、笑いながら叫ぶ。

「わしは十六の初陣じゃった。それは凄まじき合戦じゃったぞ」

水原常陸は、眼を細めて嬉《うれ》しそうにしゃべり続ける。

「お主は他家の出なのに、よく上杉を知っておる。それこそ上杉のいくさぶり。いや、いや、どうじゃ、みな、面白いとおもわんか」

このうるさ方の水原常陸がそういうと、もう誰も抗せない。

「なるほどのう」「さすが、前田殿だ」「それこそ、上杉」

などと、周りで頷きあう。水原につられて笑みが戻っている。

「では、明日、総攻めじゃな」

水原常陸は、あっさり言い切った。

上杉家中《かちゅう》でもその奇癖が鳴り響いた男がついにその真骨頂をあらわした。

「決まった」

直江兼続は鋭く叫んだ。

「明日、総攻めだ」

おう、と、皆、背を伸ばし、居ずまいを正して応じた。


直江兼続は一人丘の上に立ち、眼下を見下ろしていた。

月がでて、夜空は明るい。

対面する尾根の長谷堂城は篝火《かがりび》が明々と焚《た》かれ、夜守の兵がさかんに行き交っている。

心なしか、昨日よりも戦意は上がり、堅固さが増したように感じる。

目を左に移した。薄暗い闇《やみ》の向こうには山形城があるはずである。

さすがに目視はできない。だが、動いている。

伊達の援軍も、最上義光の軍勢もすぐ傍《そば》の須川の東岸まで出てきている。その辺りは篝火で浮き上がっていた。夜目にも総勢は一万ほどに膨れ上がっているようにみえる。

敵は明らかに、爛々《らんらん》と目を輝かせて動いている。

その目は宵闇《よいやみ》の中、こちらをみている。すなわち、この直江兼続を殺さんと、みつめている。その視線の熱さで、首元が焼き切れそうなほどである。

兼続は西軍大敗をずいぶんと早く知った。

当たり前である。誰よりも西に人を放ち、東西の情勢をさぐり、どのように些細《ささい》な噂でも追及していたのは、兼続だった。

九月十五日の関ヶ原合戦の帰趨は、かすかな噂のような形で九月二十一日には兼続の耳に届いていた。

その日の兼続の書状が残っている。その中には、「ただいま、白川《しらかわ》（白河）より申し来たり候は、上方さんざんに罷《まか》り成り候由、相聞こえし候」との記述がある。他ならぬ、会津の安田上総介順易《やすだかずさのすけのりゆき》にあてた書状である。

確たる情報でない中、兼続はこの書状で、南山《みなみやま》にいる大国実頼《おおくにさねより》らを米沢に移動し、景勝《かげかつ》の出馬を求めるかもしれないことを示唆《しさ》している。すなわち、出羽遠征が失敗することを見越した手を打ち始めていた。

その後も入る情報は、西軍大敗の色を濃くしていくばかりだった。大勝の報なら、勝利軍より正規に発されるが、敗軍は情報発信がままならない。正使が兼続の元に来ないのは、なにより、完全なる敗北を喫したことを物語っていた。

（なぜ、こうなったのか——）

兼続は目を閉じて、考えている。

必勝を期していた。ただし、それは西軍の必勝ではない。上杉軍の、ではあったが。

（なぜ、西軍はこんなにあっさり負けたのか）

兼続は、当初より石田三成《いしだみつなり》に期待していなかった。

頭は切れるが、人望なく敵が多い三成が、歴戦の西国の大大名達を御していけるはずがない。ましして、徳川家康のような、いくさも権謀も百戦錬磨の大実力者に敵《かな》うはずもない。

だから、兼続は都にいるとき、しつこいほどに念を押した。毛利、宇喜多を前に出し、豊臣秀頼を奉じて戦うのだ、と。豊臣大名総勢と徳川家康の総決戦とするしか、三成という一奉行が家康と互角に渡り合うことはできない。

そのために、あの書状をかいた。しかも兼続は上方に送るだけにとどめず、忍びを使って模写を各地にばら撒いていた。書状は「直江状」などと呼ばれ、家康の専横をなじる檄《げき》文《ぶん》として、後世に残るほど広く見聞された。

会津上杉の気概は世に響き渡り、世論は反徳川にかたむいた。そして、東軍をはるかに上回る軍勢が西へ集まった。

いかにいくさ下手だろうと、半年は十分に戦えるほどの戦力が揃《そろ》ったはずだった。

だが、三成は予想せぬ動きをした。

（なぜ、関ヶ原などへ）

のこのこと関ヶ原に出張って、家康の得意な野戦に臨み、しかも小早川などという得体のしれない男に横腹を見せながら決戦したのだ。せっかく募った大軍勢も関ヶ原で働いたのは、石田、宇喜多、大谷勢だけだったという。

まるで負けに出掛けたようなものだった。これでは家康の思い通りではないか。

（秀頼を担いでいるのだから、押し込まれても上方に兵力を集めれば良かったのだ）

大坂城の秀頼に近づけば、家康についた豊臣大名たちの足取りは鈍くなるに決まっている。それが人の心というものだった。

そして、その頃には上杉は関東へ出て、江戸城を落としているはずだった。

豊臣と徳川は上方で果てしなき死闘を繰り広げてくれればよかった。

そこを衝《つ》いて、上杉が東日本を制する。そして、上方で生き残った方を、攻める、あるいは降して、君臨するのだ。

（天下はみえていた）

むろん、それは私欲ではない。ひとえに上杉景勝を天下人とするためだった。

だが、今、全《すべ》てが瓦解《がかい》しようとしていた。

「山城様」

いつのまにか背後に控えていた近習が呼びかけていた。

「なんだ」

兼続は強張《こわば》った面《おもて》を振り払い、微笑を浮かべた。

「前田様がおみえです」

近習は気を遣うように、小さく声をかけてきた。

「先ほどに、すまぬ」

兼続と慶次郎はそのまま平野を見下ろす薄闇の中に床几を置いた。

「水原殿をどうやって口説いた」

兼続が聞くと、慶次郎は月明かりの向こうで少し首をすくめた。

「ああいう手合いとはな、妙に気心が通じるのだ」

兼続は気づいていた。水原常陸が評定であんな振る舞いをするには裏がある。評定の招集を伝えに来た水原に慶次郎が説いたのだろう。自分が意を述べたところで調子を合わせるようにしておき、おそらく紛糾する評定をまとめたのだ。

さすがの前田慶次郎も、上杉家では新参で外様である。また合戦を離れて久しい。この節所で皆を束ねるのは、いかに鋭い言葉を放ってもなすまい。なら、家中古参の水原常陸を味方につけておき、その勢いで評定を決してしまう。水原も、これまでの成り行きで、兼続には素直に同意できない。が、慶次郎にならば調子を合わせられる。見事なかぶき者同志の掛け合いだった。

慶次郎は悪戯《いたずら》がばれたかのように稚気《ちき》に満ちた笑みを浮かべていた。

「だが、直江殿、それだけではあの水原常陸、動かぬぞ」

「そうだな」

「お主のいうことに、面白みを感じたからこそ、水原殿は応じた」

慶次郎はからからと笑った。

長谷堂城攻めの膠着、西軍の敗報、遠征の失敗。あの場で直江兼続の言葉は重みを失いかけていた。もし水原常陸が激しく詰《なじ》るようなことになれば、この危地で上杉勢は崩壊しかねなかった。

「難戦でこそ猛《たけ》る男水原常陸。さすがだな。上杉家は素晴らしい俠《おとこ》ばかりだ」

「負け戦、だな」

兼続は自嘲《じちょう》気味に笑った。

「いや、負けてはおらんな」

「なにをいう」

「どこで直江殿が負けた？　この出羽に入ってきて以来、直江殿の兵は一歩も退いておらぬ。明日も退くのではなく、攻めるのだろうが」

慶次郎は飄々という。兼続は軽く息を鼻から抜いた。

「止めぬのだな」

「前に同じような場にでくわしたことがあってな」

兼続は眉を上げた。

「信長《のぶなが》が死んだあと、上州《じょうしゅう》厩橋《うまやばし》で滝川一益《たきがわかずます》が催した評定でな。あのときも周りはみな敵でな。重苦しい評定だった。だが我が大叔父一益は籠城《ろうじょう》でも降伏でもなく、踏み出して戦う、と言いだしてな。わしは膝《ひざ》を打って賛同した」

「それは、だが――」

兼続は苦笑した。その後、滝川一益は破れて、滅びたではないか。

「だから、いうたであろう。わしは俠をみにきた、と」

慶次郎に嬉しそうに目じりに皺《しわ》を寄せ、兼続の端正な顔を見つめた。

「明日勝つための采《さい》を振ってくれよ」

ははっと笑うと、立ち上がり、去っていく。

（勝つため、か）

兼続は闇の中に消えていくその背をみつめ、一人、深く息を吸った。


九月二十九日未明、この日、最上義光は寝ていない。

須川東岸に陣を敷く義光の本陣へは断続的に物見が駆け込んでくる。

すでに、関ヶ原の報は、味方はむろん、敵上杉勢の上下隅々まで知れ渡っているはずだ。

いつ、直江が背中をみせ、退くか。その気配すら見逃さないため、義光は物見、間諜《かんちょう》を放ち続けている。そして、今、待ちわびた動きがでたらしい。

「はよう、いえ」

眼前に跪く武者を義光はせっついた。

「上杉勢に動きあり」

「いよいよ、退くか」

義光は床几から身を乗り出した。

「それが」

物見の兵は一瞬いいよどんだ。

「全軍、菅沢山を下り長谷堂城にむけ前進する模様」

「なんだと」

義光は口を、あ、の字に開け、固まった。

短い間に様々なことが頭をよぎる。

まさかに関ヶ原の件は誤報か。あるいは、虚言か、なら、この模様は罠《わな》なのか。敵はあの直江である。

（いや、たとえ誤りでもここまで広まれば真と変わらぬ）

義光はその逡巡《しゅんじゅん》を振り切った。猶予はない。一瞬の遅れは取り返しつかぬ過ちとなる。

「城攻めをする上杉勢の後ろを衝く」

城将の志村光安、鮭延越前の顔が浮かんでいた。城方も目一杯のはずだ。罠でもなんでも援《たす》けなければならない。それが、最上家当主の使命なのだ。

「貝吹けい。出陣じゃ」

義光は立ち上がっていた。


この日、上杉勢は主要部隊すべて長谷堂城へと向かった。

夜明けとともに長谷堂城の総構えを取り巻き、激しい攻撃を開始した。まさに総攻めであった。

だが、敵は長谷堂城だけではない。最上伊達の援軍に備えねばならない。この場合、正面よりも後ろを衝いてくる敵の方が脅威であった。

この厳しい状況の中、この迎撃にあたったのは、主に前田慶次郎はじめとする組外衆であった。

「前田殿」

組外衆以外で唯一後方邀撃《ようげき》部隊に残っている溝口左馬介が、慶次郎の傍《かたわ》らに身を寄せてくる。

「本当にこの布陣でよいのか」

「ああ、充分だな」

槍隊が最前線で隊列を成している。鉄砲隊、弓隊がない。飛び道具は前面の城攻めに全て持っていけ、と慶次郎は返してしまった。

「まあ、しばらくはみておけ。溝口殿は槍騎馬で迂回《うかい》して敵の側面をつくのだ」

慶次郎の飄々とした答えに、左馬介は思わず破顔して頷く。

「ところで溝口殿も物好きなお方よ。城攻めしたくないのか」

「私は、直江殿のもと、どんな役でも全力を尽くすのみ」

左馬介は精悍《せいかん》な顔に力を込めた。若い、勇敢な侍大将だった。

「本日の要所はこの後方にある。前田殿も同じお考えでしょう」

爽《さわ》やかな笑みで踵を返していく。

水野藤兵衛《みずのとうべえ》たち皆朱槍《かいしゆやり》の四人は当然その組外衆の最前線にいる。

目の前に前田慶次郎の背中がある。その背中はいつものように悠然としている。

(この男の槍働き、今日は間近でみてやる)

水野藤兵衛は、畑谷城以来、念仏のように唱え続けている。

先日、上泉主水が討死したいくさでは、慶次郎が飛び出して大軍に飲み込まれため、近寄れなかった。藤兵衛もほかの三人も後陣で戦うことになってしまったのだ。

だから、今日は慶次郎の間近に張りついている。

(しかしなあ)

チラリ、チラリと慶次郎の横に目がいってしまう。

(いったいなにを)

慶次郎の傍らには、数十本もの槍が山積みされているのである。

先日のいくさで、慶次郎の十文字槍が折れたのは知っている。

代わりの槍は持っているのだが、慶次郎は「ありったけの槍を持ってこい、古くて構わん」といって、積み上げている。

人馬の雑踏が近づいてくる。濛々《もうもう》たる砂塵《さじん》が天へあがり、その色が確実に濃くなっている。最上義光の援軍が鬨《とき》をあげて、攻め寄せていた。

ブルブルッと藤兵衛は武者震いする。

主力が長谷堂に取り掛かる今、後ろを守る組外衆は約三千。溝口左馬介の手勢をあわせても総勢五千ほどだった。敵は総大将最上義光率いる最上勢の本軍。伊達の援軍をあわせると一万はおろう。士気も異常に高いはずだ。

さすがに物を恐れぬ藤兵衛とはいえ、死を覚悟する兵力差である。

最上の鉄砲隊が左右に散開した。その後ろには騎馬隊が隊列をつくっているのがみえた。

急襲を目指す最上義光は、槍隊より破壊力の大きい騎馬隊で、上杉の後背を衝くつもりなのだろう。上杉の鉄砲隊が前面の城攻めに使われ、後ろにないことも読んでいるのである。

「おおおし」

藤兵衛ら戦意が高まった組外衆の槍士が、突きだそうと槍を握る。

「待て」

穏やかだがよく通る慶次郎の声が響き渡る。

「我々の本日の仕事は、ここを死守すること。前を攻めるのは、直江殿がやっておる。なら、皆は個々で駆けてばらけるな。その場で敵を迎え撃て。それ、折り敷け」

なんと、慶次郎は槍の山の傍らで胡坐《あぐら》をかいた。

一同、度肝を抜かれたが、いうことは尤《もっと》もである。みな、槍を手に折り敷いた。これはこれで、勇気がいる。

最上の鉄砲隊が撃ちかけてくる。が、折り敷いている上杉勢にはさほど効かない。

そして、間もおかず、騎馬隊が押しだしてくる。

怒濤《どとう》のような馬蹄音が近づいてくる。その大地の震えは全《すべ》ての兵の下腹に響いてくる。

「まだ、まだ」

組外衆すべての荒い息遣いが、戦場にこだまする。

高揚、功名、緊張、恐れ、どんないくさでも、槍合せ前の戦士のこころはわななく。

最上勢の血走った目が近づいてくる。

敵勢の馬の鼻先が触れんばかりに近づいているように、感じる。

「それいけや」

雷鳴のような声とともに、慶次郎は立ち上がり、槍を振り上げた。

その目の前で騎乗していた最上兵が高く宙に舞い、弧《こ》を描くように飛んだ。

同時に、組外衆すべての穂先が天に向け、突きあがった。そのほとんどが紛うことなく、最上の騎馬隊を貫いた。

組外衆の猛威は爆発した。貯《た》めに貯めた己の戦意を一気に放出するように、全兵の槍が最上勢を襲っていた。最上先手の騎馬隊は乱れに乱れた。

慶次郎はそのまま立って、槍を振り続けている。

その槍先は正確に最上の騎士を一刺し、二刺しして叩き落とす。騎士を失った馬が足掻《あが》き乱れると、後続の馬も狂奔《きょうほん》し、隊は壊乱する。

騎馬隊のあとを槍武者が駆け込んでくるが、これも、ことごとく慶次郎の振る槍の餌食《えじき》となる。

その顔は平然としている。息の乱れもまったくない。

(なんじゃ、この男は)

藤兵衛はその横で槍を振るい続けているが、心では茫然《ほうぜん》としていた。

猛勇ではない。颪のようにしなやかだ。

「奴を討て」「前田慶次郎を」「もう老いぼれだ」

寄せ手は嵩《かさ》に掛かって攻め寄せる。それはそうだ。慶次郎中心に組外衆は密集していた。

慶次郎さえ討てば、この備えは崩れるはずだった。

一斉に慶次郎に群がってくる。その敵勢に対して、振り、突き、叩く。一連の舞をみているかのように美しい槍技であった。まるで敵勢を相手に演武しているかのようだった。
二、三人が固まって打ってかかるのをまとめてなぎ倒すと、慶次郎の槍がボキリ、と折れた。
「うむ」

慶次郎は折れた槍の柄を投げ捨て、

「使い慣れん槍は、いかんな」

無造作に傍らの山から槍を摑《つか》んで、また振るう。

いや、使い慣れないからではない。藤兵衛は首を激しく横に振った。

（敵の攻めが激しいから、一度に数合戦分の働きをしてるから、槍技が凄まじすぎるから）

普通の槍ではもたないのだろう。そして、槍の山に目をやる。この男はこの槍の山、全部使い切るつもりなのだろうか。

藤兵衛はあきれながら、眼前の最上兵を突き倒した。

（すげえ、すげえ槍士だ）

心が躍っている。いつしか笑いだしたくなっている。

この日の上杉勢の陣容は戦記によって異なる。

「会津陣物語」では、直江兼続は四万の兵を二手に分け、二万は菅沢山で伊達、最上を圧し、他の二万で長谷堂へかかった、と記述する。一方、「武辺咄聞書《ぶへんばなしききがき》」では、二万余で菅沢山を下り長谷堂に取り掛かった、とのみある。

戦記に書かれる兵数は時に過大である。上杉は総勢二万五千ほどであった。

それに「会津陣物語」でいう全軍四万の半分二万を伊達最上の抑えに残すというのはいかにも無理がある。ここは「武辺咄聞書」のとおり、兵の大半の二万で長谷堂を攻めたのであろう。そうなると、背後をかためた兵はやはり数千であった。

だが、この後備《あとぞな》えの部隊は、実際二万に等しい働きをしたのかもしれない。

記録者が大きく見誤るほどのいくさぶりで、最上、伊達勢を跳ね返したのである。

前面の長谷堂城の攻めも火の出るような激しさであった。

上杉勢は一気に総構えを火攻めで焼き払った。山口軍兵衛が一番乗りをして飛び込み、篠塚加賀守《しのづかかがのかみ》、大俣彦兵衛《おおまたひこべえ》ら十人ばかりが続いて入った。

上杉勢を翻弄《ほんろう》し続けた長谷堂城はついに城域を侵《おか》され、兵を下げた。

最上の志村光安、鮭延越前は総構えを放棄し、二の丸、三の丸で、辛《かろ》うじて城を死守した。

「会津陣物語」での記述をかりるとこうである。

「景勝勢は外構えを踏み破り、兜《かぶと》付きの首を百六十余り討ち取って、風上で火をかけた。折から山風が激しく吹き、外構えにいうまでもなく、諸侍の館や町屋に至るまで大方焼き尽くした。兵は当るを幸いと切り捨て、勝鬨《かちどき》をあげて、また菅沢山へ引き揚げた」

猛攻につぐ猛攻。関ヶ原の報が城兵の心を支えなければ、この日、長谷堂は落ちていたであろう。

那波俊広、太田岩見、今村宗衛門は山間《やまあい》を駆け続けている。

狐越街道は、上杉本隊が出羽に攻め入った道である。途中、上杉領最前線の荒砥《あらと》城、先日奪った畑谷城にも寄った。いずれも、城内の一角が怪我人《けがにん》で溢《あふ》れていた。そして、戦地へ近づくにつれ、血相凄まじき上杉の使い番と何度かすれ違った。戦地の厳しい状況が知れ、焦るばかりである。

街道は山中を蛇行して進む。遠く戦場の喧騒《けんそう》が響いてくるが、もどかしいばかりに近づけない。

やがて、山形盆地が遠望できる峠の麓《ふもと》まで来ると、戦地に火の手があがっているのがみえた。黒煙は天に立ちのぼり、乾いた鉄砲音が山間にこだましてくる。

さらにいき、戦場が見渡せるところまで辿り着く。

「あの火は長谷堂ですな」

岩見が耳を澄まし、宗衛門が目を凝らす。

「総攻めのようです。だが、燃えているのは城外ですな」

城を取り巻いている上杉勢は兵を収めつつあった。

総構えが燃えていて、城方は三の丸内に押し込められているようだった。こちらは、まず優勢といっていいだろう。

だが、俊広の目はそちらではなく、東を流れる須川方向に釘付《くぎづ》けになっている。

そこでは、明らかに小勢の上杉勢が押し寄せる大軍を堰き止めていた。

「あれは組外衆だ」

「旦那様《だんなさま》じゃ」

大ふへん者の旗指物《はたさしもの》が最前線に立っていた。

「若、ここからは兜をかぶりなされ」

岩見に言われ、頭の後ろにかけていた兜をかぶり、顎下《あごした》で紐《ひも》を固く結ぶ。朱の天衝《てんつ》きが空へと突き立つ。そして慶次郎の朱槍を握りしめた。父の霊と、慶次郎が守ってくれる気がする。

「ゆくぞ」

叫んだ俊広は、馬に鞭《むち》を打つ。

いくさ場に駆けこんでどうなる、などとは微塵《みじん》も思わない。余念は頭から吹っ飛んでいた。

馬脚も折れよと突っ走る。山道を降り、ついに山形盆地の西端に降り立った。

そのまま、疾走。戦場の後方へと出る。いくさの喧騒がどんどん近づく。

「若、頭を下げなされ。流れ弾がくる」

後ろからの岩見の声で頭を下げる。矢玉が、時折、頭上を掠《かす》め飛ぶ。

突然、脇《わき》からぬっと出た人影で乗馬が足掻いた。

突きだされた槍先で思わずのけぞる。

「最上家、棚上権兵衛《たながみごんべえ》」

いきなりの名乗りに息をのむ。

仁王立ちの棚上権兵衛は血に飢えた猛獣のような目でみつめている。

今、駆けつけたばかりの俊広よりも、戦い続けている権兵衛の方が明らかに戦場の空気に慣れている。それはまさに、狂気の世界、なのだ。

（これが、いくさ）

鼓動がにわかに早くなる。殺すか殺されるか。もうその場にいるのだ。

「上杉家、那波俊宏」

無我夢中で叫んで、朱槍を振り下ろした。

ガチリと敵の槍に跳ね返されたが、その向こうで敵はのけぞっていた。慶次郎の朱槍は通常より重く威力がある。

だが、その重い朱槍を振った反動で俊広も落馬していた。

「うわっ」

起き上がったところに権兵衛が迫ってきている。そして朱槍がない。

後ろの岩見と宗右衛門は、他の最上勢と切り結んでいる。

「小僧、もらった」

権兵衛の顔が不気味な笑みで歪《ゆが》んだ。槍を構え、一歩踏みだしてくる。

俊広は腰の太刀に手をかけたが、間に合わないだろう。

「くそっ」

死ぬのか、一瞬、様々なことが頭を掠めた。

だが、来ると思った刺突《しとつ》は、来なかった。

みると、権兵衛は歪んだ顔のまま、槍を落とし、片膝をついている。

その背には黒光りする槍が突き立っていた。

「うぬれぇぇ」

それでも、権兵衛は顔をあげた。ベッと、血反吐《ちへど》を吐きながら、一歩踏み出した。

その真っ赤に血走った眼が、目の前に迫っているように感じた。

恐怖。俊広は夢中で太刀を振り払った。

ひどく不恰好《ぶかっこう》な、必死の一太刀だった。

ガツと不快な音と感触を残して、血飛沫《ちしぶき》があがる。刃は鎧に当たって権兵衛の喉《のど》から顎先を切り裂いていた。返り血が数滴、俊広の頬に跳ね飛んでくる。権兵衛は、ドサリ、とそのまま横倒しに倒れた。

その向こうから前田慶次郎が、ゆっくりと歩み寄ってくるのがみえる。

「犬槍、だがね」

槍を投げて獲物を仕留めることをいう。

「はよう、首をとってやれ」

権兵衛の体が末期《まつご》の苦しみに痙攣《けいれん》している。

俊広が腰刀を抜き、喉元をつくと、権兵衛はその命を終えた。丁と首を落とす。

「高々とかかげよ」

俊広は、初めて生首を持ち上げた。重い、人の命の重みなのだ。

「命を落とした相手のことも讃えるのだ。それがいくさだ」

首をかかげた。

「最上家棚上権兵衛、上杉家那波俊広が討ち取った」

叫び上げた。

岩見と宗衛門が駆け寄り、弾《はじ》けるような笑みをこぼした。

「若、見事な初陣じゃ」

(初陣、そうか)

夢中で忘れていた。これが、初陣、ではないか。

(前田様の前で初陣を飾れた)

亡き父は天上でみてくれたであろうか。

振り向くと、慶次郎は静かに見つめている。

俊広が話しかけようとすると、慶次郎は微笑を浮かべて頷いた。

「話はあとだ。まずは退こう」

揚げ貝の音が響いてくる。長谷堂を囲んでいた上杉勢がこちらに下がりつつあった。それをみて、どうやら最上、伊達勢も一旦《いったん》退くようである。

慶次郎ら組外衆は上杉本隊に合流して、菅沢山を目指して退いた。

出羽退き陣

激戦の九月二十九日が暮れようとしていた。

再度、菅沢に陣取った上杉勢は、夕暮れの山中に大篝火を明々と灯《とも》した。

山麓《さんろく》のいたる所から鬨の声があがる。その声は、山々にこだまして、山形盆地中に降り注いだ。

今日の総攻めで、ここまでの鬱憤《うっぷん》を晴らした上杉勢の士気は天を突いていた。

中腹に置かれた陣小屋に入ると、俊広、太田岩見、今村宗衛門は、慶次郎の前に跪く。

「ご無事で、なによりです」

「誰に向かっていっている」

慶次郎が片眉をしかめて答える。

後ろで岩見と宗衛門がクッと噴きだした。

「前田様」

呼びかけた俊広を、慶次郎は真正面から見返していた。

俊広は言葉に詰まる。いいたいこと、話したいこと、聞きたいことが山ほどある。いったい何からいえばいいのか。いざ、慶次郎を前にして混沌としている。

だが、先ずはなにより大切な役目がある。

俊広は、懐深くまさぐり、しまい込んでいた書状を出した。

「殿から、前田様への書状です」

両手で捧げた。慶次郎も粛然《しゅくぜん》と受け、開く。その顔を明り採りの小窓から差し込む夕陽が照らしていた。

慶次郎は、静かに読んだ。沈黙が続く。

俊広は、ゴクリ、と唾《つば》を飲んだ。慶次郎の瞳《ひとみ》が、穏やかに澄んでいくのを感じた。

(あの瞳だ)

己の鼓動の音が頭に響いてくる、それはだんだんと大きく、やがて早鐘をつくように響く。

そして、静かに書状に目を落とす前田慶次郎の姿をみて、たまらなく美しいと思っていた。

なにかいわねば、と、必死に口を開く。

「直江様を、皆を、連れて帰ってほしい、と」

慶次郎は俊広をみた。その瞳が深い群青色から、徐々に光を帯びるようにみえた。

「そのまま、ここに書いてある」

「なせるのは、前田様しかいない、と」

「もういい」

慶次郎が底響きする声で遮った。はっと、俊広は目を見開いた。

その声音は今までと明らかに違っていた。

もう飄々とした温厚な声ではない。精悍《せいかん》そのものの声だ。

「太守のこの書状をお主が持ってきた。それで、十分だ」

そして、慶次郎は、ゆっくりと書状をかざしてきた。

「こんな書状、書けるのは上杉景勝様しかいない」

俊広は導かれるようにそれを受け取った。

目を落とす。

呆然《ぼうぜん》とした。

うす茶に色あせた紙の真ん中に一言だけである。

「信じ候」

と書いてある。

それだけである。しばらく、何も考えられない。

(信、とは)

何を意味するのか。

その大きな意味が、ゆっくりと、徐々に俊広の胸を震わせる。その震えはやがて大きく、激しくなっていく。

「ああ」

真っ白になっていた思考が動き出すと、思わず声が漏れた。

前田慶次郎を信じ、直江山城を信じ、将を信じ、兵を信じ、そして、この書を預けた自分を信じてくれている。全てを許し、信じた俠の心がここにある。

景勝は、直江兼続のことを微塵も責めていない。どころか、これからも己のことを支えてくれと念じている。

主君という孤高の俠の真の心が、義の軍団上杉の重圧を担ってきた俠の本音がここに凝縮されている。

（なんて、なんて哀しい運命《さだめ》を。だが、こんなに大きく、すべてを受け止めて）

上杉景勝のあの笑みが。全てを背負い、過酷な宿命と戦う俠の生きざまが。

家臣を想い、共に生きんとする心意気が、俠の心を震わす。

（殿）

両膝を地に突き、崩れ落ちた。涙が溢れ、こぼれ落ちる。

その景勝の大きな懐の中には、自分もいる。

会津で元服した夜から、ここまで夢中で駆けてきた。

雪野《ゆきの》の白いうなじ、義父順易の厳然とした顔、主君景勝の笑み、岩見と宗衛門の熱い目、棚上権兵衛の鬼相、様々な顔が目に浮かぶ。なんと濃い時だったのか。己のこれまでの人生が凝縮された数日だった。

そして、今、主君の大きな心に触れ、すべての緊張から解放された。ようやく、振り返ることができた。

涙はとめどなく溢れ、頬を伝う。

悲しいから、苦しいから、弱いから泣くのではない。

俠が、俠の心を知り、それが共鳴するのだ。

(俠になれたのか)

まだなのかもしれない。だが、やっと触れられた気がする。

「これが、お前が全身全霊で仕える殿だ」

「はい」

慶次郎の声に、懸命に頬をぬぐう。

「親父《おやじ》にそっくりだな」

厳かな声に、あ、と俊広が視線を上げる。

「那波駿河守顕宗《するがのかみあきむね》に」

さらなる心の震えが押し寄せてきた。だが、もう面は伏せない。

「はい」

歯を食いしばって全力で答えた。その前で、前田慶次郎は立ち上がっていた。

そして、俊広はみた。

慶次郎の全身が、ほとばしるような精気を放つのを。

大きく見開かれた目は爛々と輝き、口元も鋭く上がっていく。

顔面は朱色に染まり、頬が張りつめている。

肩が盛り上がり、一回り体が大きくなったようにみえる。まるで赤い阿修羅である。

(こ、これが)

慄然《りつぜん》としていた。叫ぶ、憤激するわけではない。それでもこれほどの気を放つ。

「鎧を」

慶次郎は、低く、だが、鋭く言い放った。


戦場に夕陽は落ち、夜の帳《とばり》が降りている。

菅沢山の上杉勢の本陣には篝火が明々と焚かれている。

幔幕に囲まれた陣内で、直江兼続は一人床几に腰かけ、腕を組んで目を閉じていた。

人払いをして、しばらく経《た》つ。

兼続は目を開けて、外に控える近習に声をかけた。

「筆と硯《すずり》を持て」

穏やかにいうと、兼続は、再び目を閉じた。

（良き、いくさ、であった）

将兵は全力で戦い、落城まであと一歩まで攻めた。最上伊達の援軍も寄せつけず跳ね返した。

古参も新参も、譜代も外様も、直臣も陣借り牢人《ろうにん》も、皆の心は一つだった。

全軍の士気は上がり、城方に出戦できないほど打撃を与えた。

関ヶ原の勝報を手にして意気上がっていた敵も、この勢いに脅威を覚えたであろう。

（だが、退かねばならない）

眉間を寄せ、瞼《まぶた》をきつく閉じる兼続の顔を篝火が橙《だいだい》に染めている。

退く、ということは負けだ。

この戦略を練り、実行したのは、誰あろう、直江兼続だ。

必勝の策と信じ、三成と共謀し、徳川を糾弾し、伊達と密盟し、最上を攻めた。

上杉百二十万石を動かし、犠牲を払っても突き進んできた。

だが、負けた。

あと、数日、いや、明日も総攻めすれば、長谷堂は落ちるかもしれない。

（だが、そんなことはもう意味がない）

いくら長谷堂を落として兵を入れても、狐越街道の退路を封鎖されれば、上杉勢は終わりだった。

（みな、許せ）

上泉主水の顔が浮かぶ。本村親盛、松本杢之助、他、多くの将兵の血が流れた。

思えば、この遠征中もいつしか中央の状勢を意識して、攻めがぎこちなくなっていた。

そのため、犠牲者を増やし、いくさを膠着させてしまった。早く、という想いが強すぎたのだ。

策のためとはいえ、白石城を伊達に渡すにも兵は失っている。挙句、その伊達も敵に鞍《くら》替《が》えした。すべての歯車は狂った。

なにも言い訳はできない。この直江山城の策の果てだった。

（終わったのだ）

己が身を賭けた渾身《こんしん》の策が破れた。直江山城という武人は終わったのだ。

その責めを負う時が来ていた。

幔幕をくぐって、誰かが入ってくる。

「この筆と硯はなんに使うつもりだ」

兼続は目を開いた。む、と眉をひそめた。

前田慶次郎が幕内に立って、細筆を弄《いじ》りながら、眼を細めていた。

今までの奇抜な姿ではない。愛用の肩当から草摺《くさずり》まで赤い朱漆塗《あかうるしぬり》具足、赤い陣羽織を羽織って、編み笠形の兜を頭の後ろにかけている。鮮烈なほどの赤備えで、篝火の中、浮き上がるように仁王立ちしていた。

「まさか、辞世でも詠むつもりか」

兼続は、穏やかな顔で応じる。

「このわしが、今更、辞世など詠めたものか」

「では、遺言か」

慶次郎は凄みのある顔で、一歩、二歩と近づいてくる。

「水原常陸あたりに後事を託す、とか」

「お見通しなんだな」

兼続は微笑を洩《も》らした。

「水原殿なら、無事兵をまとめて会津まで帰ってくれるだろう」

兼続は諦《あきら》めたように、息を吐いた。

「前田殿には手間ばかりかけてしまった」

「言語道断だな」

頭を下げかけた兼続を慶次郎が遮《さえぎ》った。

「頭など下げるな、というたぞ。それに、なんど同じことをいわせる。急《せ》くな、直江殿」

これまでと声の響きが違う。思わず兼続は面を上げていた。

「もう直江兼続という男は終わったのだ、前田殿」

「ああ、終わった」

慶次郎の即答に、兼続は目を細め、秀麗な顔を歪めた。

「確かにいくさは負けた。直江山城は戦略を誤った。そのおかげで、上杉は負ける。そして、お主はここで腹を切る。真に負けて終わりだ。それだけだ。ここまでその一手で上杉を切り盛りして、大きくし、動かした直江山城は最後にいくさに負け、家をつぶした敗軍の将として終わりだ。そうだな」

慶次郎は爛々と目を輝かせていた。

「だが、お主はまだ生きている。そして、太守は会津にある。上杉はまだ戦わねばならぬ。家康が中央で勝った。それに抗するなら、上杉は全滅か、縮小するしかない。さすがに、勝てぬいくさだ。だが、滅びぬ手はある。滅びぬいくさとは、死に勝る苦しみとなろう。だがな」

その炎のような瞳が兼続を睨みつけていた。

「景勝様が家を継いだときのことを思い出してみよ。上杉はどれほどの身代《しんだい》であったか。上杉を百二十万石まで大きくしたのは、直江山城ではないか。その大きくした身代を質に、このたび、大きな博奕《ばくち》を打った。負けて、元の小大名に戻る。またそこから始めればよい。

新たな国造りをせよ」

あの時、上杉はぼろぼろだった。謙信の死、御館《おたて》の乱、織田《おだ》の侵攻。兼続が家老となったとき、もはや越後《えちご》一国すら保てぬ小身代に落ちていた。そこから天下を狙えるほどに躍進した。

それは全身全霊を家に捧げた直江山城のおかげであった。

「前田殿、だが――」

「いくさで負けたから腹を切るのか。多くの兵を失ったことを悔いて、また一人直江山城の命を絶つのか」

慶次郎は筆を前に差し出すと、それを宙へと投げた。

そのまま、眼にも止まらぬほどの速さで、太刀を払った。

「いくさ人、直江山城は、いま二つに斬られて死んだぞ」

地に落ちた筆が二つに割れて、跳ねとんだ。

「いくさでない戦いもある。上杉が蘇るため、今度は家康の足を舐めても生き抜け。家臣をまとめて、民をいつくしみ、ふたたび強い国を造れ。それはいくさよりも苦しく、困難なことであろう。そんなこと、他に誰ができるのか」

慶次郎の鋭い言葉に、兼続は目を見開いていた。

「天下の名宰相《さいしょう》　直江山城以外、おるか」

兼続は絶句していた。瞳に映る篝火が明滅していた。

「皆、それを待っておるわ」

慶次郎は太刀を収めた。

「那波俊宏！」

慶次郎が、鋭く叫びあげた。

陣を囲む幔幕をバサリ切り払って、俊広が躍り込んできた。

そして、幕が左右に取り払われる。

兼続の上半身が少しのけぞった。

ぐるりと、本陣の周りを将兵が囲んでいた。いかつい侠たちの顔が篝火に浮かび上がる。戦場から帰ったままの甲冑《かっちゅう》姿の精鋭たちは、両の拳を握りしめて仁王立ちし、熱い目を向けていた。

俊広が歩み出て、慶次郎に「大ふへん者」の旗を渡した。

「細筆はいらん。陣中にある一番太い筆を」

慶次郎は差し出された野太い筆にたっぷりと墨をつける。

「みな、いいか、直江山城はなんと不便なふべん者か、今ここで皆を捨てて一人で往生し、楽になろうとしておる。この旗のようじゃ。だがな、この『大ふべん者』の旗」

荒々しく、「ふ」の字のうえに、点を二つ、打つ。

「こうすれば、もはや、ぶへん、大武辺者、よ」

高々とかかげた。そして、ずらり並んだ将兵を見渡した。

俊広が朱槍を捧げると、慶次郎は受け取った。

そして、それを大きく頭上で、ぶんと振る。

「おおらあ」

旋風が巻き起こった。凄まじき振りで周囲の景色が歪むようである。

振り終えると、大きく一歩踏み出し、槍を小脇に身構える。

「直江殿、拙者を雇ってもらえまいか」

石突をずん、と地面に突き立てると、大地が揺らいだ。そして、兼続の前で跪いた。

「改めて、前田慶次郎利益《とします》、上杉の家臣として、直江山城の組下として働きたく。お許しくださるか」

ひょっと斎《さい》でもなく、ふべん斎でもなく、天下のかぶき者前田慶次郎がここにいた。

その姿は、赤々と燃え上がるごとき、勇壮な戦国武者。心が震えるほどの俠の姿であった。

「直江山城の下で、かぶきたい」

兼続の口元が思わず綻《ほころ》ぶ。

「これが、皆朱の槍士、前田慶次郎、か」

いう兼続の前に、いかつい男どもが、進みでてくる。

「わしもふべん者よ、いれてくれや」

水原常陸が長い顔ににんまりと笑みを浮かべて、踏みだした。

「殿軍《しんがり》は拙者が」

溝口左馬之助は、精悍な面に力を漲《みなぎ》らせていた。

「某《それがし》も参ります」「我も」「直江殿、いきましょう」「皆で会津へ」

春日右衛門も、芋川縫殿介も、色部光長も、宇佐美民部も、皆いた。その頬も瞳も体も、めらめらと燃える篝火に照らされ、真っ赤にみえた。皆が、皆朱の槍士であった。

「ああ」

直江兼続も紅潮した顔を向けた。

「わが勢は、みな、わしに劣らぬ、ふべんな奴ばかりだな」

気高き男、直江山城守兼続の言葉尻が、少しだけ滲《にじ》んで響いた。

微笑で口元が上がる。そして、雄々《おお》しく立ち上がった。

「明日、退き陣だ」

兼続が鋭く叫ぶと、応、と叫んだ言葉の波が山中を駆け巡った。


翌九月晦日、菅沢山とその近隣に設けた営舎に火が放たれると、上杉勢は粛々と退き始めた。

殿軍は、水原常陸、溝口左馬之介が鉄砲八百を擁《よう》して務めた。

だが、彼らだけが殿軍だったのではない。

この日の退き陣、直江兼続は「懸《か》かり引き」という、秘蔵の戦術を使った。

まず「繰《く》り引き」という退き陣法がある。これは殿軍に鉄砲隊を伏せて猛射をあびせて、白兵戦で突き崩す。敵をひるませ、その隙《すき》に全軍で退き、また敵が追いかけてくるのを鉄砲隊で撃ち、突き崩す。この繰り返しで徐々に退き陣する、という戦法である。

それだけではない。上杉家には謙信が得意とした「車懸り」という戦術がある。全軍が円陣を組んで、代わる代わる敵に当り、絶えず敵に新手をぶつけ続ける攻撃的な陣形である。あの川中島で信玄を襲った戦法だ。

この二つを合わせたのが、「懸かり引き」である。

すなわち、全部隊で代わる代わる殿軍を分担する。総大将直江兼続の旗本すら、この「懸かり引き」に加わる。まさに全軍一体の攻撃的退き陣であった。

むろん、最上・伊達の連合軍とて、この最大の機会を見逃すはずがない。

最上義光は、自ら鉄の軍配棒を振りかざして陣頭に立ち、一兵も残さず全軍を繰り出して、須川を押し渡った。

慶長出羽合戦での最大の激戦、死闘といわれた、長谷堂退き陣の始まりだった。


銃声と喊声《かんせい》は絶え間なく響いていた。

その大音響は山塊《さんかい》にこだまして、まるで耳元で起こったように大きく聞こえる。

上杉勢の進軍の最後尾で、水原隊と溝口隊の奮戦が続いている。

得意の鉄砲隊を存分に操る水原常陸と、機をみて槍騎馬で突撃して敵を攪乱《かくらん》する溝口左馬介の呼吸は見事だった。半刻あまり敵を寄せつけず、上杉勢は狐越街道の山道へと入っていた。

だが、最上、伊達勢の執拗《しつよう》な追撃に、さすがの二人も崩れた。

そのとき、直江兼続の隊はすでに反転している。水原隊、溝口隊を収容しつつ、追撃してくる最上勢を迎え撃つ。

「いやあ、しつこい、しつこい」

水原常陸が大声でがなりあげながら、兵を連れて駆けてくる。

煤《すす》で頬が汚れている。右手に鉄砲を鷲摑《わしづか》みにして、左手で額の汗をぬぐう。

がに股《また》の小走りで、おどけるようである。

「最上義光の呆《ほう》けた顔まで見えたわい。わしが種子島《たねがしま》で放った弾ぁなあ、あ奴に当ったぞ」

その調子は底抜けに明るい。

「兜がなければ、あの頭ぁ、ふっとんどるわ」

叫びに独特の節回しがあり、思わず将兵の顔が綻ぶ。

「水原殿、代わろう」

前田慶次郎は直江兼続の本陣の前に、いつもの組外衆と槍を連ねている。

水原たちに代わって殿軍の最前線で敵を迎え撃つのだ。

「おう、前田殿、この場はな」

水原の言葉は複数の戦記にこう残る。

「馬から降りて攻めかかられよ」

そういって、水原は馬の手綱を操るふりをした後、鉄砲を構えた。後から伊達の騎馬鉄砲がくる、降りて徒歩で戦ったほうがいい、というのだ。

「承知した」

慶次郎に莞爾《かんじ》と笑って頷いた。

水原常陸はそのまま味方の軍兵をかき分け、かき分け、直江兼続の元まで辿り着いた。

「直江殿、本気でお主も殿軍をやるんか」

その飄《ひょう》げた口振りに、兼続は微笑《ほほえ》んで頷く。

「思い切りやらせてくれ、水原殿」

水原常陸はハハッと空に向けて笑い、

「わしゃ、上で待っておる」

前を指さしいいながら、鉄砲を撃つ真似《まね》をする。また、次の伏兵となって援護するつもりなのだろう。

「水原殿」

兼続はその煤けた長い顔に呼びかけ、

「水原殿がいてくれてよかった」

涼やかに笑った。

「その言葉ぁ、鶴《つる》ヶ城《じょう》で聞かせてくれや」

水原常陸はニッと笑って片手をあげ去っていく。その後から、旗本の肩を借りて、溝口左馬介が続く。

左馬介は鉛玉数発で体を撃ち抜かれていた。

「不覚を、とりました」

苦しい息の下から、壮絶な笑みを浮かべた。

出血で青白くなったその頬を、兼続はおもむろに両の掌で挟んだ。

「左馬介」

「直江殿、これから夜になって山の上に陣取ってはいけませぬぞ。山の半里前に陣を……」

「もう、しゃべるな」

兼続が遮ると、左馬介は微《かす》かに頷いた。

（わかっている）

兼続は目を閉じた。誰も失いたくない。

直江兼続は軍配を握って、後方を睨みつけた。

最前線の組外衆は狐越街道を追尾してくる敵勢を迎え撃つ。

山間の街道は狭い。横に十人も連なると、もう人が通り抜けられない。

狭い道に分厚く連なって、代わる代わる槍を振るう。

前田慶次郎は、その最前列中央にいる。その後ろで那波俊広は、例の「大ぶへん者」に変わった旗を掲げていた。

「俊広よ」

慶次郎が、気負った顔で前をみつめる俊広に語り掛けてくる。

「お主、己の使命を忘れていないだろうな」

厳しい口調だった。

（やはり来たか）

俊広が恐れていた言葉だった。

前田慶次郎は自分を先に会津へ帰らせるのではないか、と。

だが、それは絶対に嫌だった。

「前田殿と戦わせてください」

「いいだろう」

即座に返った言葉は意外だった。さらに厳しい命がくると思っていた。

「この合戦をみずして、ここに来た意味もなかろう。那波顕宗がみた光景をその目、その心に焼き付けよ。それが、己の運命。ただしな」

慶次郎はさらに語気を強めた。

「己は、那波の血を繋《つな》ぎ、安田の家を継ぎ、これからの上杉を作る者。生きて帰る、そのことを肝に銘じて、戦え」

「はい」

旗を握りしめ、高くかかげた。

慶次郎は、口元を上げ、ニコリと笑った。颯爽《さっそう》とした笑顔だった。

そして、人垣を作っている組外衆を振り返った。すうと大きく息を吸い込み、下腹に力を込め、野太い声で叫ぶ。

「藤田森右衛門《ふじたもりえもん》」

「はっ」

「韮塚理右衛門《にらづかりえもん》」

「おおよ」

「宇佐美弥五左衛門《やござえもん》」

「御前に」

「水野藤兵衛《みずのとうべえ》」

「ここにおりますわい」

皆朱槍の四人組が、荒々しく踏みだした。

「己ら、乱世のいくさ場でしか生きられぬ、ふべん者たちよ。だが、今、大ぶへん者となり、この旗、この朱槍のもと、共に働くべし」

「おうとも」

四人が朱槍を突きあげた。

「やっと、名前を覚えたか、前田慶次郎！」

水野藤兵衛は、喜悦の顔で叫びあげた。四人とも満面にはち切れんばかりの笑みで雄叫《おたけ》びを上げる。

その叫びはこだまとなって駆け巡り、直江隊の士気をさらに押し上げる。

皆、雄々しく大地に踏ん張って、槍を構えた。

やがて、彼方から怒濤のような人馬の騒《ざわ》めきが近づいてくる。

「さあ、来る」

最前線で鉄棒を振り回す大将の姿が見える。遠目でもわかる。あれは総大将最上義光なのだろう。

慶次郎は朱槍を担ぎ上げた。

その背は大きく俊広の眼前に立ちはだかった。

朱具足に赤い陣羽織の色鮮やかな背中は、まるで真っ赤な紅葉に染まる山のようだった。

俊広にはもう慶次郎しかみえない。

間違いない。父、那波顕宗もこの背中をみたのだ。

心が震えていた。「大ぶへん者」の旗を高く掲げた。

(忘れない。この合戦を、この俠の背中を)

美しいほど見事な赤備え、皆朱の槍。前田慶次郎利益が今、戦場に降臨した。

天下のかぶき者、最後の合戦が始まろうとしている。

「おおおお」

野獣の咆哮《ほうこう》のごとき、雄叫びが山間に響き渡っていた。


この日の上杉勢の働きは卯《う》の刻（午前六時頃）から申の刻（午後四時頃）までの間に十八回の合戦があり、十一度まで勝利した、と書かれている。

十月三日、畑谷城を経由した上杉勢はついに、最上との国境を越えた。事実上の撤退成功であった。

死以上に苦しい退却戦を乗り切り、直江山城率いる精鋭たちは上杉領へと帰還した。

一番手柄は大将では、水原常陸介、溝口左馬介、侍では、慶次郎ら朱槍の五人組と戦記には残されている。だが、その水原常陸も手傷を負い、溝口左馬介は、銃弾三発槍傷八か所をその身に受け、陣中で落命した。

伊達最上勢の討死は、千二十三（最上側の記録では、六百二十三）、上杉勢も千人以上が討たれる壮絶ないくさであった。


行く手に上杉領最前線の荒砥城が見えてくると、直江兼続は馬をとめた。

「行軍は止めるな。我は、しばらく、待つ」

馬を降りて、床几を道端に置き、後方を見て座った。

陸続と帰ってくる、上杉の将兵たちを見守る。

さすがの勇士達もみな疲れ切っている。

「山城様、お疲れでしょう。そろそろ城へ」

近習が声をかけても、兼続は微笑して、首を横に振った。

兼続自身、ほぼ寝ずにこの退の陣の指揮を執《と》ってきた。だが、兼続は先に城へ入ろうとはしない。まるで自軍に敬礼するがごとく、端然とその顔を隊列へ向けている。

二万余りの将兵すべてをねぎらうように、その一人一人の顔をみていた。

後にゆけばゆくほど、兵たちの軍装は汚れ、乱れている。肩を借り、槍を杖《つえ》に苦し気に歩いている者が増えてゆく。兜を失い、甲冑は破れ、戸板に運ばれる者もいた。

兼続に気づく将兵が目を輝かせるのに、一つ一つ頷きで応じた。

まるで己の健在を見せ、兵を激励するかのごとく、胸を張って佇《たたず》んでいた。

やがて、殿軍の最後尾がみえてきた。

その方向から、微《かす》かになにか聞こえてくる。

聞こえてくるにつれ、兼続の眉がゆっくりとあがってゆく。

「この鹿毛《かげ》と申すは、赤いちょっかい革袴《かわばかま》、茨《いばら》かかれの鉄甲《てつかぶと》……」

がらがらに枯れた声の男たちが幸若《こうわか》の節回しで囃《はや》す声が聞こえてくる。

「鶏のトッサカ立烏帽子《たてえぼし》……」

向こうから、赤具足の武者を中央に、天を衝く朱槍が五本、馬に揺られてこちらに近づいてくる。

「前田慶次郎が馬にて候」

全員を視界に収めると、兼続は口元を歪めた。

「ぼろぼろ、じゃないか」

一人、呟いた。

ズタズタに切り裂かれた「大ぶへん者」の旗をかざす若武者と従者、その後ろには埃と泥にまみれた、五人の朱槍の武者。みな、返り血か自分の血か、いたるところどす黒く汚れて、落ち武者のような形である。

だが、敢然と胸を張り、天を見上げ謡《うた》いながら馬を歩ませてくる。

(ありがとう)

兼続は胸の中で叫んでいた。その目に笑みが浮かぶ。

ぼろぼろだが、なんと華麗な侠達ではないか。これ以上の雄姿があるだろうか。

「また一から、だ」

直江兼続は立ち上がり、近習たちに声をかけた。

終章　旅立ち

慶長《けいちょう》六年（一六〇一年）七月、上杉景勝《うえすぎかげかつ》、直江兼続《なおえかねつぐ》は上洛《じょうらく》し、徳川家康《とくがわいえやす》に謝罪。ここに会津《あいづ》上杉《うえすぎ》家の一年余にわたる戦いは終わった。

関ヶ原《せきはら》後、石田三成《いしだみつなり》、小西行長《こにしゆきなが》、安国寺恵瓊《あんこくじえけい》を処刑して上方を制し、すでに、毛利《もうり》、島津《しまづ》、長宗我部《ちょうそかべ》らを降し西国全域も平らげていた家康は、その謝罪を受け入れた。

上杉家は会津百二十万石から、米沢《よねざわ》三十万石への大幅な厳封措置となった。

上杉と激闘を繰り広げた最上義光《もがみよしあき》は、その後、上杉領出羽庄内《でわしょうない》郡を攻め、切り取った。戦後は、そのままその全域を与えられ、五十七万石の大領主へと躍進した。これで最上は国内では十指に入る大大名となり、因縁《いんねん》の伊達《だて》家と並びたつこととなった。

徳川は、上杉に屈せず、その精鋭を北へと引きつけた功労をこの大封にて報いた。

伊達政宗《まさむね》は、最後の最後まで上杉と戦った。まるで何かを糊塗《こと》するかのごとく執拗《しつよう》に、上杉領福島《ふくしま》城を目指して侵攻したが、猛将本庄繁長《ほんじょうしげなが》にことごとく撃退された。

戦後は家康に「百万石のお墨付き」を反故《ほご》にされ、攻め落とした白石《しろいし》城のある刈田《かった》郡のみわずか二万五千石の加増で終わった。北隣の南部領で一揆《いっき》を扇動し、その併呑《へいどん》を目論んだ、というのが、その理由だった。

諸侯、伊達家臣は、あの上杉と戦った功に対して、あまりにも手厳しいその処遇に異を唱える者もいた。が、政宗、小十郎《こじゅうろう》の主従は悪戯《いたずら》を咎《とが》められた少年のような眼《め》で口をつぐんだ。

ただ、その後白石城主となった片倉《かたくら》小十郎は、家臣片平新太夫《かたひらしんだゆう》に命じてあの地に毘沙門《びしゃもん》堂を建てた。

現在、宮城《みやぎ》県角田《かくだ》市の臥竜山福応寺《がりゅうざんふくおうじ》毘沙門堂に祀《まつ》られる毘沙門天は運慶《うんけい》作、ともいわれている。

大減封となった上杉家でも、直江兼続は、家臣を召し放たず、従う者すべてを米沢に伴った。禄高《ろくだか》は四分の一となったのに、六千もの大家臣団を養うため、家は困窮した。

兼続は自身の禄であった六万石のうち、五万五千石を他の家臣、下士に分配し、わずか五千石の身上《しんしょう》で家政を切り盛りした。城下を整備し、田畑を開墾し、産業を興し、自身は質素を極め、家に尽くした。

そして、徳川幕府への忠義を示す外交に身を削った。あの本多正信《ほんだまさのぶ》の次男政重《まさしげ》を長女の婿にとり、養子として家にいれている。

屈辱ともいえる幕府への服従、信頼回復に努める兼続の心にあったのは、上杉再興の一文字であった。

直江家は、嫡男の早世、長女の病死による本多家との養子縁組解消などもあり、兼続の代で断絶した。兼続の墓所は、米沢に移転した林泉寺《りんせんじ》である。お船《せん》と二人、寄り添うように眠っている。

上杉景勝は、その後も直江兼続に全幅の信頼を寄せ、家政をゆだねた。相変わらず、厳粛《げんしゅく》な姿を崩すことはなかった。こんな逸話がある。景勝が大坂の陣に出陣するとき、遠征の途上、富士《ふじ》川を舟で渡った。兵を満載した渡し舟が傾いたとき、景勝が不機嫌そうに舟竿《ふなざお》を取り上げると、兵たちが一斉に川に飛び込んだという。

景勝は見事に上杉の主人の責を全うした。

安田《やすだ》上総介《かずさのすけ》順易《のりゆき》、水原常陸介《すいばらひたちのすけ》親憲《ちかのり》は、上杉武士の生きた模範としてその天寿を全うした。二人とも、大坂の陣にもでて、衰えぬ武勇を見せつけている。この合戦では武功を挙げながら意にも介さず、二人して直江兼続が徳川に尽くす様を皮肉ったりもした。変わらぬ反骨である。

順易に至っては、慶次郎《けいじろう》と九十二首にも及ぶ連歌を残し、数寄者《すきもの》の心も衰えなかった。大いに戦い、かぶいた。戦国の世を痛快に駆け抜けたいくさ人たちであった。

ちなみに、水原常陸の一族で杉原《すぎはら》（水原は大坂の陣の後に杉原に改姓した）親清《ちかきよ》という人物がいて、幕府老中酒井《さかい》忠勝《ただかつ》の命で、十七歳で従軍した会津上杉軍の戦いを戦記としてまとめた。

それに国枝清軒《くにえだせいけん》が校訂を加えて生まれたのが、「会津陣物語」である。

雪野のその後はしれない。

ただ、この後、京二条柳町《にじょうやなぎまち》から六条三筋町《ろくじょうみすじまち》、そして島原《しまばら》へと移りゆく御免色里からは、吉野《よしの》太夫《だゆう》と名乗る名妓《めいぎ》がでた。

吉野は江戸中期まで十代続く太夫の名跡《みょうせき》となる。その二代目が最も有名で、慶長生まれで没年も伝わるが、初代についてはその人となりは不明である。

鈴を転がすように笑う、笑顔の美しい女性だった、という。


前田《まえだ》慶次郎は、上杉家を去った。

家臣団を切り捨てなかった上杉家も、組外衆まで抱え続けることはできなかった。

組外衆は解体され、牢人《ろうにん》家臣は召し放たれることとなった。

安田順易が引き止め、直江兼続が家禄を用意する中、

「旅にでたい」

といって、慶次郎は辞した。

「長旅はお身体《からだ》に」

気遣って見送る俊広《としひろ》を、慶次郎は笑みを湛《たた》えた目で睨《にら》んだ。

「俊広よ、人の一生は旅だ。死ぬまで旅なのだ」

高らかに笑った。

笑い終わると、静かに頷《うなず》いた。

「太田《おおた》の爺《じい》と、宗衛門《そうえもん》な、頼んだぞ」

皆朱《かいしゅ》の槍を抱えて、ただ一騎で南に去っていった。

そして、那波六十郎《なわろくじゅうろう》俊広。

上杉家家臣たちの系譜を記した「御家中諸士略系譜《ごかちゅうしょしりゃくけいふ》」には、安田上総介俊広の項に、簡潔にこう記されている。

「実、信州稲荷《しんしゅういなり》山城主十二万石那和《なわ》（那波）駿河守顕宗《するがのかみあきむね》次男、始六十郎兵庫《ひょうご》、慶長五年養子と成リ、同十九年大坂御陣ニ父と共に供奉、元和《げんな》八年家督、秩四千三百三十石」

同名の信州稲荷山城と混同があるが、紛《まご》うことなく那波顕宗の実子、安田順易の養子、安田俊広についてである。

俊広は、那波の血を、安田の名を後世に繋ぎ、上杉の家臣として生きた。

慶長六年十一月、上杉家家臣一同は会津をでて新しい居城米沢へと向かう。

その日は、今にも雪が降り出しそうな曇天であった。

主君景勝、宰相直江兼続は伏見《ふしみ》に留め置かれ、会津奉行安田順易、岩井《いわい》信能《のぶよし》、大石綱元《おおいしつなもと》が家臣団を束ね、鶴ヶ城《つるがじょう》の明け渡しが行われた。

騎馬で、徒歩で、また荷車を押し、会津の城下町を北へ。上杉家臣たちは粛々《しゅくしゅく》とゆく。

町民たちはその姿を路傍《ろぼう》にでて見送った。

上杉が会津を治めたのはわずか三年。民の心に深く根を下ろしたとはいえない。

ただ、町は焼かれることもなく、民は逃げまどうこともなかった。

上杉の勇士たちは会津を守り切った。

民はその背中が町外れに消えるまで見送った。

季節はすでに冬。磐梯《ばんだい》山は雪化粧をしている。

東北の冬は厳しく長い。凍てつく大気は全《すべ》てを風雪の中に閉ざし、人々も自然も、その下で懸命に命の火を繋ぐ。

だが、いつか、その冬は終わる。

そして、また、春が来る。厳寒を耐え切った生命は強く蘇る。

安田俊広は、木枯し吹き荒《すさ》む冬空を見上げた。

(また、会えますな)

心の中で叫んでいた。


新しい上杉家の船出だった。

了

参考文献

『前田慶次と歩く戦国の旅　『前田慶次道中日記』を辿る』　今福匡　洋泉社
『前田慶次　真実の傾奇録』　菊地秀一　宝島社
『前田慶次　武家文人の謎と生涯』　今福匡　新紀元社
『関ヶ原前夜　西軍大名たちの戦い』　光成準治　日本放送出版協会
『関ヶ原の役』　旧参謀本部編纂　徳間書店
『守りの名将・上杉景勝の戦歴』　三池純正　洋泉社
「戦国武将逸話集　訳注『常山紀談』巻一〜七」　原著湯浅常山　大津雄一、田口寛訳注　勉誠出版
「続　戦国武将逸話集　訳注『常山紀談』巻八〜十五」　原著湯浅常山　大津雄一、田口寛訳注　勉誠出版
「続々　戦国武将逸話集　訳注『常山紀談』巻十六〜二十五」　原著湯浅常山　大津雄一、田口寛訳注　勉誠出版
『関原軍記大成』　宮川尚古　国史研究会
『北の関ヶ原合戦　北関東・東北地方で戦われた「天下分け目」の前哨戦　戦国フィールドワーク』　中田正光　三池純正　洋泉社
『英傑の日本史　上杉越後死闘編』　井沢元彦　角川文庫
『直江兼続と関ヶ原』　公益財団法人福島県文化振興財団編　戎光祥出版

『上杉景勝のすべて』　花ヶ前盛明編　新人物往来社
『直江兼続のすべて』　花ヶ前盛明編　新人物往来社
『名将言行録　現代語訳』　岡谷繁実　北小路健・中澤惠子訳　講談社
『武辺咄聞書』　菊池真一編　和泉書院
『常山紀談』　菊池真一編　和泉書院
『会津陣物語』　松田稔　勉誠出版
『仙台藩史料大成　伊達治家記録』　平重道責任編集　宝文堂
『可観小説』　青地礼幹　金沢文化協会
『奥羽永慶軍記　上・下』　今村義孝　人物往来社
『越後史集・天』　黒川真道　国史研究会
『上杉家御年譜』　米沢温故会
『戦国の風景　暮らしと合戦』　西ヶ谷恭弘　東京堂出版
『会津御在城分限帳』　地域資料
『上杉氏分限帳』　矢田俊文・福原圭一・片桐昭彦編　高志書院
『日本都市史入門1　空間』　高橋康夫、吉田伸之編　東京大学出版会
『日本都市史入門2　町』　高橋康夫、吉田伸之編　東京大学出版会
『地図で知る戦国　下巻』　地図で知る戦国編集委員会・ぶよう堂編集部編　武揚堂
『上杉かぶき衆』　火坂雅志　実業之日本社
「歴史読本」　2004年11月号「特集関ヶ原合戦全史」　新人物往来社

本書は、ハルキ文庫（時代小説文庫）の書き下ろしです。

時代小説文庫
さ 22-1

慶《けい》次《じ》郎《ろう》、北《きた》へ 新《しん》会《あい》津《づ》陣《じん》物語《ものがたり》

著者 佐《さ》々《さ》木《き》 功《こう》

2018年5月18日第一刷発行

発行者 角川春樹

発行所 株式会社 角川春樹事務所
〒102-0074 東京都千代田区九段南2-1-30 イタリア文化会館

電話 03(3263)5247[編集] 03(3263)5881[営業]

印刷・製本 中央精版印刷株式会社

フォーマット・デザイン&シンボルマーク 芦澤泰偉

ISBN978-4-7584-4169-8 C0193

http://www.kadokawaharuki.co.jp/[営業]
fanmail@kadokawaharuki.co.jp[編集] ご意見・ご感想をお寄せください。